EL AÑO
QUE DESAPARECIÓ
LA ARENA

EDWIN WINKELS

EL AÑO
QUE DESAPARECIÓ
LA ARENA

Rocaeditorial

Penguin
Random House
Grupo Editorial

Primera edición: febrero de 2024

© 2024, Edwin Winkels
© 2024, Roca Editorial de Libros, S. L. U.
Travessera de Gràcia, 47-49. 08021 Barcelona
© Edwin Winkels 2023, published by Park Uitgevers | Uitgeverij Podium

Printed in Spain – Impreso en España

ISBN: 978-84-19743-73-2
Depósito legal: B-21439-2023

Compuesto en Mirakel Studio, S. L. U.

Impreso en Liberdúplex
Sant Llorenç d'Hortons (Barcelona)

R E 4 3 7 3 2

Para Janneke

(aquel 15 de agosto,
Jai-ca, la Barceloneta)

Vosotros no sabéis
   qué es
      guardar madera en el muelle.
Ni conocéis la oración de los fanales de los barcos,
—que son de tantos colores
como la mar bajo el sol:
que no precisa velas.

JOAN SALVAT-PAPASSEIT,
Nocturno para acordeón

PARTE I

Febrero de 1991

1

A veces estoy harta de que me vuelvan a abrir. De que sin tregua hurguen en mí para extraer algo que no les gusta. Y, cuando parece que han terminado, vuelven a empezar. Como si fuese una paciente agonizante con la que prueban y experimentan, porque tampoco saben ya qué hacer. Una amputación por aquí, una nueva prótesis por allá. A ver si me repongo un poco, y, si no, venga a buscar otro remedio.

Ahora ya llevo años abierta en canal y estoy sangrando por todas partes. En los últimos meses han comenzado a cerrar las heridas, pues debo estar lista a tiempo e irresistiblemente bella para la velada más importante de mi vida. Me han tomado las medidas exactas para un vestido de gala deslumbrante que ocultará las cicatrices más feas, aunque creo que pretenden dejar una parte de mí destapada, seductora. Tengo curiosidad y muchas ganas de que empiece, aunque falta bastante aún. ¿Y si justo esos días me siento un poco indispuesta? Tendré que aguantarme. Además, un buen maquillaje hace milagros, ¿a que sí?

Pero, cuando el baile termine, cuando los últimos ecos de la música bajen de la colina y se esparzan sobre el mar, ¿qué quedará de mí? ¿Cuánto tiempo seguiré sintiéndome bien? No tan guapa o bella como en la gala, porque a las arrugas no las puedes vencer, pero sí fuerte, en forma, sana sobre todo, que es lo que consideramos más importante, ¿no? ¿Un año? ¿Cinco? ¿Diez hasta que se den cuenta de que la operación no ha dado todos los frutos que esperaban? Y entonces ¿qué? ¿Otra vez bajo el bisturí? ¿Más tratamientos agresivos? Por ahí no paso.

No me quejo, ¿eh? No quiero parecer una vieja gruñona; soy consciente de que esto es necesario, de que por ahora he de tragar. Estoy realmente feliz de cómo intentan volver a ponerme de pie. Es verdad que durante bastante tiempo me han descuidado, pero no es culpa mía. Antes de que penséis mal de mí, que es responsabilidad mía cuidarme…, os voy a decir la verdad: yo no puedo hacer nada; estoy aquí tumbada y solo puedo observar lo que hacen conmigo y lo que no. Apenas tengo capacidad para oponerme. A veces se asustan cuando algo se rompe, explota o se derrumba; se dan cuenta de que se han equivocado, pero eso no es un acto de rebelión por mi parte. Son cosas que pasan. Son ellos los que me han abierto, vaciado, perforado, como si de un ejército de topos se tratase, escarbando en mi cuerpo sin parar, con esas terribles zarpas cuyas uñas desgarran y hacen daño de verdad.

«¡Ay!», grito, o eso intento, porque no tengo voz. Quiero levantar una mano para avisar de que ya no aguanto más, pero no tengo. Quiero agitar la cabeza, pero tampoco tengo, aunque tal vez no lo diríais al oírme pensar y hablar. ¿Y las piernas? ¡Corre, vete! Pues no, imposible.

Me siento impotente y eso me entristece y estresa. Siempre deciden por mí, nadie me escucha.

2

El hedor rancio del forastero supera al olor de las cáscaras de gambas, cabezas de pescado, apio y puerro que emana de las tres cacerolas humeantes en las que el chef Simón acaba de empezar a preparar un caldo con los sobrantes del fin de semana. Pepe mira al visitante con asco, evita la tentación de taparse la boca y la nariz con la mano. Antes de dirigirle la palabra, coge una botella de vino blanco y vierte la mitad en una de las ollas, donde el alcohol borbotea y refuerza el aroma. El vapor se esparce como la nube de una bomba atómica debajo del techo. Lamentablemente, el alivio es fugaz, pues, cuando el picor ácido y agradable desaparece de la nariz de Pepe, la peste del huésped indeseable regresa aún con más intensidad.

Es poco después del mediodía; la cocina acaba de abrir y todas las mesas están vacías, pero Pepe le dirá al hombre que, pese a que es martes, no hay sitio, que todo está reservado, también en la terraza. O precisamente en la terraza, porque por cuarto día consecutivo el viento sopla del interior, recalentado por los coches, la gente y las empresas de la ciudad, y, aunque solo es febrero, el sol es fácil que haga subir la temperatura hasta los veinte grados en las mesas resguardadas. El domingo, la terraza estaba abarrotada y a Pepe lo inundó cierta felicidad al ver a la gente comiendo y hablando durante horas en camiseta o con la camisa remangada, incluso algunas mujeres con top, sin mangas siquiera. En días como este, el invierno le gana al verano.

Ahora le aterra la idea de que este hombre se quite luego la americana, que destape las manchas de las axilas, como balsas de sudor, y estropee el aroma del arroz azafranado de la mesa colindante antes de que se haya servido. Pepe acaba de colocar las mesitas muy pegadas, tanto dentro como en la terraza, como siempre cuando espera bastante gente.

Está acostumbrado a vivir y a moverse en un espacio reducido, tanto en casa como aquí, aunque con su corpulencia le cuesta algo más que antes. Ahora ese cuerpo suyo le sirve para impedirle el acceso al forastero. Se encuentran en el pasadizo de apenas un metro de ancho que va de la entrada de la calle a la sala del restaurante. Con la mano izquierda vuelve a tapar la cacerola, en la cocina alargada y a la vista de todos, donde la bulla de cuchillos y cucharas, el siseo de las cacerolas y el calor de las llamas, además de los incontables fogones de butano y la impresionante parilla de leña, ya deslumbran a los comensales antes de sentarse. Las mesitas que hay pasada la cocina llenan el espacio que Pepe se niega a llamar «cajón» y que termina en las puertas de cristal que se abren a la terraza, que es como una pasarela de madera que se apoya, a medio metro del suelo, sobre patas tambaleantes. Al final del todo, donde un restaurante normal ya habría terminado, hay una escalerita aún más inestable hacia la playa; allí, en los días más concurridos, también coloca algunas mesas y sillas sobre la arena; sobra espacio, porque si hay bañistas se tumban más allá, a orillas del mar.

Pepe no es tonto. El truco consiste en juntar cuantos más comensales posibles en el espacio disponible en el salón y la terraza, sobre todo los domingos. A veces, un cascarrabias que está comiendo una sopa de pescado se queja del humo de un puro de otro cliente que ya ha terminado de comer, pero incluso eso es aún menos desagradable que el olor corporal de un chupatintas que seguro que es soltero y por la mañana se ha puesto la misma ropa que el día anterior y que se pondrá mañana, y tal vez pasado, para llevársela el viernes por la tarde a su madre para que la meta en la lavadora. Podría desterrar al hombre a la pequeña mesa para dos en la pared de la derecha, donde nadie quiere sentarse porque está justo al lado del baño. En teoría, no puede rechazar a nadie. Pero, si se diese cuenta, Montse se enojaría con él y lo machacaría con el sermón de que él tampoco es el hombre más pulcro de la Barceloneta.

Hace unos doce años, cuando acababa de cumplir los cuarenta, su mujer empezó a llamarlo «barriguita». Le sentó fatal, aunque ella lo decía con cariño. Ahora es más un halago que una afrenta, porque lo suyo ya no es una barriguita, sino una tripa como una pelota de playa hinchable. Se ha ido engordando poco a poco, pero pensaba que no era para tanto mientras lograse verse la picha al orinar. Ahora ya no puede cambiar nada, porque hacer régimen en tu propio restaurante es como ser cura y arrancar páginas de la Biblia en el púlpito. Que no se queje tanto, la Montse, que no hace falta que se lo recuerde cada día. Ella, además, se ha puesto demasiado delgada y no hay manera ya de pellizcarle en el culo. Y él no se lo dice nunca.

Su obesidad es también la razón por la que, en días concurridos, apenas toma nota de los pedidos. El espacio entre las sillas es demasiado estrecho para moverse con comodidad, aunque los clientes asiduos agradecen una breve charla con él y solo quieren que les aconseje sobre el pescado del día, porque no se fían de los camareros jóvenes.

Por eso quitó a Marisol, su hija mayor, de la cocina y la colocó de anfitriona. A los trabajadores del puerto y los oficinistas, casi todos hombres que suelen ir en grupos de entre tres y seis para el menú del mediodía, les pareció una decisión acertada, a pesar de la timidez de Marisol, que con veinticinco años ya podría ser un poco más espabilada; ojalá hubiese heredado la mitad de la jovialidad que tenía él a esa edad o al menos una décima parte de la verborrea de su madre, que por suerte a estas horas todavía está en casa y no se dejará ver, y menos aún oír, hasta que no empiece a llenarse el local.

—¿Sí? —pregunta Pepe como diciendo: «¿Qué coño quieres?».

Se siente tonto por no haberse dado cuenta de inmediato: esto huele mal de verdad. El tipo no viene a comer. Además, no lo ha visto nunca. Un funcionario, juraría. Lleva una americana rígida que se arruga por los hombros, de color marrón oscuro, que lo hace aparentar más edad de los no más de cuarenta años que debe de contar. Tiene el cabello negro pegado a la cabeza y peinado hacia un lado para ocultar la calvicie prematura, un truco que a Pepe siempre le ha parecido patético. Él mismo vio disminuir rápidamente su pelo a partir de los veinticinco años, pero, después de un tiempo de prueba inútil con lociones milagrosas, aceptó que era imposible luchar contra los malditos genes de su padre y su abuelo. Ahora le quedan un par de parchecitos de pelo en ambas sienes y François, el pinche de cocina de Bélgica que de vez en cuando intenta convencerlo del sabor y de la belleza de un plato descabelladamente pequeño, complicado y rebuscado, le enseñó un día un cómic de su país con un personaje que se parece a él y desde entonces lo llama «señor Lambique». Le parece que es una dulce venganza del chaval, pues, desde el día que el joven belga se presentó, con su pelo liso y rubio, tanto Pepe como el resto del personal, en lugar de llamarlo Fransuá, que es demasiado difícil, lo llaman Tintín. El chico, que estudió en una escuela de alta cocina, llegó una tarde de otoño en la que faltaban dos en la cocina por enfermedad y se incorporó de inmediato, no sin que Pepe primero probara su destreza mandándole cortar una cebolla en juliana y preparar una tortilla de patatas.

Un inspector. Debe de ser algo así. Lleva una cartera. Vendrá a averiguar si el restaurante cumple con los requisitos de higiene. O si hay más mesas y sillas de las que estipulan unas normas poco claras. Como si eso le interesara aún al Ayuntamiento o la Generalitat, como si quisieran abusar a última hora de una especie en extinción. Además, tres cuartos de los chiringuitos de aquí no disponen de concesión administrativa. Jamás la tuvieron. Pepe siempre ha tenido sus papeles en regla; es uno de los pocos, aunque la verdad es que se lo debe a la suegra. Pero aun así… Haces las cosas como se debe y encima te incordian.

Claro que… sería un poco raro, un inspector. Pocas veces aparecen por aquí. No se atreven. Se los despacha con una mirada que mata, se los detiene con un muro de desinterés y las abuelas salen de las cocinas con la escoba para ahuyentarlos como ratas. La Barceloneta es territorio comanche: la única ley que impera, al borde del barrio, es la de la buena comida; ningún otro incentivo para venir hasta aquí y maldito aquel que viene a privar a los comensales de su manjar. Hay quien se acerca para una visita a las piscinas y, hasta hace un par de años, los baños. A veces, incluso, para una zambullida en el mar, demasiado sucio por culpa de la porquería que arrastran los ríos desde el interior.

Nunca fue un mar para bañarse. A menudo Pepe observa en el escaparate de una agencia de viajes del barrio fotos de un Mediterráneo de color celeste. Ni siquiera muy lejos, en la Costa Brava, el agua es azul y casi transparente, pero seguro que son fotos trucadas, porque él solo conoce el mar como un charco grisáceo y opaco que además apesta como un vertedero los días que sopla el gregal del noreste. Solo una vez entró en la agencia, para irse con Montse a Canarias, y siempre se ha preguntado qué coño hace un negocio como ese en el barrio, ya que en la Barceloneta nadie tiene tiempo ni dinero para viajar por placer.

—Tengo una carta para usted —dice el hombre y saca de la cartera una pila de sobres del tamaño de una carta del menú.

Los repasa con los dedos; tiene mugre debajo de las uñas, no el negro de los estibadores del puerto, sino la suciedad de una vida desagradable sin mujer que cuide de él o que al menos le preste atención. Pepe ve los nombres de sus vecinos, o, mejor dicho, de sus restaurantes: Maricel, Chanquete, El Cormorán, El Mediterráneo, Las Cuatro Hermanas, Las Golondrinas, Can Silverio, L'Avioneta… El último siempre lo ha hecho reír. ¿A quién coño se le ocurre llamar a un restaurante L'Avioneta, aquí al borde del mar? Carles, el dueño, nunca fue piloto, ni siquiera ha volado en su vida, pero sus padres le pusieron ese nombre por un aviador que poco antes de su nacimiento había sido el primero en cruzar el Atlántico en avión. Y ahora dice que recibe gente cada día en su propio avión. Menos mal que no ha decorado su chiringuito como tal y que sus dos camareras no van vestidas de azafatas. El único guiño es una maqueta de un avión de hélices antiguo en la entrada, que hizo Sergi, su hermano retrasado.

En el último sobre pone CAL PEPE, como si el apestado lo hiciera expresamente.

—Este es para usted.

Pepe ve el remitente en el sobre: MOPU, con letras más grandes que el nombre de su chiringuito y el suyo propio, «Sr. José Luis Sánchez Cepedano». Ninguna dirección. Tampoco es que la tenga, un merendero de verdad no tiene calle ni número.

MOPU: Ministerio de Obras Públicas y Urbanismo. Y debajo: «Demarcación de Costas».

—No la quiero —dice Pepe—. Estas cartas nunca han traído buenas noticias.

—Sería mejor que la aceptase. —El hombre le clava una punta del sobre en el delantal.

—¿Y qué pone?

—No lo sé.

—Claro que lo sabes.

—Usted mismo tendrá que leerlo.

Pepe tiene los brazos en jarras; retrocede medio paso, siente la punta del sobre como una pistola cargada. Además, le es imposible acostumbrarse al tufo corporal que desprende el visitante.

—¿Y para cada uno de aquí hay un sobre como este? Pues entonces ya me lo imagino.

—No se lo puedo decir.

—¿Qué gilipolleces me estás contando? ¿Y los otros sobres? He visto los destinatarios…

—Yo no he leído las cartas.

—¿Y tu jefe? ¿Ese Llorente? ¿Ya no se atreve a venir él mismo para darnos las malas noticias?

—Me han mandado a mí, señor.

—¿Algún problema, Gustavo? —Detrás del mensajero aparece en la puerta un hombre con el uniforme verde de la Guardia Civil. Menos mal que Montse aún no ha llegado. El funcionario menea la cabeza.

—Todo en orden.

También la policía se acerca hasta aquí solo para comer. Casi siempre de paisano. Una tapita gratis o una ración y una copita; forma parte del peaje. Así te dejan un tiempo en paz. Aunque la mayoría se va al restaurante de Agustín, al otro lado del barrio, que fue comisario de la Policía Nacional en Valladolid antes de emigrar a Barcelona y montar aquí su restaurante. Mejor así. A Montse no le gustan nada los policías, de ningún cuerpo. Todos herederos de Franco, dice, que se creen que disponen de la misma autoridad y de los mismos privilegios que hace veinte años. Cuando Pepe les vuelve a llenar en la sobremesa la copa con más orujo o pacharán y ella se da cuenta, le lanza una mirada cargada de reproches. Cuanto antes se vayan, mejor, suele decir Montse. Pese a no venir uniformados, ella teme que los otros comensales los reconozcan como agentes, por sus bravatas y habladurías, y que nadie quiera comer en un restaurante que está hasta la bandera de maderos; para eso mejor ir a otro chiringuito.

—¿Maderos? —preguntó una vez François—. ¿Madero no es el material del que está hecho este chiringuito?

El belga viene cada día con una pregunta de este tipo. No habla mal el castellano, pero es un español de diccionario, de cintas de casete o de su novia de Sarrià, de una familia muy decente con bastante dinero que no habla la lengua de la calle.

—Se dice madera, Francisco, con una «a» —le contestó Ismael, uno de los cocineros—. Pero no estás muy desacertado. Estos tíos se llaman así porque hasta hace poco la Policía Nacional vestía un uniforme marrón madera, ¿entiendes?

—¿Eso no es «moreno»?

Risas entre los demás cocineros.

—No, «marrón». Moreno es mi pelo, morenos son mis ojos. Y morenitos son los de África. El color es marrón. Y un marrón es también otra cosa, pero eso ya lo descubrirás.

—¿Esos policías ahora van de azul? —preguntó François.

—Sí, igual que los municipales.

—¿Y los de verde?

—La Guardia Civil. Son los peores. ¿Sabes cómo se llama un guardia civil en tu país?

—¿En Bélgica? No tenemos.

—Sí que hay. Van de verde.

Más risas.

La siguiente vez que se presentaron unos policías para tomarse un café, de uniforme y en horas de trabajo, François los saludó amablemente mientras avisaba a Pepe al grito de que había unos maderos, con ese acento francés con el que apenas le sale la «r». Después de disculparse ante los agentes —«Es belga, qué va a saber él; seguro que lo habrá oído en el bar de sus amiguitos»—, Pepe lo amenazó con echarlo si empleaba esa palabra una vez más en voz alta, hubiese agentes dentro del local o no.

—Pero vosotros… —protestó François, con sus veintitrés años inocentes sin el peso de una dictadura.

—Nosotros —le dijo Pepe— sabemos cuándo se puede decir una cosa y cuándo no.

En el barrio apenas se ve policía y menos por la noche. Como si incluso a ellos la Barceloneta les pareciese angustiosa, una ratonera llena de jeringuillas desperdigadas por los rincones y heroinómanos demacrados que por un chute te amenazan con una navaja o la propia jeringa. Cuando estaba Franco, Pepe nunca se sintió inseguro; habría dejado a Marisol tranquilamente irse a casa sola, después de medianoche, cuando los últimos comensales se hubiesen marchado. En aquellos tiempos se guardaba la recaudación del día, billetes crujientes de quinientas y mil pesetas, en el bolsillo del pantalón y antes de desplomarse en la cama daba una pequeña vuelta por la plaza para tomar una copa de Veterano en lo de Paco, que sigue abriendo sus puertas casi hasta el amanecer para que los pescadores puedan almorzar antes de salir al mar. Ahora guarda el dinero en una caja fuerte, medio escondida al lado de una de las neveras, y va directamente a casa, en compañía de Marisol, atento a cualquier sonido extraño en las callejuelas desiertas, donde las farolas dan tan poca luz que ni siquiera proyectan sombras. Y aún tiene suerte, si se puede decir así, de que muchos de esos ladronzuelos sean colegas de Chechu y sepan que él es su padre. Hay una ley no escrita que dice que no se roba a la gente del barrio, pero muchas veces se encuentran en tal estado que no reconocerían ni a su propio abuelo o que, debido a su necesidad imperiosa de una euforia calmante, todo les importa un pepino.

—¿Señor Sánchez? —El funcionario se acerca un paso y le pincha de nuevo con el sobre en la panza a Pepe; la punta se dobla—. También ha de firmar por la entrega.

3

El caldo ya ha expulsado todos los olores extraños del restaurante cuando Pepe oye gritos en la calle. Voces de hombres peleándose. Y los chillidos de una mujer, seguramente una de Las Cuatro Hermanas; las seis tienen una capacidad increíble de armar jaleo con sus voces, superan con creces a Montse. Pero un grito tan escalofriante tampoco es normal en ellas.

—¡Salvador!

Nada más. Sí, otra vez.

—¡Salvador!

Y de repente un estallido. Un disparo. Pepe se encoge en la cocina, donde estaba guardando el pescado del día en los frigoríficos. Más gritos fuera, desde todos lados ahora. Y otra vez, una de las hermanas:

—¡Salva, no!

—¡Cabronazo! —grita un hombre—. ¡Pedazo de mierda!

Pepe sale de la cocina, medio agachado, cauteloso, y se asoma por la puerta. Salvador, del restaurante Chanquete, está de rodillas en el suelo. Debajo de él el sinvergüenza de los sobres, bocarriba, inerte. La cartera al lado. Parece que le sale un chorrito de sangre de la nariz, por la mejilla. Detrás de Salvador, el guardia civil; la pistola en la mano derecha apuntando al cielo, la mano izquierda en el cogote de Salvador. A la derecha de los hombres, Marta, una de las seis hermanas, la más joven, aunque ya pasa de los cuarenta; las manos en las mejillas, los ojos como platos.

—¡Salvador, por favor!

La gente se amontona alrededor. Algunos insultan al policía, pero nadie se atreve a acercarse mucho. Ángel, uno de los yonquis más viejos del barrio, pega saltos como un demonio.

—¡Hijo de puta! ¡Cabrón! Cógeme a mí en lugar de un hombre mayor como este.

—¡Y ahora sal de encima! Lo digo por última vez —grita el guardia civil.

—Salva, haz lo que te dicen, por favor —suplica Marta.

—¡Ahora! —El agente baja paulatinamente el arma.

Salvador está sentado tan inmóvil como el funcionario que tiene debajo. El mensajero gira un pelín la cabeza y mira con sus ojos desorbitados a Marta, luego al agente y de nuevo a aquella.

—Déjeme a mí, señor agente, por favor —dice ella.

Sin esperar la respuesta, se arrodilla ante los dos hombres en el suelo. Pepe se acerca, pero se calla; sería capaz de darle a Salvador un consejo inoportuno. «Pégale otra vez, quiero ver cómo le das al pestoso ese…». Pepe aprieta los puños. Por lo menos, Salva tiene un par de huevos.

Marta le coge una mano a Salvador, después la otra. Él parece estar fuera de sí, ausente, como si no la viera, como si estuviese en otro mundo, uno donde no quedará detenido en unos instantes, inmovilizado por el agente contra el suelo o una pared, esposado, esperando a los refuerzos que el agente solicitará, un coche para llevarlo a los calabozos del cuartel de la Guardia Civil de la travessera de Gràcia.

Salvador se levanta, mira al hombre en el suelo y suelta un escupitajo que no le alcanza por poco.

—Que no se te ocurra volver a presentarte aquí —le espeta.

—Queda detenido por agredir a un funcionario público —dice el guardia civil mientras guarda su pistola en la funda para ponerle las esposas. La gente, unas veinte personas ya, se va acercando más.

—¿Qué buscas aquí, facha? —grita alguien—. Ya no sois bienvenidos.

Eh, eh. Pepe está tentado de decirle algo, que no se pasen ahora con el guardia. Se aguanta.

El guardia ni siquiera mira de dónde vienen los exabruptos. Está acostumbrado a lo de «facha».

—Señor agente —intenta decir Pepe. Sabe de antemano que no tiene ninguna posibilidad—. Por favor, déjelo que se marche, le pudieron los nervios, ya tiene casi setenta años…

No los aparenta. Salva, como lo llama casi todo el mundo, trabajó hasta los cuarenta en el puerto, hasta que su espalda se rindió. Pero aún posee unos brazos y unas manos como cucharas de grúa y un rostro estrujado, lleno de surcos, debajo de un cabello gris y salvaje.

—¡Distancia! —espeta el agente. Vuelve a acercar la mano a la funda.

Se aproxima una sirena, el murmullo de los espectadores se apaga. El funcionario se levanta y con la manga de la chaqueta se quita la sangre de la nariz, se sacude el pantalón a la altura de las nalgas casi inexistentes y recoge su cartera y los sobres del suelo.

Pepe se coloca a su lado.

—La próxima vez, vente solito si te atreves —le susurra.

—¿Es una amenaza? —pregunta el mensajero.

—Yo no amenazo a nadie —dice él—. Ni me atrevería. Siempre les he tenido respeto a los policías.

4

El último gran arreglo fue hace bastante, en 1929. Eran otros tiempos, ya lo sé. Cada vez queda menos gente que lo vivió en persona. Pero todo aquello que levantaron para la Exposición Internacional se mantiene en pie con dignidad. Claro, me querían presentar al mundo lo más hermosa posible; en ese sentido no ha cambiado nada en todo este tiempo, así que había que zarandear bien y embellecer a esta vieja dama. Construyeron unas naves enormes, monumentales, a las que llamaron «pabellones y palacios». Además, levantaron un palacio de verdad, aunque nunca residieron reyes allí; no están muy bien vistos aquí. Se encuentra en la ladera de la colina, a la que llaman «montaña» pese a sus solo ciento ochenta metros de altura. Montjuïc. No era un monte muy tentador en aquellos tiempos; sus únicos habitantes eran las decenas de miles de pobres obreros en chabolas y los cientos de miles de muertos en el cementerio.

Un poco más arriba erigieron un auténtico estadio, más grande que mis tres plazas de toros juntas, y al pie del monte una bella plaza. Además de una fuente. Sí, si quieres entusiasmar a la gente tienes que construir una fuente. Después la iluminaban con colores y en los últimos años el agua baila al son de la música; así, desde hace décadas, familias enteras disfrutan de una bonita salida una noche de sábado o de verano.

Si la miras ahora, toda esa transformación no fue más que cirugía plástica, igual que con ocasión de la anterior, la de 1888. Todo lo que se construyó fue para presumir y ofrecer diversión a la gente. No construyeron viviendas ni mejoraron las condiciones de vida de los habitantes. Todo lo contrario: lo que hicieron no fue más que ocultar la miseria. Justo detrás de esos palacios de la exposición levantaron un muro, para ahorrar a los visitantes el espectáculo de un barrio de chabolas que no dejaba de crecer. Casi todos los que vivían allí eran inmigrantes del resto de España, y muchos de ellos, trabajadores que ayudaron a construir aquellos pabellones. Malvivían con su familia en chozas de madera, de cartón, muy pocas veces de cemento y casi siempre con el techo de latón. Las calles, mis calles, si se las podía llamar así, se convertían en un barrizal en cuanto llovía. La mierda bajaba de la montaña como un riachuelo contaminado, mientras que al otro lado del muro, el lado «bueno», brillaba el empedrado de adoquines negros, resistentes a todo tipo de inclemencias.

Y ahora vuelven a reformar mi montaña. O una de ellas, porque también tengo el Tibidabo, ¿eh? Además de otras siete colinas, los *turós*, igual que Roma, aunque eso la mayoría de la gente no lo sabe. Pero bueno, regresemos a Montjuïc, que después de aquella exposición, como se podía esperar, volvió a caer rápidamente en el olvido. Sí, en la ladera cerca del mar se levantó un parque de atracciones, con una montaña rusa y un tren fantasma y coches de choque y un pulpo y una noria. Fue, junto con una visita a sus queridos difuntos, la única razón por la que la gente se atrevía a subir a la montaña. Pero más allá de la diversión en el parque, rodeado por vallas, no se aventuraban, pues detrás estaban las barracas con sus treinta mil habitantes, de los que se pensaba que todos eran delincuentes.

Ahora, el barrio de chabolas ha desaparecido para siempre. Las autoridades siguen pensando igual que hace sesenta años:

cuando el mundo viene a visitarte, has de esconder rápidamente todo lo que te avergüenza. Y eso que durante años no se han esforzado nada en solventar el problema. Suelen dejarlo supurar y de tanto en tanto limpian el pus con un clínex, eso es todo. Ahora, al menos han cortado el problema de raíz. Y lo están haciendo en más sitios.

5

Los martes suelen ser más tranquilos, se puede permitir llegar un poco más tarde a Cal Pepe. Y, si hubiera una afluencia de público inesperada, su marido estaría enseguida al teléfono para decirle, sin esperar ni siquiera su saludo y con su habitual tono insistente, como dando órdenes, que tiene que presentarse ya mismo, sin más dilación, sin entretenerse, como siempre, cinco o diez minutos más barriendo la casa, tendiendo la colada o cambiando la ropa de la cama de las chicas, porque eso lo pueden hacer ya ellas mismas. O sea, su presencia sería imprescindible en aquel mismo momento, porque, además, la mitad de la pequeña brigada de cocina libra los martes, así que ya son pocos para atender a la inesperada clientela, y, a decir verdad, ya está llegando tarde, pues, viendo el buen tiempo que hace, podría haber contado con esta concurrencia de comensales. A veces, Montse se cansa tanto de él que deliberadamente, sobre todo los martes, se dirige más tarde al chiringuito, incluso cuando Pepe ya la ha llamado, y se regocija ante su mirada ofendida cuando cruza la puerta, se pone el delantal mientras echa un vistazo a la sala y ve que el trajín tampoco es para tanto. Desde hace unos años, no le da un beso en la mejilla cuando llega; él nunca se ha quejado. Y, desde luego, tampoco toma la iniciativa de dar ese beso.

Los lunes cierran para recuperarse de un fin de semana agotador que suele acabar con una caja a rebosar donde ya no caben los fajos de billetes. Los pescadores no regresan hasta última hora de la tarde de faenar en alta mar, aunque no es un inconveniente insalvable. Todo el mundo se conoce el consejo de que los lunes no se debe pedir pescado en un bar o restaurante porque te sirven las sobras del fin de semana, pero no hay nada malo en usar los desperdicios en los caldos, las salsas y los *fumets*. Lo que los comensales no saben, y tampoco es necesario contárselo todo, es que las sobras, puesto que el restaurante está cerrado el lunes, se vierten los martes por la mañana en las grandes ollas para no tirarlas a la basura; es el último día posible para hacerlo antes de que los crustáceos y el pescado empiecen a desprender un olor a putrefacción. Menos mal que Pepe tiene buen olfato y ella no tiene que ir para eso los martes a primera hora.

Aún no ha sonado el teléfono. Montse estira las sábanas de la cama de sus hijas y vuelve a pasar la escoba por el comedor, que se quedó bastante más pequeño cuando Adela se hacía demasiado grande como para seguir compartiendo la habitación con su hermana mayor y decidieron colocar una pared para montar otro dormitorio. No es que Marisol hubiese pedido más privacidad, que de todos modos sería totalmente imposible en este piso. Ella nunca pide nada.

Montse se mira en el espejo que hay encima del sofá, que sirve sobre todo para que el comedor luzca un poco más grande. Con tantas preocupaciones ha perdido sus últimas capas de grasa. Se ve demasiada delgada y así de flaca parece mayor. El año que viene cumplirá los cincuenta; su cadera es más finita que cuando tenía treinta y acababa de parir la última de sus tres hijos. Pero la mayor diferencia está en la cara. Antes, tenía las mejillas redondas y sonrosadas. Cuando se conocieron, en la barra del Jai-ca, en medio del barrio, Pepe creía que era gallega. Le hacía ilusión; del mismo rincón de España, tan cerca de su ciudad natal. Su rubor ha dejado lugar a unos pómulos afilados que le han endurecido el rostro, también porque la nariz, puntiaguda como el pico de un jilguero, ya no se camufla en el suave colchón de sus mofletes. Que de su boca salga una voz alta y aguda no sorprende a nadie. Menos mal que le quedan los ojos, marrón claro como las avellanas del campo. No están cubiertos por un velo de resentimiento, como los de su marido.

Un poco raro, pero siempre se preocupaba menos por sus hijas que por su único hijo. Marisol suele ir a casa con ella o con Pepe tras cerrar el restaurante y Adela, por el tema de los estudios y el deporte, nunca ha sido muy de trasnochar. Aun así, Montse jamás logra conciliar el sueño hasta que no ha oído la puerta de la calle y sabe que todos están dentro.

Chechu era el que la mantenía desvelada más tiempo. A su regreso, primero se oía el traqueto en la cocina y al final el portazo en su habitación antes de desaparecer en las tinieblas reconfortantes hasta bien entrado el día siguiente. Cuando Montse se levantaba por la mañana, siempre echaba un vistazo para asegurarse de que realmente estuviese en su cama y, de paso, cerraba la persiana por donde ya se colaba la luz difusa del amanecer. Y antes de dirigirse al merendero volvía a mirar y, si seguía en la misma posición y la peste a alcohol o a suciedad de la calle era más intensa que antes, abría la ventana un poco, sin que su hijo se despertara del profundo letargo.

Eso era en los tiempos en que Chechu dormía en aquella habitación.

Montse ha ido dejando la costumbre. Siempre esas preocupaciones, ¿y para qué sirvieron? Su propia madre nunca ha sido así, no lo ha heredado de ella. Tal vez la vida antes fuera más dura, pero de alguna manera también más despreocupada. A menudo, durante las horas en la cocina, su madre le cuenta las historias del barrio, de cómo era antes. Había que esforzarse más para sobrevivir, la pobreza era mayor, pero también el control social. Todo el mundo sabía quién era el niño de quién y avisaba a los padres cuando veía que alguno se pasaba de frenada. Y no existía la heroína.

Se despierta de golpe ante el espejo y coge la escoba y el recogedor del suelo. Todo está barrido. Le gusta que la casa esté limpia, cada rincón, cada ventana, cada estante en el único armario del comedor. Nunca es mucho trabajo. El salón es pequeño, apenas puedes mover el culo, desde la calle tropiezas enseguida con la mesa y detrás ya está el bloque de la cocina, con el espacio justo para los fogones, el fregadero y un trocito de encimera. A la derecha, el televisor en el aparador, ya que la tele la suelen ver desde la mesa, la única que hay, en el escaso tiempo libre que tienen para ello. Ahora está apagada; Montse disfruta de los momentos de silencio en la mañana, por fin en soledad. Nunca ha vivido sola, ni un día. Más de una vez ha pensado que se casó demasiado pronto, a los veintidós años, pero, si no lo hubiese hecho, habría vivido con sus padres. Era lo normal. Sigue siéndolo. Ahora ya no piensa en ello.

Al lado del aparador hay un sillón que Pepe encontró en los Encants y donde se pasa el tiempo muerto entre comida y cena, cuando el restaurante está cerrado, atrapado en un sueño profundo, roncando. Y a la derecha de la puerta de entrada, contra la pared de la habitación de Chechu, el sofá de dos plazas, el preferido de las nenas, sobre todo de Adela, que es quien más tiempo pasa en casa.

Compraron la casita en el carrer de la Mestrança cuando se casaron; para Montse es eso, su casita, no un piso ni un apartamento, pese a los vecinos de arriba y al lado. A principios de los años sesenta se podía pagar, también porque por

34

aquel entonces aún era un *quart de casa*, como lo llamaban en el barrio. Ella ya había nacido y crecido en una así, no en la planta baja, sino en un cuarto piso: menos de treinta metros cuadrados para una familia de cuatro; estaba acostumbrada. Cuando después de Marisol nació Chechu, pudieron comprar la casita detrás de la suya, que daba a la calle trasera, y derribar el muro para convertir el cuarto de casa en media, con espacio para los cuatro y, después de añadir una habitación extra, también para los cinco. Total, se pasan el día entero en el restaurante, qué importa el espacio que hay en casa.

Adela se ha ido pronto esta mañana, la primera, a las seis. Como siempre, Montse se ha levantado con ella para prepararle el desayuno; anoche ya le hizo la comida de hoy, para tomar aquí o llevársela en un táper a la universidad.

—Adiós, cariño —le ha dicho, como cada día, en esta mañana de febrero aún oscura y, después del beso en la mejilla, ha seguido mirándola hasta que ha girado la esquina para caminar unos cientos de metros por el puerto hasta llegar a la piscina.

Suena el teléfono.

—¿Diga?

—Ven ya —bufa Pepe por el auricular.

—¿Tan pronto, cariño?

Ya ha colgado.

6

Al doblar la esquina, Montse ve el alboroto en el caótico callejón entre los chiringuitos y los bloques de pisos. Siempre hay gente, pero más en fin de semana o de noche. No un mediodía de martes. Ve a Pepe en su postura favorita, como un agente con silbato en un cruce muy concurrido, una mano agitada y levantada, la otra señalando con el dedo índice con vehemencia algo indefinido. Normalmente está así cuando intenta tener la razón, igual que el policía de tráfico que no acepta que alguien le lleve la contraria, pero esta vez Montse oye más voces, todas a la vez, como los automovilistas que con su bocina solo consiguen cabrearse los unos a los otros. Curiosos, algunos vecinos han sacado la cabeza por la ventana, atraídos por las palabras estridentes que resuenan contra las fachadas y se desvanecen con un eco por encima de los tejados. Aquí están acostumbrados al jaleo. Lo peor es siempre en medio de la noche, el grito escalofriante de una mujer cuando uno de los yonquis del barrio le roba el bolso o una joya. No es un grito de dolor, porque esa chusma roba sin herir a nadie para escapar de una condena de prisión por un hurto con violencia, sino un chillido de susto y sobre todo del desespero extremo que causa la pérdida de algo de valor o muy querido. Todo se ha vuelto aún peor desde que grupos de jóvenes argelinos y marroquís bajan en la oscuridad a la Barceloneta desde su territorio en el Born y Sant Pere.

«Esto con Franco no pasaría», gruñe Pepe cuando Montse se despierta en la cama por uno de esos gritos y lo desvela con un empujón.

Que no sea Chechu, por favor. Es lo que pensaba siempre y para asegurarse volvía a echar un vistazo a la habitación para comprobar que no se hubiese marchado otra vez.

Ahí está Ángeles, de El Cormorán. Y Joan, su vecino de Gran Catalunya, que en cuanto murió Franco cambió la eñe de «Cataluña», porque para él no hay nada más español que la virgulilla, una serpiente fascista que siempre lo vigilaba desde el tejado de su restaurante. Y Susana, de Las Cuatro Hermanas, una de las seis que llevan el chiringuito, hasta hace poco junto a su madre. Grita tanto que la voz de barítono de Pepe queda cortada a rachas por sus octavos. Ya le va bien a él que de vez en cuando una mujer lleve la voz cantante.

El nombre original del merendero fue Las Dos Hermanas. La madre, Alegría, cambiaba el nombre con cada hija que nacía, pero lo dejó después de la cuarta, temerosa de que tras la quinta siguieran una sexta y una séptima, y, además, todos esos cambios de nombre costaban dinero y confundían a los clientes, aunque para los de siempre el chiringuito siempre sería Las Dos Hermanas. Alegría, que esperó hasta los sesenta años para echar a su marido vago, agresivo y borracho de casa, falleció lamentablemente hace unos meses.

Pepe tiene un papel en la mano, igual que Joan. Y Susana agita también algo. Carles, de L'Avioneta, adelanta a Montse; no debe de haberla reconocido, porque no saluda y se dirige gritando al grupo.

—¿Vosotros también? —Se le cae una hoja, la recoge, la estruja y la tira hacia el grupo—. ¡A la mierda!

Ahora ella ve a Cecilia, una de las hermanas de Susana, sentada en la entrada de su restaurante. Está llorando. Marta está a su lado. Montse supone que tiene que ver con la muerte de la madre, justo antes de Navidad. El dolor y el luto de las gitanas no parece tener fin. Desde aquel día, la alegría de antaño apenas se respira ya en Las Cuatro Hermanas; a su risa le falta la espontaneidad de antes, algo que ella observa también en el rostro de Pepe. Su marido nunca fue el más bromista del mundo, pero desde lo de Chechu es una ostra cerrada y lastimera, en casa más que en la faena; solo cuando recibe a los clientes habituales dibuja una sonrisa forzada en la boca y reparte alguna palmadita o chanza, pero sin el entusiasmo de antes.

Alegría era igual que la madre de Montse y, como todas las mujeres de aquí, que ahora tienen setenta, ochenta años, el alma del restaurante, la cicerone de la cocina, la reina de la paella o la zarzuela, la mujer, las mujeres con quienes empezó todo hace medio siglo y gracias a quienes todo sobrevive igual que en los inicios.

La madre y la abuela de Montse fueron de las primeras en poner un merendero, justo después de la guerra. Porque algo tenían que hacer. Apenas había trabajo, la pobreza era inmensa; la tristeza por la derrota, infinita; el odio hacia los vencedores, aún más grande. El barco pesquero del abuelo había quedado dañado en uno de los muchos bombardeos y no tenía dinero para repararlo. Y eso que tuvieron suerte: no perdieron a nadie por culpa de las incontables bombas que Franco hizo caer sobre la ciudad.

Montse acababa de nacer y vivió el nacimiento del chiringuito como el bebé que era, inconsciente de ello. Su padre, Ramon, construyó un cobertizo al final de la calle, en la playa de Sant Miquel, a petición de su suegra y su mujer. Había algunos más esparcidos sobre unas decenas de metros. Cuatro paredes de madera, una de ellas con una puerta, y un techo de latón. Una chabola refinada.

—¿Quién se apunta? —grita su marido.

Se levantan algunas manos, se oyen varios síes. Pepe la ve venir, pero no la saluda; sigue en medio del cónclave ruidoso.

Montse no tiene ganas de sumarse, ¿para qué coño la ha llamado? Clientes no hay. Se sienta al lado de Cecilia, que se seca las lágrimas con el delantal, grasiento por el aceite y con manchas amarillentas y marrones.

—Ten, un clínex, mejor para los ojos —le dice—. ¿Qué pasa?

—Eso —dice Cecilia y señala el grupo donde ahora es Carles quien lleva la batuta de director de orquesta, que apoya la mano sobre el brazo de Pepe y habla a los demás, más calmado que hace un par de minutos, ya con su habitual quietud.

Montse no oye lo que dice.

—¿Pelea de gallos?

Cecilia la mira por primera vez.

—¿No te lo han dicho? Se ha presentado esta mañana un imbécil del MOPU, un tipo asqueroso, solo le faltaba un bigote en esa cara de sinvergüenza, una versión joven de Franco, como todos esos funcionarios que han conservado su silla. Qué hijo de puta que era.

—Calma, cariño. Esa boca…

—Pero es lo que era, coño. Un tío así no puede tener una madre decente. Y sus jefes tampoco, o quien sea que lo haya mandado. Todos unos hijos de puta. Menos mal que mi madre no tiene que vivir esto. —Cecilia empieza a llorar de nuevo—. Sobrevivió a Pequín y a los bombardeos y a la tuberculosis, pero esto la habría matado.

—Pero esto no es Pequín, cariño, pese a lo que haya pasado esta mañana. —Montse intenta consolarla—. Aunque sigo sin saber qué pasa. ¿Tan grave es?

Pequín fue el infierno, un barrio de chabolas en los límites de la civilización, o incluso ya caído por el borde, en una franja estrecha en la costa, lejos del centro de la ciudad. Cuando Montse o su hermana se quejaban de las estrecheces en el *quart de casa* donde tenían que vivir, comer, dormir, jugar, hacer los deberes y lavar —ducha no había—, su padre siempre señalaba hacia el noreste y, sin enfadarse, pero con esa frialdad que era muy suya, algo que impresionaba mucho más que si se encolerizara, les decía que fuesen a Pequín o Somorrostro, lo que en realidad nunca les permitiría por ser demasiado peligroso, y que ahí descubrirían la inmensa suerte que tenían con una vivienda, por pequeña que fuese, de piedra y puertas, de dormitorios y bombillas, de gas y calor en invierno, de un techo y pies secos.

Cecilia, Susana, Marta y sus tres hermanas, Lola, Candela y Alegría, crecieron en Pequín. Cuando a la mayoría de las familias de las chabolas se les ofreció en los años setenta un piso en los nuevos bloques de La Mina, a apenas doscientos metros de allí, la familia de Susana y Cecilia fue de las pocas que no se instalaron en las colmenas de hormigón a orillas del pestoso río Besòs, sino que se trasladaron a la Barceloneta, donde se quedaron el chiringuito de un vejete sin herederos.

—¿De qué viviremos? Esto es todo lo que tenemos —dice Cecilia mientras amaina el tumulto en el grupito y Susana se dirige hacia ellas. Le da un beso a Montse y resopla.

—Hijos de puta —refunfuña ella también, palabras que suenan crudas, como truenos en un cielo despejado, en su boca con pintalabios rojo chillón que hace aún más atractivo su rostro de gitana de cuadro.

—Eso no lo dirás de Pepe, ¿no? —pregunta Montse—. Tiene muchos defectos, pero ese no.

—No, no, por supuesto que no. A vosotros también os están jodiendo, como a nosotras, como a todos.

7

—¡Montse! —Pepe vuelve a agitar los brazos; casi todos los demás se han marchado—. ¡Ven aquí!

—El jefe te llama —bromea Cecilia, con las lágrimas ya secas por el ardor de una sonrisa nostálgica—. ¿Pero por qué siempre parece enfadado?

Ella se levanta. Ahí está, su Pepe, la panza apuntando, por lo que sus brazos parecen más delgados y cortos de lo que realmente son. Adela lo llama «el hombre Michelin», chinchándolo, y no porque se pase el día proclamando que su cocina es la mejor de la Barceloneta. Los inspectores de la guía francesa nunca se presentarán aquí, en cocinas que nacieron de la pobreza, donde no cuentan los cubiertos, las servilletas y la decoración, sino la materia prima, el pescado fresco del día, extraído del mar delante de la puerta, bueno, un poco más lejos, ahí donde la porquería de la costa aún no ennegrece el agua.

Cecilia también lo dice: Pepe mira enfadado. Así que no es imaginación de Montse. Ha ganado en volumen, pero ha perdido esa risa eterna del hombre Michelin. Por supuesto que Chechu tuvo parte de culpa, aunque es inútil quedarse el resto de la vida estancado en ese cabreo. O tristeza, o impotencia, o lo que sea con lo que se flagela uno. Pepe consideró a su hijo un holgazán, un niño mimado. No tenía idea de que su padre, cuando era chaval, hizo con los abuelos aquel viaje largo e incierto en tren de Ponferrada a Barcelona, con todos los enseres en unos sacos de yute y nada más en los bolsillos que la ilusión de encontrar en la gran ciudad portuaria empleo y un futuro mejor. El padre de Pepe trabajaba desde los catorce años en una inmensa cantera de pizarra en la frontera entre León y Ourense, pero lo despidieron por causar un accidente mortal. El viejo Sánchez nunca más regresaría a su tierra.

Será porque Cecilia lo acaba de mencionar, pero a Montse ya no le llama la atención, está acostumbrada al nuevo Pepe. Tendrá que aceptarlo, o ya lo ha hecho, aunque a veces aún la pone triste o de mal humor, depende de su estado de ánimo. Y, como se pasan la mayoría de los días en el restaurante, él en la sala y ella en la cocina, pues tampoco le molesta tanto. Alguna vez lo invade el temor de cómo será cuando estén jubilados, los dos en el minúsculo comedor de casa, él refunfuñando en su sillón. Pero ese momento está aún a años luz y la verdad es que en tu propio restaurante no te jubilas nunca. Cada martes su madre la acompaña en la cocina, todavía vital y lúcida a sus setenta y seis años. Se dedica a preparar la picada, la mezcla de almendras, ajo, perejil, aceite de oliva y un cacho de pan seco que es la base de los platos de pescado. «L'àvia», como todos la llaman, no es un estorbo para los cocineros, aunque no puede evitar corregir a los novatos cuando según ella hacen alguna cosa mal. Pepe habrá puesto su nombre al chiringuito, pero hasta el día de su muerte el restaurante será de ella y así se lo restregó a su yerno cuando, cabezón como pocos, impuso su voluntad. Y, como para resaltarlo, siempre hay algún momento en el que abandona la cocina y se da una vuelta por la sala y la terraza para preguntar a los comensales si es todo de su agrado, o para charlar un poco con los clientes habituales, algunos de su misma edad, a los que conoce desde hace más de cincuenta años, todos supervivientes de los interminables años negros de la posguerra. Con su presencia aparentemente frágil, la yaya Montse —en los últimos años se ha encogido poco a poco, por lo que, junto con su espalda encorvada, secuela de tres cuartos de vida encima de una tabla de cortar o de los fogones, parece aún más chiquitita de lo que es— causa un leve cabrilleo de simpatía entre las mesas, como si quisiera acentuar con su levedad el contraste con la mirada áspera y el cuerpo torpe y porfiado de Pepe.

—¡Montse! —Pepe otra vez.

—Pero ¿qué es todo esto que está pasando? —le pregunta mientras se acerca.

—Un gran hijo de puta pestoso…

—Cariño, esa boca.

—Pero es lo que es, tendrías que haberlo visto. Una rata es menos guarra y solapada.

—Así no se habla de las personas. Susana también…

—Pero si ese es precisamente el problema, no son personas. Son hipócritas, cobardes que en algún despacho de Madrid deciden que nuestra vida en la playa se acaba, así de golpe, ratatá, bum y listos. Envidiosos, seguro, porque ellos tienen que viajar un día entero para ver el mar.

—Pero dime lo que ha pasado, cariño.

—La Ley de Costas.

—Pero si hace tiempo que no nos han dicho nada.

—Eso, dos años sin noticias. Y ahora nos echan. Diez días. Diez días nos han dado.

—¿Diez días para qué?

—Para vaciar, desalojar. En diez días lo derriban todo.

—¿El restaurante?

—Todo. Todos los merenderos. Por poco no lo echo a hostias de la cocina. Salva no pudo aguantarse y mira… Lo han detenido. Incluso hubo disparos.

—¿Han matado a alguien?

—No, tonta. Un guardia civil tiró al aire, se vio amenazado. Salva le había dado un guantazo al tipo del ministerio, estaban los dos en el suelo y la gente se metía.

Pepe se gira, se dirige a la entrada. La *cova*, la bandeja con el pescado, aún no está expuesta. Montse lo sigue, echa un vistazo hacia atrás, un poco por arriba, hacia la amenaza en el cielo azul. Empieza a contar; no sabe por qué, a lo mejor para no ponerse a pensar, para no llorar. Veinte, treinta, pierde la cuenta. Uno de los rascacielos está más avanzado que el otro, debe de haber alcanzado ya casi su cima. Más de cuarenta pisos, algo único para la ciudad. Muy altos. Muy nuevos, también. Esos sí que pueden estar ahí, a orillas del mar.

¿Y los chiringuitos, aquí en la playa? ¿Demasiado insignificantes? Tienen los permisos en regla; se los dieron a su abuela y a su madre hace casi cincuenta años. Como a algunos de los vecinos, Joan, las hermanas, Can Genís, Las Golondrinas y La Platjeta.

Pepe le da una carta, ve que es del ministerio. ¿Y para qué le sirve?

—Dime tú lo que pone —le dice Montse.

—No. Has de leerlo tú misma para creerlo.

Ella entra en el restaurante. Aún no hay gente, como si todo el mundo se hubiese asustado por el tumulto. Recoge un papelito —luego barrerá el suelo— y se sienta en una mesita, al lado de la pared donde cuelgan las fotos antiguas, donde se detienen los comensales que vienen por primera vez y donde los viejos del barrio desentierran sus recuerdos, enseñándoselas a sus hijos y nietos, cada uno con su propia historia. Fotos de incluso antes de la guerra, antes de que se construyeran los merenderos; de gente en bañador en las casas de baños o tomando el sol en hamacas en la franja estrecha de playa, o vestida de domingo con su coche al final del rompeolas, en el puerto. De la gran fábrica de gas, de la plaza de toros El Torín, de la Maquinista Terrestre y Marítima.

8

Se emplean a fondo, pero también sin miramientos. Hay gente que pierde su casa, o su tienda o restaurante, a veces una
fábrica entera, porque en un tablero de dibujo se ha trazado
una circunvalación en ese lugar, o porque se ha previsto una
plaza, o un edificio más nuevo. Creo que nunca lo he visto de
forma tan radical como estos años. Hasta ahora me habían
dejado crecer continuamente, desde un pequeño asentamien-
to en el monte Táber, pasando por una ciudad medieval amu-
rallada, hasta la que soy ahora. Hace tiempo que no se me
puede hacer más grande, me siento empotrada entre los su-
burbios superpoblados, los ríos, el mar y la montaña, así que
lo que hacen ahora es cortar trozos para sustituirlos por algo
nuevo.

Viviendas en lugar de fábricas, eso sí me parece un progreso, he de reconocerlo. Y parques en lugar de vías de tren.
O playas de arena en lugar de guijarros. Me lo voy a creer de
verdad, que esto realmente me beneficia, que aguantaré un
tiempo más y que tal vez seré más atractiva para los que me
visiten. Que podría ser incluso más popular que Madrid, porque, pese a su belleza, solemnidad y lujo, no tiene playa.

No es que a mí, hasta ahora, me haya importado mucho
la mar. Es como la vecina que te saluda, amable, cuando topas
con ella en la escalera o el portal, pero nada más. Nunca inter-

cambiamos impresiones, nunca chismorreamos de otros, nunca nos decimos cómo nos sentimos de verdad. A veces me quejo, en silencio, de las molestias que genera, cómo empuja sus aguas, tierra adentro, para quitarme cosas a mí. Pero nunca me he atrevido a decírselo a la cara.

Estaba aquí mucho antes que yo, por supuesto, y trae trabajo, mercancías y riqueza, pero es como si siempre hubiese habido una barrera descomunal entre nosotras. No solo un estorbo físico, con las vías del tren y su muro interminable, el puerto mugriento y los barrios de chabolas en la playa, sino también una barrera emocional. He vivido de espaldas a ella, nunca me he dado la vuelta. Sabía lo que ocurría detrás de mí, sobre todo los barcos que llegaban y partían, pero no me interesaba para nada. Y a la mar yo le importo aún menos, ella me necesita mucho menos a mí que yo a ella. Es más, puede vivir completamente sin mí, tal vez viviría incluso mejor. Estaría al menos mucho más limpia.

Como sea, estoy contenta por lo que he ido descubriendo estos últimos años, y eso que los trabajos todavía no han terminado. Aún no me he dado la vuelta por completo, estoy bocarriba mientras fisgan en mi interior, pero ya siento algo más de frescor. Su cercanía se empieza a tornar un poco más agradable, sus aguas me golpean con amabilidad, incluso me seducen. Soy una mujer vieja que se cree una chica joven de un pueblo de interior que por primera vez en su vida ve la mar y que encima, dentro de un tiempo, podrá bañarse en ella.

9

—¿Y ahora qué, cariño? —pregunta Montse.

En una mesita de la terraza se entretienen los últimos comensales, lentamente el sol desaparece detrás de Montjuïc, dentro de media hora se notará más frío. Febrero siempre es engañoso. Durante la comida, la terraza al final estaba a rebosar. Esta noche, los clientes, aunque no suelen venir muchos a cenar un martes, apreciarán detrás de los cristales el calor del comedor, acompañado del olor a leña procedente de la cocina.

—Lo primero, llamar al abogado, pero de eso se encarga Joan. Y, conociéndolo, lo habrá hecho al instante —contesta su marido.

Pepe estira los brazos, se frota la calva con las manos, se pincha los ojos con los dedos y coge la copa de whisky que tiene delante. El sol refuerza el color dorado de la bebida, los cubitos de hielo brincan alegremente bajo la luz y transforman con sus reflejos el delantal en una vistosa pista de baile de discoteca.

Montse tiene delante una copita de anís. Sin hielo.

No han brindado, solo lo suelen hacer en celebraciones de cumpleaños y en Nochevieja.

—¿Y esos diez días? ¿Mañana ya hemos de empezar a recoger todo? ¿Tú sabes cuánto trabajo es eso? Me niego —dice ella.

—No creo que vengan ya…

—Esta vez nos quieren echar de verdad, cariño. Lo sabes.

—Sí, sí, lo sé.

—Y eso lo deciden en Madrid, a seiscientos kilómetros de aquí, sin una pizca de mar a la vista. No tienen agua para disfrutar. Un río medio seco y aquel estanque lleno de barquitos en el Retiro, donde ves a adultos comportándose como niños. No tienen nada más.

—«Vaya, vaya, aquí no hay playa…» —empieza a tararear él.

—Pepe, voy en serio.

—«Podéis decir a gritos que es la capital de Europa, podéis ganar la Liga, podéis ganar la Copa, podéis tener hipódromo, Jarama y Complutense…» —continúa aquel.

—¡Pepe!

—«Y al lado la Moncloa, donde siguen los de siempre; podéis tener el mando del imperio en vuestras manos…».

—Te lo digo de verdad, déjame. No es ninguna broma. Y encima cantas fatal.

—«… pero al llegar agosto y el verano…» —Pepe se levanta de la silla y grita a todo pulmón—: «¡Vaya, vaya! ¡Aquí no hay playa!».

La gente en la mesa los mira desconcertados. Igual vienen de Madrid. Aun así, Montse se echa a reír.

—Pepe, por favor.

—Una canción desternillante, ¿no?, para vosotros, los catalanes. Todo el mundo la cantaba el año pasado, o el anterior, no me acuerdo. ¿Cuándo fue?

—No lo sé, cariño. Pero entiendes lo que quiero decir, ¿no? Hablo de la costa, Pepe, esta costa, nuestra costa. Aquí, delante de tus ojos, fíjate bien, esta arena, estas aguas. Esta choza vieja que mi padre levantó.

Montse se gira, alza la mano y le pide otra copita a Cisco, el camarero más veterano y fiel.

10

A Montse se le escapa la risa tonta mientras remueve una de las cucharitas de plata de su abuela en la taza de café. Pepe se inclina sobre un cenicero, el cigarrillo colgando entre los labios, por primera vez en cincuenta días. En Año Nuevo dejó de fumar, pero hoy ha vuelto a empezar. El estrés, dice. Ha prometido que a partir de ahora saldrá a la calle cuando se encienda un pitillo, salvo si llueve, porque no hay ningún cobertizo; el balcón de los vecinos de arriba es demasiado estrecho como para resguardarse de las gotas.

Adela acaba de irrumpir en casa como solo ella sabe hacer, llenando de golpe el reducido espacio con su presencia.

—¿Qué os pasa a vosotros? ¿Habéis bebido?

—Hola, cariño, pasa, pasa —carcajea Montse.

Pepe no reacciona. Su mujer mira de Adela a Marisol, que está en el sofá y simula que no oye ni ve nada. Está leyendo el *Pronto*, o lo hojea, porque lleva más fotos que letras. Desde su pubertad es su revista favorita, repleta de chismes sobre estrellas de cine y televisión, sobre príncipes y princesas y otros famosos, pero también de consejos para los jóvenes, sobre relaciones y sexo. Montse no cree que le sirvan de mucho a su hija mayor. Es como si hubiese parido una monja.

Adela le da un par de besos después de tirar sus dos bolsas al suelo, entre el sofá y la cocina.

—Hueles a alcohol —le dice.

—Un par de copitas de anís, nada más —ríe Montse.

—Ay, mamá —la riñe cariñosamente su hija menor. Adela da dos pasos hacia la nevera y coge un yogur—. ¿Sabéis que Danone no viene de Francia en origen? Viene de aquí, del Raval. Lo acabo de aprender hoy.

Y comienza a contar, sin que nadie le haya preguntado, ignorando el tedio de la tarde en el comedor.

¿Cuántas veces se lo habrán preguntado a Montse? ¿Adela o Marisol? «No», suele contestar; por supuesto que no tiene favorita. Las dos tienen algo de ella. Marisol, la parte hogareña, su apego a la familia. No la ve independizarse, ni loca. Ni falta que hace, nunca ha sido ningún estorbo. Adela es la parlanchina. A Montse le gusta escucharla, se entera de cosas que no sabía, aprende historias de las que no tenía ni idea. Bueno, es que de mucho de lo que aprendió en el cole no se acuerda. Leer, escribir y hacer sumas, eso fue lo más importante. Y la historia de España; el extranjero no existía. Claro que se acuerda del arranque de cada día de clase en primaria, todos los niños en fila, rectos, los brazos pegados al cuerpo, y a cantar. «Cara al sol con la camisa nueva…». No, nada, ¡nunca más! Que salga esa letra de su cabeza; ¿cómo es que se ha acordado ahora de eso?

Adela se deja caer en el sofá al lado de su hermana y el mueble golpea la pared fina, detrás de la cual construyeron el dormitorio de Chechu. Algo cruje; la chica siempre subestima la fuerza de su cuerpo musculado. Marisol sigue hojeando la revista.

Montse pisa la habitación de su hijo solo una vez a la semana, cada lunes por la mañana, para fregar el suelo y quitar el polvo. Es consciente de que no puede ahuyentar a los demonios con lejía. Sabe también que su hijo ya no tocará por sorpresa la puerta para arrastrarse hacia la cama e, inconsciente y con la ropa mugrienta, desaparecer durante horas en unos sueños donde la luz nunca brilla. La habitación está casi vacía, salvo la cama y el armario. Chechu nunca guardó nada, su habitación siempre fue una morada fugaz.

¿Mejor tirar la pared y ampliar el comedor, como propuso Pepe? Ni pensarlo. ¿Cuántas veces se reúnen todos, como ahora, en el comedor? ¿Para qué necesitan más espacio? Su vida no está aquí, sino unos cientos de metros más allá, a orillas del mar, a plena luz, entre la gente.

Pepe no se lo quiere contar a las nenas todavía. ¡Qué tontería! Adela lee cada día los periódicos en la facultad. Asignatura obligatoria. Así que mañana ya se enterará de lo que va a pasar.

—Por cierto —dice Adela; cuando acaba de llegar a casa quiere soltarlo todo a la vez—, me he enterado de que ha pasado un tipo del ministerio. ¿Es verdad?

Pepe se yergue de golpe y se quita el cigarrillo de la boca, o lo que queda de él, que se ha apagado.

—¿Y cómo sabes eso?

—Papá, la radio… Como si no supieras que existe.

—¿Ves?, así te enteras también de otra —le suelta Montse, más vehemente de lo que era su intención.

Esa radio. La ha vuelto loca. Ya no se acuerda exactamente de cuándo empezó todo, unos cinco, seis años después de la boda. Al principio solo le extrañaba. ¿Cómo podía saber que se convertiría en una costumbre? Pepe intentó dejar el tabaco, pero la radio nunca. Suerte que a menudo llega a casa después de la una de la madrugada, cuando el programa está terminándose. Cuando más le molesta es cuando se acuestan juntos, hacia medianoche. El transistor está en su mesita de noche, al borde, cerca de la almohada, donde Pepe sitúa la oreja muy cerca para no subir mucho el volumen. Pero la voz estridente del presentador no se deja mitigar, como si se esforzara por mantener a sus oyentes despiertos hasta la una y media, cuando acaba el programa. Con Pepe no siempre tiene éxito; en cuanto el Butano termina sus diatribas sobre el Real Madrid y el Barcelona, el marido cae en un sueño profundo. Montse le pidió que se pusiera un auricular de esos pequeños, pero a él no le gusta. A veces se altera con algo que dicen y una palabrota atraviesa como un rayo el dormitorio oscuro.

Menos mal que este año le interesa menos; se entretiene más tiempo en el restaurante o ya ni siquiera enciende la radio. El Barça, ese Barça con el que su marido se ha burlado tanto de ella, se va a proclamar campeón de la Liga por primera vez desde hace una eternidad. El Madrid de Pepe ya lleva diez puntos de desventaja. Ahora es ella quien se mete con él a menudo, pero eso no le gusta nada. Él es un mal perdedor. Montse apenas puede esperar al día que su marido tenga que soportar la alegría desbordada de ella y sus hijas, y de la mayoría de los comensales más fieles del chiringuito. Las bromas, la alegría por el mal ajeno.

—Y ahora ¿qué? —pregunta Adela—. No iréis a ahogar las penas en anís y esperar mamados hasta que las excavadoras vengan a hacer su trabajo, ¿no?

—El abogado está en ello —contesta Pepe.

—Eso no sirve para nada, ya veis lo que pasa ahora. Ese solo quiere ver dinero. Las primeras objeciones no sirvieron de nada.

—Para ganar tiempo —dice Pepe.

A Montse le sorprende el fanatismo de su hija, su mirada, sus palabras punzantes. Pensaba que solo estaba preocupada por el deporte y los estudios. Y ahora está aquí, riñendo a su padre. Aunque también se dirige a ella. Les está hablando de vosotros todo el rato.

—Vale, pero el tiempo apremia. —Adela se pone cada vez más rabiosa—. Los Juegos están a la vuelta de la esquina...

Deberíais haberos movido mucho antes, como algunos ya han hecho. Buscar una alternativa, encontrar un buen sitio. Pero no, vosotros pensáis que esto no desaparecerá nunca, porque forma parte del patrimonio de la ciudad. Como si no hubiesen destruido ya bastante patrimonio en los últimos años.

—Como si a ti te interesara mucho —dice Pepe—. Tú ya estás con la cabeza en los Juegos, es lo único que cuenta para ti.

Montse quiere intervenir, pero Adela es más rápida.

—Papá, eso no lo puedes decir.

—Tú no tienes nada con el merendero, no como tu hermana.

—Pues no, menos mal que no. Pero eso no quiere decir que no me incumba. Al fin y al cabo, esta es nuestra vida. Yo puedo ir a la universidad porque ganáis lo suficiente. Y tampoco me puedo imaginar que no tengáis un restaurante. Pero los tiempos avanzan, ¿eh? Y se ha de intentar no perder el tren. Apenas tenéis cincuenta años, no sois demasiado mayores para un cambio, a veces el progreso no está nada mal, papá. ¿Y tú, mamá? ¿Por qué no dices nada?

Montse no se puede imaginar que algún día haya otra cosa en lugar del chiringuito, en este mismo sitio, con su propia familia, pero también con la familia extendida de la cocina y el servicio. Prácticamente nació en el restaurante y creció aquí. Igual que sus propios hijos. Cal Pepe es su segunda casa. ¿Irse a otro lugar? ¿Adónde? No hay ningún emplazamiento como este. Los clientes también lo dicen, que en la ciudad no hay cosa igual. Y aquellos que han viajado dicen que tampoco han visto algo parecido por ahí. Sí, en Valencia, en la playa de la Malvarrosa. O el barrio de Pedregalejo, en Málaga. Pero ahí no van a derribar nada, por supuesto. Mientras puedan, han de luchar por esto. Además, Montse sí se siente mayor como para adaptarse a otro sitio. ¿Y su madre?

—Pienso en la abuela. Para ella significaría la muerte si tiene que abandonar este lugar —dice.

Adela calla.

Pepe le sisea a Marisol como los clientes chistan a los camareros para llamar su atención porque «camarero» es una palabra demasiada larga.

—¡Eh! ¿Tú qué piensas? —pregunta—. ¡Marisol!

Esta levanta la vista.

—¿Yo? ¿Qué?

—Que no has dicho ni mu. Algún día este será tu restaurante. ¿Qué piensas tú que hemos de hacer?

La aludida se encoge de hombros.

—Ella como si nada —dice Adela.

11

La Barceloneta nunca me ha apasionado demasiado. Supongo que será por mi eterna aversión al mar. No quería mirar al puerto ennegrecido ni a las fábricas de Poblenou; entonces ¿cómo le iba a prestar atención al barrio entre medias? Ganado al mar, eso sí; mi única conquista en el patio de la vecina. Construido sobre los bancos de arena que aparecían de manera espontánea, gracias a las corrientes y a la cercanía del rompeolas del puerto viejo. Os ahorraré toda la historia; cada parte de mí, de la uña del dedo pequeño del pie hasta las canas de la coronilla, tiene una historia especial, y os aburriría si me pongo a contar todas. Pero a veces no puedo reprimirme y al narrarlas evito olvidarlas.

Últimamente hay bastante revuelo en la Barceloneta; me golpea sin parar con el puño en el costado, quiere que le preste atención, como una niña huérfana en la calle que me considera una madrina que debe protegerla. Y la entiendo. Quieren convertirla en otra persona. Arreglarla, dicen. Embellecerla. Una sesión con la pedicura o algo así, quitarle los callos de los pies maltrechos y pintarle las uñas de un rojo chillón. Pero la Barceloneta no es así ni quiere serlo. Sería mejor que la arreglasen por dentro, porque ahí está el verdadero mal, donde está enferma. Su apariencia no le importa nada.

Por eso siento debilidad por ella, pese a los quebraderos de cabeza que me ha dado. Siempre fue tozuda, escogió su propio camino. Debió de sentirse ignorada por mí. Pero bueno, ya lo he dicho más veces, y no es por eludir mis responsabilidades: no puedo hacer nada. Tampoco puedo ayudarla ahora, son otros los que deciden y actúan. Además, tampoco sé muy bien cuál sería mi punto de vista si me obligasen a tomar partido. ¿Viejo o nuevo? ¿Nostalgia o modernidad? *¿Statu quo* o progreso? ¿Qué es lo que quiero? Sí, ya, lo quiero todo, claro. Una combinación perfecta, pero no hay que derribar solo por derribar. Sin lo viejo, lo nuevo nunca existiría. Si no preservas el pasado, no puedes progresar.

Mi principal reparo es quién toma la decisión, o ya la ha tomado. Alguien en Madrid. Ahí no tienen mar ni playa, y ahora en algún despacho de la capital han decidido que toda la costa española debe volver a ser virgen. El mismo despacho donde durante décadas hicieron la vista gorda para que todo el mundo hiciera lo que le diera la gana para atraer a turistas extranjeros a las costas. Con lo severo que fue el régimen de Franco con las personas, qué permisivo en el terreno urbanístico; todo estaba permitido, el control fue inexistente. En las colinas se erigieron miles de urbanizaciones, amplias segundas residencias para la gente de las ciudades con un poco de dinero, sin pedir permiso para nada. Igual de fácil se levantaron en la costa hoteles, restaurantes y campings en la orilla del mar, o incluso dentro del agua, o encima. A Franco le parecía perfecto, ávido de divisas extranjeras y del aprecio de los turistas del resto de Europa que podían ayudarlo a salir del aislamiento político al que había condenado el país. Benidorm fue su obra maestra, un antiguo pueblo pescador que se llenó de hoteles hasta en la misma playa. Y esos rascacielos no los van a derribar ahora, por supuesto. Pero sí los chiringuitos pequeños y viejos de la Barceloneta. Es injusto. Ya me gustaría poder hacer algo para evitarlo. Bueno, que se sepa, lo digo en voz alta: si tocáis la Barceloneta, me tocáis a mí.

12

El progreso. El progreso, repite el alcalde por enésima vez. Y buenas perspectivas, y riqueza, y turismo. El progreso. La palabra se ha anidado en la cabeza de Pepe como *Una chica yeyé*, la vieja canción del verano que el año pasado vivió una segunda juventud.

Han llegado en una marcha de protesta hasta el ayuntamiento, no falta nadie. Ni los propietarios ni casi ninguno de los trabajadores. Algunos merenderos, los más pequeños, no tienen más de cinco empleados; los grandes pueden llegar a tener hasta veinte. CIENTOS DE FAMILIAS SIN EMPLEO, ha escrito alguien en una pancarta. Desde la Barceloneta han caminado hasta aquí, la plaça de Sant Jaume, el epicentro del poder. De camino se pararon un momento ante la Delegación del Gobierno, al lado de la estación de Francia. Es un caos, toda la ruta. Hace años que todo el entorno está patas arriba, la construcción de las rondas no parece terminar nunca. Otro de esos proyectos que deben estar terminados ante del verano del 92. Es un milagro que la gente sepa llegar hasta la Barceloneta, porque el barrio es casi inaccesible. Excavadoras, grúas y camiones han levantado una barrera tras otra; en cuanto se tapa un pozo, se abre otro.

El progreso.

Después de permanecer más de una hora en la plaza, el alcalde accedió a recibir a una pequeña delegación; dejaron entrar a seis de ellos. Ahora el alcalde, prolijo como siempre, suelta su discurso habitual de los últimos años. Que Barcelona siempre vivió de espaldas al mar, sobre todo desde que llegó la industria y se colocó una maraña de vías de tren en la orilla para poder llegar hasta el puerto. Ahora los raíles han desaparecido y eso es beneficioso para ellos, para la gente de la Barceloneta. El mar siempre fue sinónimo de trabajo duro, lo escondieron detrás de un muro de fábricas y vertederos. El mar, dice el alcalde, nunca fue en Barcelona un lugar para la diversión. Y eso tiene que cambiar.

Algunos empiezan a murmurar. ¿Nada de diversión? Pero si es justo lo que ofrecen ellos, con sus chiringuitos; son la cara amable del mar. Sí, claro, ocultos tras la porquería y el humo y el ferrocarril y olvidados por las autoridades, pero la gente de Barcelona sabe encontrarlos.

Carles toma la palabra.

—Señor alcalde, de vez en cuando vienen extranjeros a nuestros merenderos, esos turistas que usted dice que van a llegar con los Juegos Olímpicos, y siempre nos dicen: «Vaya, qué bonito y pintoresco y encantador es esto, es la Barcelona más típica». Sin embargo, señor alcalde, nosotros no somos la Barcelona más típica. Pues ¿qué dicen la mayoría de nuestros clientes, que es la gente de nuestra ciudad, la suya también? Que los chiringuitos somos muy atípicos, merenderos que no se pueden encontrar en ningún otro barrio de Barcelona. Con nuestra paella a la orilla del mar les hacemos olvidar por unos instantes la ciudad plomiza en la que viven. Eso es lo que nos dicen. Somos la atalaya hacia un horizonte cautivador. Y, si tanto los turistas como los lugareños nos ven como un lugar único y especial, ¿para qué acabar con nosotros con bolas de derribo enviadas desde Madrid? ¿A que en su día lo elegimos alcalde para defender los intereses de nuestra ciudad, para no jugar con nuestro futuro y el de nuestros trabajadores?

Bien dicho, piensa Pepe. Él no vota a los socialistas, nunca lo ha hecho, pero mejor que no diga nada de eso ahora. Está cansado y, en el calor de este salón, el sueño intenta vencerlo, sobre todo cuando habla el alcalde. No dice nada sorprendente, nada nuevo. Al fin y al cabo, es un funcionario más. Y un político; aún peor. El alcalde los entiende, por supuesto, sin duda alguna, y más de esa palabrería. Que a él también le gusta ir a comer a los chiringuitos, si puede ser junto con su mujer, aunque en realidad está demasiado ocupado, sobre todo estos últimos años. Pero esto está fuera de sus competencias, ¿eh? El terreno en el que se encuentran los merenderos es de titularidad pública, sí, pero bajo la supervisión del Gobierno central, que vela por la protección de las costas de toda España. Y sí, la descuidaron bastante, en los últimos decenios; la propia Administración tiene la culpa de eso, es verdad, pero ahora se vuelven a poner serios, ya no van a permitir que se construyan hoteles ni restaurantes al borde del mar, y todo lo que se levantó de manera ilegal tendrá que desaparecer.

Murmullos de nuevo.

—No somos ilegales, tenemos una concesión —dice Pepe.

—¡Nosotras también! —grita Susana, que ha entrado con ellos porque a su hermana Cecilia le ha dado un ataque de ansiedad en la plaza.

Carles protesta.

—Chicos, aquí venimos como un grupo unido. Pese a que la mayoría de nosotros no tenemos papeles, siempre nos han tolerado, nunca se nos dijo que estábamos haciendo algo ilegal. —Y, dirigiéndose al alcalde, añade—: Esto nos trae malos recuerdos, señor alcalde. Como si Franco hubiese vuelto a nacer. Perdóneme, ¿eh?, no quiero decir que usted sea como él, no lo quiero ofender, usted es socialista, como nosotros, hemos votado por usted...

—Yo no. —Pepe no se puede aguantar. Los otros lo matan con la mirada. Carles se pone el dedo índice en los labios.

—Supongo que usted se acordará de 1966, ¿no? —sigue con su argumento.

El alcalde lo mira con interrogantes en los ojos. Se ríe.

—Uf —dice—, por aquel entonces tenía solo veinticinco años. Acababa de finalizar los estudios, no llevaba ni un año trabajando en el ayuntamiento.

—Pues le refrescaré la memoria. Venía Franco de visita, porque había maniobras navales delante del litoral. Una semana entera. Para dejarnos a los catalanes bien claro el poder que tenía. En uno de aquellos días asaltaron con unas embarcaciones especiales la playa de la Barceloneta, como si fuéramos Normandía en el Día D. Como si quisieran darnos la sensación de que nos liberaban, pero para nuestros padres y abuelos el susto fue monumental, porque además había no sé cuántos helicópteros sobrevolando el barrio. Un ruido vomitivo, escenas arrogantes de la opresión fascista, pese a que no se derramó ni una gota de sangre.

Pepe se acuerda bien de aquel día: celebraban el primer cumpleaños de Marisol cuando los helicópteros la hicieron llorar. Carles es un buen orador, sabe expresar exactamente con palabras lo que todos piensan. Y él es de aquí, de toda la vida. Es una gran ventaja que suelte todo su discurso en catalán.

El alcalde, a quien le gusta más hablar que escuchar, le pregunta qué tiene que ver eso con el presente.

—¿No se acuerda usted de lo que hicieron antes de que se pudiesen celebrar las maniobras aquí? —le pregunta Carles—. Acabaron con Somorrostro entero, lo derribaron todo, miles de personas tuvieron que marcharse en unos pocos meses. Vale, les ofrecieron otras viviendas, entonces sí fue posible. Solo porque no quedaba bien que Franco viese que en su país, a orillas de un mar donde él solo veía turistas, vivía gente en una pobreza extrema, una pobreza a la que él mismo los había condenado. Un barrio de chabolas, qué horror, con eso no se podía herir la sensibilidad del dictador. Bueno, pues así nos sentimos nosotros ahora. El próximo año viene el mundo a Barcelona y tenemos la sensación de que con nuestros merenderos no somos un buen escaparate para la ciudad.

Murmullo de aprobación.

—*Molt bé*, Carles —dice Susana.

Pepe está orgulloso de él. No titubea, su relato es directo y preciso. Como si hubiese preparado todo el alegato.

—No es eso, no es eso. —El alcalde intenta calmarlos.

De nuevo, entiende el problema que tienen y en el Ayuntamiento están haciendo todo lo posible para ayudarlos en todo lo que está dentro de su poder. Están volcados en buscar alternativas, quieren ofrecer a cada uno de los propietarios un lugar bonito, dentro del propio barrio o en otro rincón de la ciudad, y le han dicho que algunos ya han encontrado un espacio nuevo. Y, hasta que hayan encontrado todos un nuevo techo, nadie tendrá que cerrar el restaurante. Bueno, esa es al menos la solicitud que el Ayuntamiento le hizo llegar al ministerio para aplazar el derribo que está previsto para principios de marzo.

—¿Eso quiere decir que podemos permanecer abiertos este próximo verano? —pregunta Joan.

—Sí, esa es la intención.

—¿Y nosotros, los que no tenemos la concesión? —pregunta Salvador, que en la misma tarde de su detención fue puesto en libertad por la juez, aunque le llegará una buena multa.

—Sí, todo el mundo.

El concejal de Urbanismo y Medio Ambiente le susurra algo al oído al alcalde, que a su vez se vuelve a dirigir a Salvador y Joan.

—Pero no es del todo seguro —dice—. Oficialmente aún no hay ninguna notificación desde Madrid para parar las excavadoras. Según el ministerio, ya estáis avisados desde hace dos o tres años, habéis dispuesto de tiempo más que suficiente para encontrar otro emplazamiento. Y, claro, la ciudad tiene que avanzar también. El paseo marítimo debe estar terminado antes de los Juegos y para eso se necesita más tiempo que solo unas semanas. Además, queda bastante feo ahora, tal como termina en la nada.

Carles se levanta, no puede contener la ira.

—¿Queda feo, señor alcalde? Querrá decir que nosotros somos feos. Acaba de prometernos una cosa y a los dos minutos ya gira ciento ochenta grados. Como siempre.

Pepe se estremece. Esto no tiene buena pinta, sería mejor que tuviesen al alcalde de su parte, pese a que sea socialista. Es el amo de la ciudad. Pepe duda de si tiene que decir algo más, como para salvar la situación, pero eso no es su fuerte.

—Perdona que… —empieza, pero Carles ya se dirige a los demás.

—Venga, vámonos. Aquí estamos perdiendo el tiempo.

Y se va. Pepe duda, pero todos siguen a Carles.

13

Sirenas suenan sin parar. Policía, bomberos, ambulancias…
Es un desfile largo, sin poder distinguir lo uno de lo otro.
Pepe mira a los tres cocineros, que se encogen de hombros.
Se dirige hacia fuera, primero la barriga, el delantal negro em-
blanquecido por la harina, y los pies siguen después. Hay más
gente en la calle y todos miran los nuevos rascacielos del futuro «puerto olímpico», tal como quieren bautizar aquella
zona. Algunos señalan con el dedo índice, como si las torres
acabasen de emerger de la tierra cual narcisos en primavera.
Y es verdad que la construcción ha ido rapidísimo, en solo
unos meses ambos rascacielos han cambiado por completo el
panorama hacia el norte.

Pepe no ve humo ni fuego, nada raro, pero la gente sigue
señalando.

La primera torre tiene un aspecto llamativo. Nada de fachadas lisas de cristal o piedra, sino un esqueleto exterior de
acero blanco, con líneas rectas y diagonales.

Se dirige hacia Susana.

—Parece que algo está pasando ahí —dice ella—. Todas
esas sirenas…, por algo será, ¿no?

—¿Un atentado? ¿ETA otra vez?

—No creo. ¿Tú has oído un estallido?

—No.

Pepe fija la mirada hacia arriba. Las dos torres están lejos. El personal de los chiringuitos sale también a la calle; aún no hay comensales, no son ni las doce. El tiempo ha cambiado, hace más frío, la temperatura habitual para finales de febrero. Han pasado varios días desde la protesta y el encuentro con el alcalde, pero no hay novedades del Ayuntamiento. Se siguen buscando alternativas, cada mañana se publica en los periódicos un nuevo emplazamiento propuesto, como si alguien apuntara con un rotulador al azar al mapa de la ciudad o lanzara un dardo. El ministerio está implacable. El lunes harán su aparición las primeras excavadoras: los restaurantes sin concesión legal irán al suelo los primeros.

Cuatro días. Nadie se atreve a desalojar su restaurante, vaciar las neveras y llevar estas con los fogones, hornos y otro material a un lugar seguro. Es que ya ni hay tiempo para eso. Y encima con un fin de semana entre medias. Un fin de semana con muchos comensales, sin duda alguna. Clientes asiduos y turistas de catástrofes para la última comida o cena. Son días más ajetreados de lo habitual en invierno. Como si todo el mundo quisiera comer al menos una vez en uno de los chiringuitos antes de que sea demasiado tarde. Muchos comensales desconocidos, nuevos, que tal vez hayan descubierto la existencia de los merenderos estas semanas, gracias a las noticias en los periódicos y las imágenes en la televisión. Gente que no conocía bien su propia ciudad o que no se atrevía a adentrarse en la Barceloneta. ¿Cuántas veces se encuentra Pepe con autóctonos que dicen tener miedo a venir?

Un coche de la guardia urbana se asoma por la esquina. Es Manel, el agente del barrio, uno de los pocos polis bien vistos en la Barceloneta. Porque vive en el barrio. Porque entiende quiénes son. Porque conoce a todo el mundo y todos lo conocen a él. Porque es uno de ellos. Porque no es un guardia civil ni un policía nacional.

—¿Quién se lleva mejor con Carles? —pregunta Manel a la gente que los rodean a él y a su compañera.

—¿Carles de L'Avioneta? —pregunta Joan—. ¿Y eso? Supongo que estará en su restaurante, él mismo suele poner la cocina en marcha.

—Está ahí arriba —dice Manel, haciendo un gesto hacia atrás con la cabeza—, junto a su hermano, Sergi.

—¿El que no está bien? —pregunta Susana.

—Sí. Lo sacó esta mañana de la residencia.

—¿Y qué coño hace ahí arriba? —pregunta Pepe.

—Pues igual le apetece volar una vez en su vida —dice François. El cocinero Ismael le propina una colleja.

Manel niega con la cabeza.

—Pide hablar con el alcalde, sobre la demolición.

—¿Y? —pregunta Pepe.

—El señor alcalde ha salido de la ciudad hoy.

El agente mira a su alrededor. El silencio se apodera del grupo de curiosos cada vez más numeroso.

Pepe vuelve a levantar la vista. ¿Carles? Él no ve a nadie. Pobre Sergi.

—Pero el derribo nos afectará al final a todos nosotros. No es razón para que…

Esto es absurdo. El Carles bienhumorado y elocuente, como mínimo al nivel del alcalde. Pepe se echa a reír.

—¡Qué va! Carles nunca haría eso. Es una artimaña suya, bien pensada, pero dentro de nada se bajará de la torre.

—Aparte del hermano no tiene más familia —dice Manel.

—Sí, lo sabemos —lo interrumpe Susana—. Desde que su mujer…

—Así que pensé en alguno de vosotros. Estáis todos en el mismo barco.

—Carles no tiene una concesión, yo sí la tengo. Eso es un barco diferente —dice Pepe.

—¡Pepe! —Joan le da un puñetazo en el hombro—. ¡Lo acabas de volver a hacer! Ahora esa no es la cuestión. Carles está ahí arriba y tenemos que hacerlo bajar.

—No será para tanto —dice Pepe—. Carles no cometería una estupidez como esta en su vida. ¿Saltar? Venga ya. Es un poco introvertido, pero no tiene nada de triste. Ni siquiera después de la muerte de Mariángeles, ¿no? ¿Y viste su fanatismo en la reunión con el alcalde?

—Pues no podemos dejarlo ahí arriba, como si no pasara nada. Yo te acompaño, somos los que mejor lo conocemos.

El agente se impacienta, mira su reloj.

—Va, chicos, subid al coche.

Enciende la sirena; hay menos de un kilómetro, por la parte del paseo que llega hasta el nuevo puerto olímpico. El bulevar se encuentra unos metros por encima de la playa. Por debajo han creado nuevos espacios. Trasteros, una oficina municipal, una futura escuela de surf.

Pasan rápido por el hospital del Mar, antes de infecciosos, enfermos de tifus y de gripe y víctimas de otros virus y bacterias. El próximo año se convertirá en el hospital olímpico, para los deportistas, para los altos dignatarios, para el mundo que viene de visita. Todo tiene que ser olímpico.

Una curva cerrada a la izquierda; Pepe se desliza con todos sus kilos contra Joan. La agente en el asiento del copiloto se gira hacia atrás.

—Ya estamos. Y os echaremos de menos. La comida, el ambiente, las cocinas calurosas…, todo.

Bajan del coche. Pepe mira hacia arriba; desde tan cerca, la torre parece caerles encima. Un hotel enorme, cuatro estrellas; eso también les aportaría más clientela a los restaurantes, dijo el alcalde. Pero a ellos no, eso lo sabe Pepe seguro. Van a atestar todo el puerto olímpico con restaurantes. Ya se asignaron y alquilaron los locales. Además, no le gustaría estar ahí. Todo muy artificial, sin ambiente. Después de los Juegos, aquella gente habrá desaparecido, ¿y quién vendrá después? Un puerto deportivo delante de la puerta, pues muy bien. La de la Barceloneta no es gente de yates, sino de barcos pesqueros; aquí no atracas por placer, navegando entre los cargueros. Para eso, mejor ir a una cala de la Costa Brava, o a Sitges o Ibiza.

La policía ha precintado la calle debajo del hotel, curiosos se agolpan en el bulevar nuevo, agentes los mantienen a distancia. Los bomberos inflan un colchón gigante. El ascensor de obra eleva pausadamente a Pepe, Joan, Manel y su colega hacia el cielo, arriba y más allá. Lo más alto que podías estar hasta ahora en Barcelona, sin contar Montjuïc y Tibidabo, eran las torres de la Sagrada Familia. Pepe estuvo una vez con Montse; una y nunca más. Ahí disponen de un ascensor aún más estrecho, una jaula angustiosa, y después una escalera de caracol donde solo cabe uno; menos mal que por aquel entonces no tenía el volumen de ahora, sino se habría quedado atrapado. Descendió lo más rápido que pudo, Montse detrás de él. Ella estaba de acuerdo en que, si querían vistas sobre Barcelona, mejor ir a Montjuïc, al mirador del Alcalde, justo encima del puerto, aunque apenas tenían tiempo para eso. Además, ahora la montaña olímpica está prácticamente inaccesible, es un pozo de obras, igual que el resto de la ciudad.

El progreso.

La locura.

14

—¡Carles! *Si us plau!* —Joan ya grita antes de salir del ascensor.

—*Tranquil*, Joan. —Manel lo coge del antebrazo—. Está un poco confundido, a mí no me quería escuchar. Trátalo con calma.

Pepe mira a su alrededor, el panorama le sobrecoge. Carles no se giró al oír la voz que conoce. Está sentado en una viga blanca de acero. Delante de él se abre el insondable vacío. La escena le recuerda a Pepe una foto de obreros en un rascacielos de Manhattan que durante un tiempo estuvo colgada en la habitación de Chechu. Se la regaló Montse cuando su hijo encontró su primer trabajo en la construcción. El único que tuvo.

El mar por la izquierda; delante, el puerto viejo y Montjuïc, que ni siquiera parece estar tan lejos. Esto es diferente a la mirilla de la Sagrada Familia. Le da vértigo. Abajo el día parecía en calma, aquí arriba sopla una brisa considerable. Pepe da unos pasos hacia delante, pero no se atreve a acercarse mucho al borde.

—Carles —dice casi inaudiblemente.

Sergi se gira.

—Hola, Sergi —dice Joan.

Sergi ya debe de haber cumplido los setenta, unos años mayor que su hermano. Pepe no lo ha visto muchas veces; los festivos va a comer al restaurante de su hermano, junto con una cuidadora. Se volvió loco en la guerra; desde entonces no ha vuelto a pronunciar palabra y agita continuamente la cabeza, como un perrito de esos de juguete en el salpicadero de un coche. Tenía diecisiete años y acababa de llevar a su primito Lluís al parvulario de Sant Felip Neri, en medio de la parte más vieja de la ciudad, cuando esa mañana los aliados italianos de Franco comenzaron uno de sus bombardeos más crueles sobre Barcelona. Sergi aún no había encontrado refugio cuando cayó una bomba no muy lejos de donde venía. «Mi primo», debió de pensar y acto seguido se dio la vuelta.

Nunca contó la historia, nadie sabe exactamente qué es lo que vio y vivió, aunque el panorama después de que se marcharan los bombarderos fue desolador. La escuela del primo de Sergi ya no existía, ni la iglesia que había al lado; el pequeño Lluís fue uno de los muchos muertos.

Los padres de Sergi cuidaron de él toda su vida y cuando fallecieron fueron Carles y Mariángeles quienes lo acogieron en su casa; no tenían hijos. Ella murió de cáncer a los sesenta años. A él, muy ocupado en el chiringuito, donde, además, no podía quedar empantanado en su tristeza, no le quedó más remedio que ingresar a su hermano en una residencia. Ahora, las monjas cuidan bien de él.

—Hola, Sergi —dice Pepe.

—Carles, ¿qué pasa? —pregunta Joan.

Carles sigue sin girarse.

—Ya está bien —suelta.

—¿Qué dices? —pregunta Joan.

No hay respuesta. Este mira a Pepe.

—¿Podemos hacer algo por ti? —pregunta él—. Esto solo es una broma, ¿no? ¿Carles?

No se le dan bien estas conversaciones. Los hombres no se suelen hablar así. Ellos no conocen ninguna debilidad, y menos aquí, en la Barceloneta. Su hijo, ese sí que fue débil, pero de otra manera. O lo debilitaron, por culpa de esa mierda. Por culpa de amigos equivocados. De camellos. Pero en el barrio Pepe no conoce a hombres débiles de su edad. Se dan una palmada en el hombro, cuanto más fuerte mejor. Y, si llegan a lamentarse, lo hacen solo un instante.

«Las capturas han sido muy malas», resopla uno.

«Los ingresos del bar están fatal», se queja el otro.

«Mi mujer es una pesada», suspira el tercero.

Y entonces toman un trago y otro y todo vuelve a estar bien. Los momentos de debilidad se ahuyentan con una copa, en buena compañía de otros hombres a los que no les gustan las conversaciones profundas.

«¿Cómo te va ahora?».

«Mal».

«Vale. Tomamos otra».

Las mujeres de la Barceloneta son indestructibles, como el rompeolas del puerto, hecho de miles de rocas, y los hombres intentan no ser menos que ellas; eso lo descubrió Pepe después de su llegada aquí. La abuela de Montse, vaya vieja más tenaz. Hasta los ochenta años en el merendero. Todavía la recuerda en su lecho de muerte, luchando contra lo inevitable, con una cara compungida, marcada por la sal y el sol, con arrugas como brechas en una estepa desértica, agitando las manos para espantar a la muerte. Las mujeres de la Barceloneta son iguales que aquellas que viven en las tierras más inhóspitas, pueblos del interior a gran altitud pegados a las laderas de la montaña u ocultos al final de valles profundos o solitarios en llanuras abandonadas de la meseta. Ellas son las guardianas de las familias que resisten ante las circunstancias más despiadadas, las precursoras de una lucha por la vida en un lugar donde pocos quieren o pueden vivir.

70

—No, Pepe. Nada de broma. Se acabó.

Carles gira la cabeza levemente; con la mano izquierda agarra la viga en la que está sentado y el otro brazo lo apoya en el hombro de Sergi. Este sujeta con la otra mano el avión de cerillas del restaurante; evita que el artilugio se eche a volar. El viento juega con el cabello rizado de ambos hermanos, que después de sendas vidas tan distintas aún se parecen mucho. Solo la mirada es diferente: los ojos de Sergi, vacíos en una cabeza a la que se le puso un candado en enero de 1938, y los marrones de Carles, cálidos, aunque desde la muerte de Mariángeles han perdido algo de fuerza. Y ahora mismo parecen más ausentes que los de Sergi.

—Puede que sea una pregunta tonta —dice Joan—, pero ¿qué haces aquí, con tu hermano?

Carles no parece oírlo. Vuelve a mirar hacia delante, la cabeza ligeramente agachada.

—¿Lo habéis visto alguna vez, desde aquí? —pregunta, sin esperar respuesta—. Cómo estamos situados ahí… ¿Lo veis desde donde estáis?

—¿Ver qué, Carles? —pregunta Pepe.

—Nuestros merenderos. La verdad es que no estamos mal. Sigue siendo un caos, pero menos. Desde aquí incluso parece una fila casi uniforme. Muchos igual de estrechos y largos. Mira aquel, el segundo, más pequeño, ese con un trozo de tejado rojizo; ese soy yo. O era.

Joan da unos pasos hacia delante y Pepe lo sigue con cautela. Mira por el borde. El paseo se frena de golpe a unas decenas de metros de sus restaurantes. En la arena, unas palmeras que plantaron hace pocas semanas, como si Barcelona fuese un destino tropical. Y detrás, los chiringuitos, diminutos y vulnerables. Toda una vida en miniatura. A la derecha, el barrio, las callejuelas y los pisos, que desde aquí arriba parecen solo líneas finas y casillas oscuras de un cajón de tipógrafo.

Un barrio bastante pequeño, en realidad, para acoger a tanta gente, tantas historias, tanto pasado.

Casi cada chimenea de los chiringuitos expulsa humo blanco al aire. En invierno, el cielo sobre la ciudad suele estar más despejado, como si el frío alejara la suciedad. El humo da sensación de calor y recogimiento, también porque es distinto al que sale de las fábricas.

—Si soplara el *migjorn*, oleríamos la comida desde aquí —dice Carles. Pepe no puede reprimir una sonrisa; el otro no se gira.

—Tu cocinero te está esperando —dice Pepe. Carles tiene uno de los merenderos más pequeños, con poco personal—. Y tus comensales. No los vas a abandonar, ¿no?

—¿Para dos, tres días? —se regodea Carles—. Mira ahí, justo pasadas las palmeras: ya está todo preparado. ¿Ves eso amarillo? Es la excavadora. Como si lo hicieran deliberadamente.

—Aún faltan unos días —dice Joan—. Dicen que seguro que habrá prórroga.

—¿Quién lo dice?

—El Ayuntamiento.

—Ja, el Ayuntamiento. ¿Y tú te lo crees? Me ofrecieron otro local. ¿Sabes dónde? Al fondo del barrio, donde la Maquinista, debajo de la quinta galería, y a esos pisos los llaman así por algo; es como si fuese una prisión. Ahí donde no va nadie. A vosotros os podrá tocar algún sitio en la playa, porque sois más grandes y tenéis una concesión. Yo no soy nada, nadie.

—No es verdad, Carles —dice Pepe—. Recuerda cómo te escuchaba el alcalde el otro día. Con mucho respeto. Soltaste un buen discurso. Exageraste un poco aquello de los fascistas y Franco, pero diste en el clavo… Desde aquel día no han parado de buscar alternativas. Seguro que podrás conseguir otra cosa, en un lugar bonito.

—Pero tú tampoco quieres eso, ¿no, Pepe?

—¿Qué quieres decir?

—Otra cosa.

—No, por supuesto que no. De momento seguiremos luchando por lo que tenemos ahora. Pero eso lo debemos hacer todos, ¿eh? Juntos. No rendirnos.

Carles niega con la cabeza.

—Si a mí me quitan esto, no me queda nada. —Golpea en la espalda a Sergi, que por culpa del gesto se inclina un poco hacia delante—. Sí, Sergi, solo me queda mi hermano. ¿Pero qué vida ha tenido él? ¿Y nosotros con él? No es culpa suya; creo que él habría querido desaparecer aquella mañana para siempre junto con nuestro primito. Nunca sabremos lo que le pasó, los médicos solo conjeturaron un poco. Una bomba demasiado cerca de la cabeza, un estallido que le removió todo en los sesos; esa fue la explicación más creíble que encontraron. Pero no tenía ni un rasguño. Sí, un tímpano perforado, pero de eso no te vuelves loco. Yo creo que fue el trauma, un sentido de culpabilidad irreparable, haber dejado atrás a su primo, un remordimiento que como un cuchillo te parte el alma. ¿A que sí, hermano?

Sergi coge el avión de cerillas y se lo coloca en el regazo.

—Trabajar unos años más, sea donde sea. Incluso podrías jubilarte casi —dice Joan, que acaba de cumplir los setenta.

—No lo dirás en serio, Joan, ¿no? —Carles vuele a girar la cabeza un poco, los mira a los dos—. ¿Quién de nosotros se va a jubilar algún día? ¿Qué madre no seguía echando una mano en la cocina hasta su muerte? ¿Qué padre no se iba con el bastón a la lonja y no venía a tomar, cada mediodía, antes de la siesta, su copita? ¿Os veis a vosotros mismos en casa, dentro de unos años? ¿En un piso oscuro? Sí, tú sí, Joan, tú tienes a tus nietos, y Pepe dentro de unos años también, si Dios quiere. Yo tampoco tengo eso.

—Tienes a tus amigos. Tu personal. Tus clientes —dice Pepe—. Joder, tío, ¡nos tienes a nosotros! Y nosotros a ti. Te necesitamos. La lucha no ha terminado.

—Sí, Pepe, no te engañes a ti mismo. Mira el paseo marítimo. Tú crees que lo van a dejar así, un camino sin salida hacia… ¿Qué es lo que dijo el alcalde? ¿«El progreso»? Mira lo que quieren hacer: alargar esa cosa, hasta aquel bloque alto de pisos feísimo al que también llamaron «progreso», y ahí doblar la esquina hacia el paseo Nacional y bordear el puerto hasta el metro y el centro. Nosotros solo estorbamos, somos un molesto obstáculo. ¿Crees de verdad que nos van a indultar? ¿No lo ves, aquí al otro lado de las torres? ¿Todo ese barrio donde los deportistas dormirán el año que viene? Pisos flamantes. ¿Sabes lo que deben de costar? Cuarenta millones, como mínimo, dicen. ¡Cuarenta! Y la gente lo paga, ¿eh? Ya han vendido bastantes. ¿Y crees que esa gente quiere un paseo marítimo inacabado?

—Bueno —dice Joan—, yo no sé si a esa gente le importa mucho. He visto algunos de esos bloques aquí detrás, en primera línea, con vistas al mar, pero sin balcones. A ver, ¿a quién se le ocurre algo así? Compras un piso al lado del mar y no le ponen un balcón. Si aceptas eso, tampoco llorarás por un paseo marítimo sin terminar.

—Venga ya —dice Pepe—. ¿Nos acompañas? El trabajo espera.

Su impaciencia empieza a bullir. Estas son cosas que también se pueden hablar abajo, en la mesa, con una copita de vino blanco. Carles quiere llamar la atención y Pepe lo entiende. Pues mira, atención de sobra. Seguramente debe de haber fotógrafos y cámaras abajo, en la calle, y siguen sonando las sirenas. ¡Apagadlas ya!

Durante toda la semana fueron noticia. Ahora todo el mundo lamenta el final que se acerca, también en los medios de comunicación. Antes no se los veía por aquí, o solo se leían las historias de los robos, de las drogas, de la maldición de la juventud del barrio. Para muchos, la Barceloneta siempre ha sido un lugar sucio; incluso había quien pensaba que la comida de los chiringuitos no debía de ser muy buena. Y ahora los merenderos se han puesto de moda, como un pintor desconsiderado cuya fama solo le llega después de morir.

Carles se mueve un poco, aún más cerca del borde; no tiene ningún apoyo para los pies.

—No lo entiendes, Pepe. Como tampoco nunca has entendido a tu mujer, creo. No naciste aquí, no sientes esto en tus venas, en tus tripas, en el dedo pequeño del pie. Esta es nuestra vida desde hace cincuenta años, la de nuestras familias, no conocemos otra, nunca la conocí. Ni quiero.

Joan lo interrumpe.

—Dicen que después de los Juegos la ciudad no hará más que mejorar, que llegarán turistas, que tendremos muchísimos más comensales. ¿A que será muy especial vivir eso? Por fin adelantaremos a Madrid, con su Prado y su Retiro y su plaza Mayor.

—Y el Barça será campeón este año —añade Pepe—. *Campions, collons,* Carlitos! ¿Cuántos títulos has celebrado? ¿Cuándo fue el último?

Carles sonríe.

—En 1985, por primera vez en once años. —Y dice otra vez sombrío—: Y el año siguiente la vergüenza de la final de la Copa de Europa. Duckadam se llamaba ese portero de los rumanos, ¿te acuerdas?

—Sí, por eso te digo. Justo por eso será una gran fiesta, luego en mayo, la celebración de los culés.

—Va, venga, Pepe, si eres del Real Madrid a muerte, ¿un merengue me va a contar ahora que se alegra por una fiestecilla de los barcelonistas?

—Bueno, si tú bajas del tejado, pues sí, desde luego. Para eso ya me lo tragaré. Además, tú te lo mereces, incluso lo festejaré contigo. Pero el año que viene ya no, ¿eh? —Pepe intenta reír.

Con lo que se chinchan entre ellos con el fútbol… Llevan ya más de veinte años así. Esos catalanes quejicas, su complejo de inferioridad, siempre lamentándose del árbitro. Ese *avui patirem* cuando acuden a ver un partido del Barça. Y ahora van a proclamarse campeones. Pepe no quiere ni pensarlo.

Carles se corre un poco más por el lado y agarra a su hermano del hombro. Sergi, que es un poco más bajito, lo mira. Aquel responde a la mirada de este y después gira la cabeza hacia atrás.

—No os preocupéis por mí. Mariángeles me está esperando. Nos espera.

Le susurra algo al oído a Sergi. Este coge el avión de cerillas y lo lanza al aire. El aparato no planea, sino que cae en picado, dando vueltas sobre su eje. Desde abajo se oyen gritos.

—¡No, Carles! —grita Joan, ahora a pleno pulmón—. Estás totalmente equivocado, *em cago en Déu*. Mariángeles no os está esperando. Os está viendo y piensa: «¿Qué coño están haciendo estos?». L'Avioneta también era de ella. ¿Y tú lo vas a mandar ahora al traste? No le puedes hacer eso. El merendero era su amor y su vida, igual que lo es para ti. Es su legado a la ciudad, a la Barceloneta. ¿Ahora vas a hundir el barco al que subisteis juntos hace casi medio siglo?

—¡No! Eso no lo hago yo. Eso lo hacen ellos, la Administración, Madrid, el alcalde…

—Pero si aún no hemos llegado a ese extremo. Ya sacaron el tema hace dos años, ¿y qué ha pasado desde entonces? ¡Nada, *res de res*! Nos quieren meter miedo con esas excavadoras, pero nunca nos rendimos ante nada ni nadie. No nos ayudarás si sigues con esto, solo debilitas nuestra resistencia. Me cago en todo, Carles. ¡Los putos Juegos Olímpicos, tío! ¿Sabes qué significa eso? Ya nos hemos dado cuenta en los últimos años. En nuestra ciudad. Y, si tarde o temprano nos tenemos que mudar, conseguirás mejor sitio que en la quinta galería, de verdad. Pero no si saltas ahora. ¿A cuántas bombas de Madrid sobrevivimos, cuántas hostias de los maderos, cuántos días entre rejas? ¿Y ahora te vas a sacrificar como una oveja mansa?

Pepe nunca oyó a Joan así. Mejor que lo diga él. También es de aquí; ambos habrán pasado por muchas cosas, a lo mejor incluso juntos, o al menos cerca el uno del otro. Eran adolescentes durante la guerra. No como Pepe. Ponferrada ya estaba en manos de Franco antes de que la guerra hubiese arrancado de verdad y él aún no había nacido.

Joan modera su tono. Se acerca un paso más.

—Y tal vez lo más importante, Carles…

Este vuelve a girarse y Pepe ve lágrimas deslizándose por las mejillas. Se le forma un nudo en la garganta. Da, con cuidado, también un paso más. Carles no se mueve.

Joan sigue.

—Tú no puedes ni debes decidir sobre la vida de Sergi. ¿Acaso le has preguntado lo que quiere?

—No habla. Ya lo sabes.

—Pero siente. A lo mejor es feliz, vete a saber.

Pepe da otro paso, él está más cerca de Sergi. Joan está más por la parte de Carles. Durante un segundo, se miran; el otro gesticula para que deje de moverse.

—¿Carles? —pregunta Pepe.

Carles se encoge de hombros.

—¿Me dejas que saque a Sergi del borde? —añade.

Carles asiente.

Pepe da otro paso y otro.

—¿Sergi?

Los rizos revueltos casi le tapan los ojos cuando gira la cara hacia él. Sergi enseña su sonrisa, eternamente congelada en el rostro. Pepe le estira la mano, intentando no mirar por el borde para no marearse. Piensa en Montse. Tendría que verlo aquí, encima de la torre de la que tantas veces despotrican. Sigue mirando con fijeza al otro.

—La mano, Sergi.

Este se la da. El hombre no es muy grande y no pesa demasiado; la comida de las monjas no está para chuparse los dedos. Poco a poco, Pepe tira de él hacia atrás; Carles deja caer la mano del hombro de su hermano, que alza la pierna derecha por encima de la viga, de regreso al tejado. Pepe levanta al hombre que se quedó niño, lo estruja contra su barriga, le aprieta la cabeza contra su pecho. No quiere que Sergi ahora mire a su hermano.

—Carles —dice Joan. Aquel vuelve a mirar hacia delante—. ¿A que no vas a dejar a tu hermano solo?

—¿Y Mariángeles qué?

Pepe casi no lo oye, se ha alejado un poco más con Sergi. Manel y su colega se han puesto a su altura. Todo el rato han estado ahí, callados.

—Mariángeles no está sola, de ella no te preocupes —dice Joan—. Creo que te dará con la puerta en las narices en cuanto te vea aparecer ahí arriba. Ella aún aguantará un tiempo sin ti.

Carles vuelve a mirar por encima del hombro, girando medio cuerpo, agarrado con ambas manos a la viga blanca.

—Esto está un poco alto. —Aparece una leve sonrisa bajo sus ojos húmedos. Resopla—. Torre de mierda. Paseo de mierda. Ayuntamiento de mierda. Alcalde de mierda. Madrid de mierda. —Levanta una pierna sobre la viga—. En mi puta vida voy a reservar una habitación aquí.

—No tenemos ni pela para eso —dice Pepe—. Para una habitación de estas tienes cinco paellas para cuatro. O sea, les das de comer a veinte. Y unas botellas de vino.

Carles retira también la otra pierna y se pone de pie.

—Tú, merengue —le dice a Pepe—. Te haré cumplir tu promesa. Cuando nos proclamemos campeones, estarás saltando con nosotros. Es madridista el que no bote…

Joan se seca sus propias lágrimas y abraza a Carles.

—Venga, viejo, a trabajar. ¿O quieres que te vea un médico primero?

15

En mi larga vida he tenido que lamentar unos cuantos muertos, y no hablo de gente que fallece porque simplemente ha llegado su hora. No sé cuántos de mis habitantes tienen más de cien años, pero dicen que cada vez son más. Ellos han disfrutado de una vida buena y larga. Bueno, eso de disfrutar no lo puedo saber, claro. Larga sí, más que antes. En los siglos pasados la gente moría más joven y mucha a la vez, sobre todo por culpa de las guerras y las enfermedades.

Génova fue la primera gran responsable. Un día llegó desde allí un barco de mercancías con la tripulación enferma. Al poco, murieron en mi puerto un estibador tras otro. Y la ola de la peste se adentró en la ciudad; más de la mitad de mi gente falleció por la muerte negra. No sirvió de consuelo que yo no fuera la única afectada y llamaba la atención que las ciudades con más víctimas fueran casi todas portuarias. Así que también puede ser un inconveniente, eso de encontrarse a la orilla de la mar. A lo mejor es una de las razones por las que me he distanciado de ella. Llámenlo trauma o simplemente odio puro. Porque desde la mar desembarcaría aquí en el muelle muchas más veces la muerte. Dos veces llegó un barco de Cuba que trajo el vómito negro, que es como llamábamos a la fiebre amarilla. Dos veces con cientos de enfermos y miles de mosquitos infectados a bordo. Fue una auténtica escabechina, aún más cuando atracaron y los mosquitos empezaron a zumbar por los muelles en busca de sangre fresca y abúlica.

Os ahorraré los detalles del sufrimiento de la gente. Y del trajín para enterrarla. Durante la pandemia de la peste hubo que inhumar a todo el mundo dentro de las murallas de la ciudad, pero no había sitio para tantos a la vez, así que se los sepultaba en fosas comunes debajo y al lado de las iglesias, porque aun muertos eran contagiosos. Cuando llegó la fiebre amarilla siglos después, ya disponía, por suerte, de un cementerio fuera de las murallas, en Poblenou. Sí, precisamente el barrio que están transformando ahora por completo, a la sombra de los dos nuevos rascacielos. Menos mal que el monumental camposanto, donde antes se enterraba a los ricos separados de los pobres, no lo van a tocar; es que nunca se sabe con esos urbanistas modernos.

Lepra, fiebre tifoidea, gripe española, cólera…, lo he padecido todo. Ahora ya hace tiempo que no hemos tenido ningún brote de esas viejas plagas medievales. Solo persiste la tuberculosis. Todos estos pisos pequeños, sin luz solar, en calles húmedas… El Ayuntamiento quiere crear espacios en los viejos barrios, derribar bloques de pisos, diseñar plazuelas para crear más luz y calor en los meses de invierno. Eso será algo para los próximos años, dicen, para después de los Juegos Olímpicos. ¿Ves? Nunca me dejarán en paz del todo, para ellos nunca seré lo suficientemente saludable y habitable.

Mientras, continuaré enterrando a mis muertos. Otros distintos. Menos enfermos. Y, por suerte, ya no víctimas de las guerras. De eso os contaré algo más, pero no ahora. Todavía no ha llegado el momento, porque os asustaría y lo que quiero es enseñaros mi cara amable.

Parte II

Junio de 1991

16

Adela sube un escalón tras otro. No era necesario tanto desafío, porque ya se encuentra a una altura considerable. Tiene la ciudad a sus pies. Así, ¿para qué escalar aún más, hacia esos diez metros del trampolín más elevado? ¿Por curiosidad o por un espontáneo deseo de ir a casa? Desde el borde de la piscina, donde dentro de diez horas sucederá todo, ya ve gran parte de Barcelona, aunque por muy poco no su barrio. A la izquierda, el Tibidabo; justo delante, la Sagrada Familia, con esos dedos largos de un dragón prehistórico que apuntan al cielo, además de las dos grúas eternas entre ellos. Todo el barrio del Eixample, con sus calles rectas. Un poco hacia la derecha, la fachada gris de El Corte Inglés, que vista desde aquí es bastante fea. Cuando era niña le encantaba, sobre todo por Navidad, con miles de luces y Papá Noel y su trineo mágico y los renos, pero ahora es un muro grisáceo que interrumpe el caos atractivo de edificios viejos, todos en tonos marrones e iluminados por el sol. Más a la derecha, las torres casi terminadas del puerto olímpico. Luego, la pared empinada de Montjuïc, que sube hasta el castillo e impide ver la Barceloneta y el puerto. Una lástima. Una vez arriba, en el trampolín de saltos a una altura vertiginosa, tampoco ve su barrio. Los árboles de la ladera de la montaña tapan la vista.

Adela se sienta, deja los pies colgando por el borde de hormigón, talla cuarenta en el vacío, aletas naturales que en vano buscan algo de resistencia. Diez metros es mucho más alto de lo que parece desde abajo, pero ella no tiene vértigo. Además, no va a saltar. Los hombres y las mujeres que se tiran desde estas alturas, con sus saltos y piruetas, están locos perdidos. O, si no, se volverán así, entrenamiento tras entrenamiento, con esos golpes que reciben en la cabeza o la espalda cuando un salto les sale mal. El agua es para nadar, no para dejarte caer en ella como una bomba lanzada desde un avión, para después de la euforia del aterrizaje, rodeado de burbujas y la sensación de ingravidez, dirigirte directamente hacia la escalerita para abandonar la piscina.

Media vida de Adela se ha desarrollado en ella. Igual que la de muchos niños de la Barceloneta. No en el agua del mar —«la mucosidad salada», como lo suele llamar su padre, turbio y pegajoso—, sino de la piscina del Club Natació Barceloneta, uno de los tres del barrio. Cuando iban a EGB ya recibían ahí las clases de natación.

El sol se encuentra casi en línea recta frente a ella en el cielo. Se quita la camiseta de la selección española. Debajo lleva su bañador, su segunda piel. Se lo puso esta mañana nada más levantarse, para el último y ligero entrenamiento. Al sentir el agua es cuando las chicas se encuentran más cómodas. Mejor que pasar las horas en la habitación, o de un lado a otro por los pasillos, o apalancadas en el vestíbulo. El hotel, después de dos semanas, ya lo conoce de sobra. Es aburrido, pese a la compañía de Laura, con quien comparte habitación. No se queja, peor habría sido que le tocara Patricia, por ejemplo, la portera; está chiflada como los saltadores de trampolín y tiene una boca que no calla nunca. Una bestia de mujer, una *grizzly* que, pese a su envergadura, sobresale tanto del agua que las lanzadoras del equipo rival ya se desaniman antes de tirar a portería.

Adela no es muy grande. Todo lo contrario. Ancha de hombros, eso sí, igual que las otras chicas del equipo. Y esa línea horizontal a ambos lados del cuello que revela que ya ha nadado miles de horas, la mayoría entre las seis y las ocho de la mañana. Sus nalgas no son generosas, en eso se parece a su madre, y dan paso a unos muslos anchos con los que, junto con sus pantorrillas menudas y sus pies grandes, se impulsa por el agua como una foca veloz y ágil. No hay otra tan rápida como ella; cuando era pequeña, los entrenadores preferían que fuese nadadora de competición, pero aquello le parecía aburrido, todos esos largos en solitario. Además de convertir a sus compañeras de entrenamiento en rivales. Eso no es sano. Estas chicas son sus amigas, casi todas. Lo siente así. Cuando ganan, ganan todas. Y en caso de derrota encuentran consuelo entre ellas o se sacan la rabia. Aunque esto último aún no ha hecho falta en este campeonato del mundo.

La llaman la Maradona del Waterpolo, que no tiene ningún sentido. Maradona, además de un genio, también es cocainómano. El ídolo de su hermano, por supuesto. Hace cinco años, Chechu estaba celebrando como si él mismo hubiese ganado el Mundial y no Argentina.

Ojalá hubiese seguido con el deporte, todo habría sido diferente. Hasta sus quince, dieciséis años siempre iban juntos al club, antes de amanecer, y de ahí directos al colegio. Se llevaban dos años y cuidado aquel que intentara meterse con Adela, que dijera algo feo sobre el tamaño de sus pies, porque Chechu siempre estaba cerca para defender o vengar a su hermana menor. El problema era que le gustaba demasiado usar aquellas manos grandes que tan bien le iban en la piscina para soltar una bofetada o agarrar a un chaval por el cuello, incluso si era mayor. Con las chicas era menos violento, aunque de vez en cuando también les podía caer un guantazo; a menudo, el primer golpe procedía de la chica, que aquí en el barrio tampoco son unas blandengues. Son pocos los jóvenes que no están curtidos por la vida en la Barceloneta. Una vida que finalmente atraía a Chechu más que la piscina y el instituto. Una lástima, porque se zambullía y permanecía tanto tiempo debajo del agua como un cormorán en busca de peces. Pero en tierra su hermano se ahogó.

Chechu no estará esta noche en las gradas. A él le habría gustado el apodo de su hermana. Pero aún más habría disfrutado de sus goles. Al resto del mundo apenas le interesa, pero, en la Barceloneta, el waterpolo es un deporte más popular que el fútbol. En los últimos días, Adela abandonaba a veces el hotel de concentración para coger aire en su barrio, en casa, en el chiringuito, y absolutamente todo el mundo la paraba por la calle, le deseaba mucha suerte, le decía que estaba muy orgulloso de ella y el resto de las chicas. Los futbolistas del Barça se proclamaron campeones hace unas semanas y los festejos fueron exuberantes —a excepción de la cara de su padre—, pero esto es para ellos mucho más grande, le decía la gente del barrio. Ser campeones de España o campeonas del mundo, vaya diferencia. Y encima sin estrellas extranjeras, casi únicamente chicas de Barcelona e incluso del barrio, como Laura y ella. En el equipo de fútbol no juegan hombres de la Barceloneta.

Somos como el Barça, dijo el entrenador ayer durante la cena. Podemos inaugurar una nueva era. Una en la que podemos ganar, en la que las mujeres españolas, o catalanas, ya no sois *a priori* inferiores a las favoritas holandesas, que serán más fuertes y más grandes, pero no más listas, rápidas ni mejores. Podemos hacer historia, y entonces los medios de comunicación ya no pasarán de nosotros. Esto debe ser un anticipo de los Juegos Olímpicos.

La final se retransmitirá esta noche en directo, por La 2. A lo mejor hay quien prefiera ver el partido al concurso en

La Primera. Pero a Adela apenas le importa. Es cosa de ellas mismas, no del resto del mundo. Y, además, en el chiringuito no hay televisión.

Sus padres han prometido que harían un esfuerzo para venir, pero Adela ya sabe qué pasará. Es domingo. Demasiada gente en el restaurante. Un tiempo increíble, parece pleno verano. Ahora mismo, a las once de la mañana, ya hay más de veinte grados y el sol está muy arriba. A las nueve de la noche, cuando ella se tire a la piscina, aún estarán a casi treinta grados y los primeros comensales solicitarán una mesita en la terraza o en la arena. A las diez, el merendero estará abarrotado y hasta la una y media no se habrán marchado los últimos clientes. A esas horas, su noche de ensueño ya hará tiempo que habrá terminado y ella habrá alcanzado lo más bonito de su vida, o eso espera. Un momento que le gustaría mucho compartir con sus padres. A lo mejor, quién sabe, ellos se dan cuenta de lo importante que es para ella. Les ha dado entradas, igual que a Marisol, que viene seguro; ha pedido fiesta por el morro. Su hermana no se siente imprescindible. No como sus padres, que temen que el merendero se convierta en un caos enrevesado si uno de los dos no está presente.

Adela se inclina hacia delante y mira la profundidad, el agua azul intenso como los ojos de su hermano. Los de ella son marrón oscuro, igual que los de Marisol. Tiene también rizos oscuros, cortos pero revoltosos, otra de las razones por la que le dieron ese apodo. Durante los partidos, están escondidos bajo su gorro. Ya es admirable que la gente en la calle la reconozca. Bueno, en realidad solo en la Barceloneta, porque ahí todo el mundo se conoce. En el resto de la ciudad, ella es una más, una habitante anónima, una mujer de veinte años, justo metro setenta, una estudiante por empezar el segundo año de Psicología, que no arrancará hasta dentro de tres meses. Ella no es una futura campeona del mundo ni olímpica. No es ninguna heroína. No es una diosa, pese a que a veces la llaman así en las crónicas cada vez más exultantes de las últimas páginas de los diarios deportivos. La reina de la piscina. La hace reír. Su madre ya le decía «mi reina» cuando era pequeña. Al menos algo diferente a «cariño»; qué pesada, para su madre todo el mundo es «cariño».

En el restaurante traen cada mañana los cuatro, cinco periódicos de la ciudad, para los clientes. Adela no sabe si su padre los hojea. Si lee las crónicas deportivas. No le gustó nada que ella se dedicara de forma tan fanática al deporte. Y encima waterpolo; no le llama nada. Un deporte para hombres que no saben jugar al fútbol, dice, seguramente envidioso de los cuerpos impresionantes de los chicos de waterpolo que de vez en cuando realizan entrenamientos en la playa, delante del chiringuito. No le gusta nada porque él no es de aquí, le dijo Adela una vez. En León y Ponferrada gusta mucho el balonmano. «¿También para hombres que no saben jugar al fútbol?», lo chinchó una vez. Ella también habría sido buena en balonmano, le dijo. Y además habría conseguido más reconocimiento. El balonmano se practica en toda España; el waterpolo, casi solo en Catalunya.

Su padre ve a las jugadoras de balonmano más femeninas que a las de waterpolo. Qué chorrada. Apenas ha venido a ver un partido. Sí, cuando era niña y jugaba con los chicos, porque chicas apenas había. Jugaba a las nueve de la mañana y entonces sus padres podían acercarse a veces. Su madre venía más, podía librarse más tiempo. Y, al contario que su padre, estaba contenta de que Adela no hubiese empezado a trabajar tan joven en el restaurante, como su hermana. Estaba orgullosa de que hubiera acabado el instituto y optado por seguir estudiando, la única de la familia, ni una prima ni primo había llegado hasta ahí, aunque su madre no entendía por qué había elegido Psicología. ¿Para qué le serviría eso?

«Tal vez para ayudar a chicos como mi hermano», contestó cuando su madre le preguntó por primera vez.

Era una broma, pero su padre se lo tomó muy mal.

«¿Qué piensas? —le espetó—, ¿que nosotros no lo educamos bien, que somos malos padres, que hubiese tenido que acudir a un loquero de esos para salvarlo del hundimiento?».

«Pepe, cariño, Pepe», le dijo su madre y le puso una mano en el antebrazo. Su padre salió por la puerta para irse al restaurante.

Adela no entiende cómo su hermana lo aguanta cada día. Marisol es, junto a su madre y su abuela, la única mujer en el chiringuito. Pepe no tolera a mujeres allí, ni en el servicio ni en la cocina. No harían más que distraer al personal, porque, claro, si contratara a una mujer, tendría que ser una señora atractiva. Así que mejor que no. A Marisol todo el mundo está acostumbrado, dice; a ella la ven como una chica de la casa. Además, nunca se viste de manera insinuante, sino que esconde su belleza detrás de una apariencia sosa y tímida.

A esos diez metros de altura, Adela no se ve reflejada en el agua calmada de la piscina. Destila otra belleza distinta a la de su hermana. Bueno, ella no se ve guapa; además, es muy difícil decirlo de una misma, pero otros le dicen que sí… Tiene algo de chico, por su cuerpo firme y sus rizos cortos. Sus pechos son más pequeños que los de Marisol, aunque los de ella tampoco son muy llamativos. Pecas traviesas en la cara, una nariz algo chata, al contrario de esos pies suyos. Una saltimbanqui, siempre sonriente, dientes blancos en una boca grande. Y muy muy deportiva. En el BUP no tuvo éxito con los chicos, pero tampoco es que le interesaran, no tenía tiempo para ellos. Ahora, en la universidad, se da cuenta de que despierta más interés. Pero sigue sin tener tiempo. Este último año aún menos, ahora que tan cerca se encuentra de la cima, la recompensa después de tantos años en el cloro. Los Juegos Olímpicos, dentro de un año. En su ciudad.

Adela alza la vista y ve Barcelona. Hace un poco más de calor que ayer.

17

Echa un vistazo rápido al reloj. Quedan treinta segundos. El sol ya ha desaparecido, pero los focos fulgurantes alrededor de la piscina prolongan la luz del día en medio de un ambiente cautivador. Desde las tribunas bajan los vítores como el sonido de un avión, todo el mundo grita, ya desde hace hora y media, pero ahora aún más fuerte, con más histeria. Como si hubiese un tornado que solo exhibe sus giros vertiginosos aquí, porque fuera de este pequeño estadio de natación debe de haber calma, como cualquier noche en Montjuïc. Abajo, en la ciudad, la gran mayoría de la gente no tiene ni idea de lo que ocurre aquí, de la frontera frágil entre una alegría desbordada y una tristeza infinita.

Adela se encuentra ahora mismo en el lado malo de esa frontera, junto con las amigas con las que se ha preparado durante años para este momento. No puede ser que su sueño se evapore aquí y ahora. Holanda acaba de fallar la oportunidad de marcar el 8-6, si no ya se habría terminado de verdad. Ahora no, con 7-6. Quedan veinticinco segundos. Patricia, la portera, agarra el balón con esa mano suya irrealmente grande; como apriete mucho, explota la pelota. Adela se da la vuelta, ya no mira hacia atrás, empieza a nadar los metros finales hacia la portería holandesa, con una velocidad que solo ella tiene. Nota un brazo deslizándose por su cuerpo, una rodilla impactando en su muslo, una mano golpeándole en la cabeza. Se para, alza la vista, mira entre los nerviosos brazos de la defensora. Qué pesada es la tía, una lapa que se ha pegado a ella todo el partido. Cada vez que cambiaban a Adela para coger un poco de aire, la holandesa también salía del agua. Se llama Anika, ya se ha enfrentado más veces a ella; no tan rápida, pero fuerte como un hombre y malvada como una mujer. Adela solo ha podido marcar tres goles. Hasta ahora.

«¡Veinte segundos!».

Oye a su entrenador contar, igual que el público, todo el mundo. Sol tiene la pelota. Es la jugada ensayada para el último contrataque.

«¡Quince!».

Adela debe acercarse un poco más a la portería, cruzar por delante de ese armario flotante que tiene enfrente. Con su regate favorito, cuando simula ir hacia la izquierda y de golpe pasa a la rival por la derecha. Sí, la verdad es que algo de Maradona tiene. Deja a la holandesa medio atrás, unas uñas le rascan la espalda.

«¡Doce!».

«¡Once!».

«¡Diez!».

De Sol la pelota pasa a Laura, su compañera de habitación. En el agua saben encontrarse a ciegas. El pase alto de la segunda es inalcanzable para una defensora.

«¡Nueve!».

«¡Ocho!».

La pelota cae justo delante de ella en el agua, la agarra con la mano derecha. Está de espaldas a la portería y la bestia holandesa se le vuelve a colgar del cuello, intenta hundirla por el hombro sin que el árbitro lo vea. Dos segundos tragando agua.

«¡Cinco!».

Ya no hay tiempo para darse la vuelta, pero la holandesa seguro que espera ese giro, quiere tapar el mortal brazo derecho de Adela. Los aficionados holandeses intentan superar los gritos de ánimo en castellano y catalán.

«¡Cuatro!».

Sin mirar, Adela suelta el brazo derecho hacia atrás, nota el roce de la holandesa, pero la pelota ya vuela; espera que sea camino de la portería. No lo ve.

«¡Tres!».

Montjuïc explota, la piscina tiembla, el agua ondea, es la tormenta perfecta. Ve a Laura chillando; con ojos como platos mira a su amiga. Sol pega con las manos en el agua.

Salen goteando. Los gritos desde las gradas se suavizan, se convierten en un murmullo continuo, como en una fiesta que ya ha terminado, donde se ha apagado la música, pero los invitados no quieren marcharse. El entrenador intenta darles instrucciones para la prórroga, pero ¿qué más puede decir?

—¡Ada! —Solo Marisol la llama así.

Ha visto a su hermana antes del partido y en los descansos, en tercera fila, entre gente del club y algunos del barrio. Un poco más a la derecha, en una parte separada por cintas, está Jaimito. Vaya personaje. Todo el mundo lo señalaba cuando llegó, la gente susurraba y las mujeres jóvenes chillaban. Aún no debe de tener treinta años; ella no lee mucho las revistas de corazón, pero es imposible no saber nada de Jaimito; Marisol la va informando cada vez que lee algo de él, y eso es cada semana. Sobre todo, desde que sus padres murieron hace un año en un accidente de tráfico y él, hijo único, heredó todo. Una fortuna incalculable, un castillo, casas y tierras, cotos de caza tan grandes como media provincia y, por supuesto, el título nobiliario de duque de Brazatortas y Cabezarrubias. Aunque para España sigue siendo Jaimito.

«¿Qué hace este aquí?», preguntó Clara cuando se dio cuenta de su presencia.

Igual que muchas de las compañeras, es más independentista que Adela. Ver a monarcas, príncipes y aristócratas españoles significa la amenaza ultraconservadora de las Castillas y la pone enferma. A Adela no le importa tanto; para ella, la Barceloneta es su propia república, donde navega entre el catalán de su madre y el español de su padre. Por su entorno, tanto en la universidad como en el waterpolo, se inclina más hacia lo primero y se expresa más en catalán que en castellano, pero una independentista fanática no es.

—¡Ada! —Marisol señala a su lado, abraza a su madre. Adela da un brinco en el banquillo, le gustaría ir corriendo a las gradas, pero se contiene. No hay tiempo.

—¿Y papá? —pregunta inaudiblemente, pero su madre percibe lo que dice. Niega con la cabeza, señala el reloj en su muñeca. Adela no tiene idea de la hora que es, aquí solo se cuenta por segundos.

Suena el zumbador: tienen que volver al agua, prórroga, dos veces tres minutos. Adela se estira el gorro un poco más sobre los rizos y después desliza los dedos por la parte inferior del bañador, en las nalgas y la cadera, como si buscara un poco de frescor. Se colocan en un círculo, todas inclinadas.

—¡Vamos! —dice Patricia, la capitana.

—¡Vamos! —gritan todas, en corrillo.

En la primera jugada en el agua Adela recibe un codazo de su guardiana personal en la cara. En realidad, no es ni una jugada, pues la pelota se encuentra al otro lado. Adela está preparándose para su primer ataque y no ve venir el golpe del hueso puntiagudo de hormigón. Está mareada, tiene náuseas del dolor, pero no oye ningún silbido de los árbitros, solo los gritos de un partido que continúa. Levanta la mano, no para recibir el balón, sino para llamar la atención. La piscina se convierte en un remolino que la atrapa en su oscuridad; de golpe, el agua es una enemiga traicionera en lugar de su mejor amiga.

Cuando vuelve a emerger topa con la cara sonriente de la holandesa, dos mofletes rojos y ojos brillantes y maliciosos que se anticipan a la victoria final. Adela debe irse hacia el borde, apoyarse, el pómulo le escuece. Los árbitros detienen el juego, a las gradas regresa un poco de tranquilidad, oye que la llama su madre. El entrenador se agacha.

—¿Estás bien? —pregunta.

Más o menos. Bueno, mejor una breve pausa en el banquillo, donde todo el mundo parece preso del pánico. La necesitan, más que nunca. Eso suena a halago, pero no ahora. Ahora nota el dolor. La cólera, también, y la frustración. No hay castigo para la holandesa, nadie ha visto lo que ha hecho.

Los primeros tres minutos acaban sin que se haya dado cuenta; intenta sacudirse las estrellitas de la cabeza, el fisio le pone una pomada en la mejilla. Sin querer, le mete el dedo tembloroso en el ojo, que empieza a quemar como el infierno. Con el otro mira el marcador: sigue el 7-7.

—Míster, quiero volver a entrar —dice.

Él la observa con preocupación, su mirada va de ella al médico. Este asiente.

—¡Vamos! —gritan las chicas de nuevo. Suena con menos fuerza; tal vez su oreja también ha recibido un golpe.

Adela vuelve al agua, pero la magia se desvanece. En dos ocasiones le llega la pelota, ambas se le escapa de las manos como un trozo de jabón debajo de la ducha. Y cada vez esa sonrisa de la holandesa. Ella le escupe un sorbo de agua en la cara.

El partido ya no es el mismo. Patricia ni siquiera intenta alcanzar a Adela con sus pases profundos. Y las rivales sorprenden a la portera dos veces en un minuto. Tampoco aquella parece estar centrada; se desmorona la sólida casa que construyeron con tanta diligencia en los últimos años y en la que esta noche iban a colocar la bandera por haber alcanzado el punto más alto. El público se esfuerza; con gritos cada vez más desesperados intenta recoger los escombros y volver a colocarlos en su sitio, pero ya no sirve. El timbre suena por última vez y la fiesta comienza en el otro lado; bañadores de color naranja flotan en la piscina olímpica alegremente como patitos de baño. Adela no sabe por qué dolor llora más.

Con cara como de acabar de comerse una naranja amarga de un árbol de la calle, el grupo de catorce chicas y mujeres se coloca en una tabla que hace las veces de segundo puesto en el podio.

—Conmigo, que el tipo este se ahorre los besicos —protesta Carla.

Otras precisamente se alegran por la ceremonia, pese a la profunda decepción. Una por una, Jaimito les cuelga la medalla de plata. Heredó de su abuelo un alto puesto en la Federación Internacional de Natación; él mismo es jinete, intenta clasificarse para los Juegos Olímpicos en hípica.

Adela lo oye venir.

—Qué pena —le masculla a una.

A la siguiente:

—Pero bien hecho, ¿eh?

Y a Clara:

—El año que viene, el oro. —Siguen un par de besos.

A Adela se le escapa una sonrisa. Aquella gira la cabeza exageradamente hacia un lado y luego al otro para intentar esquivar los besos del duque.

—¿Duele? —le pregunta Jaimito a ella mientras señala el morado en su pómulo.

—No mucho —contesta.

Quiere añadir que la derrota duele más, pero ya debe agachar la cabeza para dejar que le coloque la medalla. Cuando nota el peso de la chapa y prefiere quitársela de inmediato, el duque la coge con suavidad por los hombros, le da un beso, primero por la derecha y luego por la izquierda, con cuidado para no tocarle la mejilla dolorida, y le susurra al oído:

—Tú no serás lesbiana, ¿no? —Le pellizca en el hombro y sigue su cometido; ahora le toca a Laura.

Adela sacude la cabeza con incredulidad, como para sacarse las palabras del oído, que parecen molestas gotas de agua. Mira fijamente hacia delante y luego a Clara, a ver si ha oído algo, pero ella solo tiene ojos para su medalla.

—Bueno, no está mal tampoco —dice Clara.

¿Y Laura? Está saludando con la mano a su familia.

Jaimito ya ha llegado a las eufóricas holandesas, que están muy acostumbradas a ocupar el escalón más alto del podio. Suena su himno. Grupitos de aficionados vestidos de color naranja chillan y Adela oye que cantan algo de Hispania, parece, pero suena muy raro; ¿cambiarán cada vez esa parte de su himno según a quién hayan vencido?

Observa las banderas que se izan. La española no le dice mucho, pero aun así se emociona viéndola elevarse lentamente al cielo. Y más cuando pilla a su madre secándose los ojos con un pañuelo.

Adela se gira un poco: desde aquí sí se ve la Barceloneta, donde las farolas del nuevo paseo de repente se detienen; ahí decenas de personas disfrutan de su cena en sillas plegables de madera colocadas en la arena. Seguro que su madre bajará ahora rápido para echar una mano.

18

Es un mes de junio caluroso y alegre, el verano se ha presentado temprano, así que permitidme que os cuente una historia positiva, de la época en que aún no había rascacielos, cuando mi edificio más alto era la catedral, en el barri Gòtic; como tiene que ser, la iglesia como referencia y atalaya. Es una historia sobre Ildefons Cerdà. Mi héroe, mi padrino, mi cirujano favorito. Bueno, en realidad no era cirujano; él no cortaba con bisturí, sino que creaba. No derribaba, sino que añadía. Es quien me ha tratado mejor que nadie, mejor que cualquier dirigente municipal, arquitecto, ingeniero o mandatario. No ha habido hombre más importante en mi vida. Casi todo lo que soy ahora se lo debo a Ildefons. Él lo ideó y ni siquiera supieron valorarlo en su momento. Pero vio lo que otros no vieron o, tal vez, no quisieron ver.

Cerdà llegó del campo, de una masía del interior de Catalunya, sobre unos acantilados cerca de Vic, sin vecinos. Ahí había libertad, espacio y luz. Se asustó cuando vio por primera vez mi yo anterior, con doscientas mil personas hacinadas en un increíble hormiguero dentro de las murallas, pues hasta entonces el Gobierno de Madrid me prohibía crecer fuera de ellas. Era un corsé que cada vez me apretaba más, me costaba respirar, moverme. Casi estallaba. Mucha gente, en callejuelas muy estrechas, en bloques de viviendas más y más altos, hasta de cinco o seis pisos. Era una ratonera donde la enfermedad se propagaba como el agua pestilente en cloacas que recorrían la superficie.

Y eso lo vio también Ildefons Cerdà. Mi gente, decía, necesitaba espacio. Aire. Fuera de las murallas.

Lo tomaron por loco con su plan urbanístico revolucionario. Porque los dignatarios de aquí, los señores de la burguesía, querían transformarme en una especie de París, Ámsterdam o Viena. Todas señoras más ricas que yo, que se habían ensanchado en círculos elegantes alrededor del centro histórico. Pues con esos círculos, opinaban los burgueses, ellos mantendrían sus palacios de las calles Montcada y Lledó en pleno centro, ahí donde sucedía y se decidía todo, cerca del ayuntamiento. Ahí donde en una diana de dardos consigues el máximo de puntos y donde pagas el precio más alto por una casa.

¿Pero qué hizo Cerdà? Vino con un plan igualitario que ahora, un siglo y medio después, aún se mantiene firme como un castillo, pero eso nunca pudieron constatarlo ni reconocerlo los ignorantes de entonces. Una lástima, porque habrían visto mi liberación de aquel corsé.

Sí, me volví más voluminosa, pero eso le pasa a casi todo el mundo con el avance de los años, sea hombre o mujer. Me atrevo a decir que, pese a mis defectos, he envejecido con cierta belleza. Gracias a Cerdà. Por culpa suya incluso tuve descendencia; los llamo «mis niños adoptivos», con bellos nombres como Gràcia, Sarrià y Horta. Seis a la vez, pueblos encantadores que se encontraban en el campo, fuera de las murallas, en un principio asentamientos de payeses, pero luego cada vez más desarrollados y poblados. Y luego se juntaron otros dos. A todos les doy amparo bajo mi holgado vestido, los protejo y los considero una parte inseparable de mí.

Cerdà me ensanchaba con decenas de calles largas y rectas, como si dibujase un inmenso tablero de ajedrez. Eran vías amplias, diez, veinte y hasta treinta veces más anchas que las callejuelas de la ciudad vieja. Gracias a las líneas rectas y la amplitud, el viento siempre aportaría frescor: unos días, en una parte de las calles; otros, en la otra mitad, según la dirección de donde soplara. La gente enfermaría menos y disfrutaría más de la vida. Y lo hizo de manera diferente que en Manhattan, a la que le pusieron un poco antes que a mí esas avenidas y calles rectas. Pero allí los edificios llegan hasta la misma esquina, hasta el cruce, para dar un giro de noventa grados, lo que a Cerdà le parecía demasiado agobiante. Él creaba en cada cruce espacio extra «frenando» los edificios antes y «cortando» las esquinas. Así, cada cruce se convirtió en una plazuela cuadrada. Espacio para la gente, para el aire, para la vida.

Mi suerte fue que la decisión sobre su plan vino impuesta por el Gobierno de Madrid, así que no solo tengo quejas de sus intromisiones, pues fueron ellos los que rompieron la resistencia de la burguesía de Barcelona. Parece que aquí no se lo perdonaron nunca a Cerdà, porque mira que les costó bautizar una calle con su nombre. Bueno, ni siquiera una calle, sino una plaza horrenda. Una de las más feas que albergo, inhóspita, un cruce de grandes vías de comunicación, un entorno hostil para los peatones. Y ni siquiera dentro del Eixample que él ideó, eso es lo más escandaloso. Lo desterraron a los confines, ahí donde ya casi dejo de existir.

19

«I've got the power!».

Los tonos bajos resuenan detrás de los enormes ventanales de la discoteca y se escapan por las puertas abiertas al exterior, donde grupitos de nadadores se juntan alrededor del agua. No es ninguna piscina, sino un pequeño estanque con troncos de bambú altos y gruesos. Adela está sentada en el borde, en la mano un cubata con mucho vodka y poco zumo de naranja. Un ratito a solas.

«I've got the power!».

Tiene ganas de bailar; el ritmo de Snap es tan irresistible como incomprensible el resto de la letra, pero la selección holandesa, acompañada por algunos de los nadadores que también han ganado medallas, ha tomado posesión de la pista con un baile muy hortera. Borrachos perdidos, como casi todo el mundo en la fiesta. Suele pasar tras un gran campeonato; después de un año o más de abstinencia, los nadadores se sueltan por completo y el alcohol cae en su cuerpo entrenado como un ladrillo en un depósito de agua vacío. Adela flipó cuando lo vio el año pasado, después del campeonato de Europa, su primer gran torneo.

Se baila de manera desinhibida, se grita, se besa y se flirtea con aquel cañón de Yugoslavia o ese guapetón de Australia que devolvió la mirada esta semana, pero que a la vez permaneció inaccesible. Adela no vio a nadie que le llamara la atención.

«I've got the power!».

Rosebud. Aún no había estado, la discoteca lleva apenas un año abierta. Es la nueva Barcelona. Le gusta, aunque tampoco volverá a menudo. Es un sitio de baile para los pijos de los barrios altos, los de aquí cerca, en las laderas del Tibidabo. Las vistas son aún más impresionantes que desde Montjuïc. Un cuadro panorámico, tienes literalmente la ciudad a tus pies, con el mar al fondo. La organización del Mundial ha alquilado el local para la fiesta de clausura, para impresionar así a los invitados extranjeros. ¿Dónde más puedes bailar al aire libre a las tres de la madrugada con veinticinco grados y una metrópolis palpitante a tus pies? El Europeo fue el año pasado en Bonn: vaya cosa más sosa fue eso.

«I've got the power!».

«I've got the power!».

—Adela, ¡ven! —Laura le tira de la mano, hacia un rincón del jardín, aún más cerca de la ciudad, donde miles de luces centellean como si fuesen estrellas en el cielo.

Seis de las chicas están de pie alrededor de una mesa alta, con una bebida de color naranja en un cuenco enorme y unas pajitas largas sobresaliendo. Le dicen que brinde con ellas. Aparentemente, el cóctel, muy dulce, ya ha borrado en la mayoría el amargo sabor de la derrota.

Patricia toma la palabra, con su voz tan grave como temblorosa.

—Quedamos en eso: el próximo año volveremos a estar aquí. ¡Con el oro!

Gritos.

—¡Oro! —repiten todas.

Chupan de la pajita y Sol y Clara chocan con la cabeza.

«I've got the power!».

Detrás de Patricia se ha colocado un tipo raro. No muy festivo, la cara tensa, lleva americana, con estas temperaturas y a estas horas.

—Damas, ¿las puedo molestar un momento? —Adela nota una mano sobre el hombro; enfrente ve los ojos de Patricia fuera de las órbitas.

—Su alteza —balbucea Laura.

Clara le da un golpe en la cabeza y dice:

—A un duque no se le dice alteza.

Las otras echan risitas.

—¿Sobra una pajita? —pregunta Jaimito.

—Pues, eh, aquí, su alteza —dice Clara. Al final le gustaba, confesó después de la ceremonia. «¿Y a ti?», le preguntó a Adela. «Viene de otro mundo, ¿eh?», le contestó.

—Me podéis llamar Jaime, mejor —dice el duque.

—Eso aquí es Jaume —replica Gemma. Es la más ferviente, siempre tapa la banderita española que hay en el gorro.

—Ningún problema —dice el duque—, como tú prefieras.

Finalmente, Adela se atreve a levantar la vista, a mirar por el hombro donde sigue descansando esa mano grande. Un poco de maquillaje le camufla el moratón del pómulo.

—¿Os estáis divirtiendo? ¿Olvidando la derrota? ¿Y cómo está la diosa de la piscina herida? —pregunta Jaimito, sin esperar respuesta, mientras quita la mano del hombro de Adela, se agacha y coge también una pajita.

Adela nota que todas se fijan en ella, perplejas. Si este la llama también Maradona, se marcha.

—Bien —dice y toma un sorbo con su caña porque no tiene idea de qué más decirle.

Al menos podrá presumir de haber tomado en el jardín del Rosebud un cóctel demasiado dulce en una especie de pecera junto a la gran estrella de las revistas del corazón. Menuda historia para contar mañana a Marisol; no se lo va a creer. Un poco raro, eso sí, que no haya *paparazzi*. Los otros asistentes ni siquiera se fijan en él, ningún nadador extranjero reconoce al vicepresidente de la federación ni es consciente de su fama en España.

—¿Qué lo trae hasta aquí, si me permite preguntárselo? —Patricia siempre es la más descarada y con el cóctel que se ha tomado le van fallando los últimos frenos.

Es la mayor de todas, tiene más de treinta años. Mide por lo menos igual que el duque y es el tipo de mujer capaz de ponerse a la altura de un rey, presidente u otro dignatario. Ya es mucho que le hable de usted al invitado sorpresa.

—Me puedes tutear, por favor —dice Jaimito—. No estoy aquí como el duque de Brazatortas y Cabezarrubias, ¿eh? ¡Ja, ja! —Las chicas se ríen también un poco; ya solo con ese título… Ja, ja—. Estoy aquí con López-Vidal, es un buen amigo mío.

Adela lo conoce: Arturo López-Vidal, nadador de braza, la esperanza española para una medalla olímpica. Él sí que se proclamó campeón del mundo hace unos días.

—Una pena que no hayáis podido repetir su hazaña —dice Jaimito—. Pero lo entiendo, él tiene la ventaja de llevar residiendo y entrenando desde hace años en Miami, con un *coach* americano. Qué raro, ¿no?, que en España no brillemos en natación y tengamos que emigrar para ser campeones. Menos mal que yo lo aprendí muy joven. ¿Y vosotras? ¿Os gusta el agua o no tanto?

Las chicas se miran; Adela se encoge de hombros, vuelve a tomar un trago. Nadie dice nada. A lo mejor es que no lo han oído bien, los bajos suenan aquí más suaves que adentro, pero aun así retumban con muchos decibelios por el jardín.

—Señor duque… —Patricia se pone ahora sarcástica; Adela se da cuenta por su tono de voz. Que no se pase, por favor. Que no…—. Señor duque, nosotras somos agua.

Ja, ¡no! Ahora empieza. Patricia se conoce toda la cita de memoria. Claro, antes de cada partido la recita en el vestuario, poco antes de salir todas. El entrenador sabe que las últimas palabras no serán suyas. Él siempre cree que debe alentar a las chicas, darles ánimos. ¡Vamos! Ella, en cambio, aporta la paz necesaria, se dedica a calmar los nervios.

Jaimito pone cara de bobo.

—Señor duque… —No puede reprimir la introducción, que debe de ser la primera vez en su vida que lo dice. Patricia se agacha un poco sobre la mesa redonda y la cara apenas le sobresale de las pajitas. La mirada es hiriente, como cuando observa a las rivales que se preparan para lanzarle un penalti—. Vacía tu mente, sé amorfo, moldeable, como el agua. Si pones agua en una taza, se convierte en la taza. Si pones agua en una botella, se convierte en la botella. Si la pones en una tetera, se convierte en la tetera.

Toma un respiro, igual que en el vestuario.

—¿Quién…? —arranca Jaimito, pero con un dedo sobre sus labios gruesos Patricia le indica que se calle.

—Chis… El agua puede fluir o puede golpear. Sé como el agua, amigo mío.

Adela no sabe dónde esconderse y ve que a las otras también les cuesta aguantar la risa.

Jaimito levanta las cejas y mira a su extraño acompañante, su escolta o lo que sea, como si pidiese socorro en silencio.

Patricia lo deja patalear un rato, pero, antes de que se ahogue en su ignorancia, acude en su ayuda.

—Bruce Lee, señor duque. —Hace un gesto rápido con los brazos en ángulo y las manos estiradas, cruzadas delante del pecho, lista para dar un golpe de kárate. Adela ve al hombre del fondo acercarse, pero Jaimito lo desdeña.

—Bien —dice—. Lo recordaré.

—¿Y sabe usted qué es lo bonito del agua? —sigue Patricia. No le da tiempo a contestar—. Incluso un bollo flota bien en ella.

¡No! Adela quiere meterse debajo de la mesa, fuera de aquí, pasar por debajo de las piernas de las otras, largarse de la discoteca, subirse a uno de los taxis que esperan en la puerta, sana y salva en su pequeña habitación de la Barceloneta, la cabeza debajo de la almohada. Nunca más mirar al duque a los ojos.

—¿Perdón? —dice Jaimito, que parece seguir sin entender.

—Bueno… —Patricia se apoya ahora con un codo en la mesa, adopta una pose que debe de aparentar ser seductora, aunque sea difícil con su cuerpo enorme, y lo mira de reojo—. Soy la única lesbiana de esta pandilla aquí, o al menos la única que ha salido del armario, pero floto bastante mejor que todas ellas juntas.

Adela evita la mirada de Jaimito, que sin duda está fija en ella ahora. Le intenta hacer señales a Patricia, pero esta no hace sino empeorarlo.

—Nosotras somos como el agua, señor duque, con la ventaja de que todo nos resbala. —Durante un rato interminable, chupa de una de las pajitas y después se aleja con paso firme y altivo.

Sí, Adela se lo había confesado a algunas, en el autocar camino de la discoteca. Y les había pedido que no lo propagaran por ahí. Las respuestas habían sido desde risitas por el intento desvergonzado del duque de ligar con ella («Venga, Adela, ¿de verdad que no te has dado cuenta?») hasta indignación por esas pocas palabras despectivas con las que las había arrinconado, también a su deporte.

—Le habría soltado un guantazo en la cara —dijo Patricia. Su enfado crecía a medida que avanzaba el autocar; rápidamente, la derrota iba quedando en un segundo lugar.

—Pero a ti el duque jamás te lo habría dicho —intentó Sol, riéndose. Los ojos de Patricia echaban fuego.

La portera se ha reprimido en estos interminables minutos en la mesa, pero eso no tranquiliza a Adela. Sigue con la pajita en la boca, sin atreverse a mirar a nadie. Toda la mesa se ha quedado en silencio, el único entusiasmo procede de los altavoces. «Freedom», canta George Michael. En el jardín, la gente corea el estribillo. «Freedom».

—Bueno, pues ya me voy, ja, ja —dice Jaimito y el hombre de la americana lo sigue, ambos absorbidos por el jolgorio.

20

Hace rato que ha amanecido cuando Adela baja a trompicones del taxi. Ella desde una puerta; Laura paga y baja, con igual dificultad, desde la otra. El barrio está en silencio aún, solo se oye el ruido del camión que limpia las calles con un chorro de agua, después de un fin de semana en el que la arena arrastrada por los bañistas se ha mezclado con los torrentes de cerveza que se cayeron de las copas mientras se bebía excesivamente en la calle. En verano no se puede aguantar en el infernal interior de los minúsculos bares.

—¡Jo, qué noche! —llora Laura de la borrachera que lleva encima cuando la abraza una última vez y le suelta un beso fuerte en la boca antes de dirigirse a su piso.

Adela dobla la esquina y se adentra en el carrer de la Mestrança. No sabe qué hora es con exactitud, pero a estas horas suele ir en dirección contraria, recién desayunada, camino de la piscina.

La fina capa de agua sobre el asfalto se nota caliente. Adela tropieza con el bordillo; por suerte no cae al suelo, porque logra agarrarse a uno de los barrotes de una ventana. Como si los ladrones pensasen encontrar algo en un hogar tan humilde. Aun así, en su casa también hay y su padre nunca quiso eliminarlos. «Si somos los únicos que no tienen, entrarán justo en nuestra casa», fue su argumento.

—¡Adela!

No, por favor. Mamá. Ahora no, mamá, *si us plau*. Ahora no. Nunca hago esto, nunca tan tarde. Por una vez. Y ya tengo veinte años, ¿eh? Déjame. No montes ningún cirio. Y no despiertes a papá, por favor.

Cuando salía como quinceañera, y no lo solía hacer mucho, su padre la obligaba a estar en casa antes de la una, que era ridículo, pues la discoteca no abría hasta medianoche y hasta las dos no empezaba a llenarse ni la gente a bailar. Después de insistir mucho tuvo que conformarse, ya con diecisiete años, con que le diera permiso hasta las dos y media. No era justo, le dijo a su madre, porque a Chechu siempre se lo permitían todo, no importaba la hora, y, si sus padres le decían algo, su hermano se enfurecía.

A lo mejor era culpa de él que su padre fuese tan estricto con ella. No se podía discutir el tema; según Pepe, era la preocupación lógica y paternal por la más joven de los tres. Incluso a su madre, que era un manojo de nervios cada noche que Chechu no aparecía, le pareció exagerada la actitud de su marido; ¿acaso él jamás se divirtió en su juventud? Su padre era capaz de no acostarse para ir a recoger en plena noche a Adela a un lugar concreto. Y que no se le ocurriera presentarse un minuto más tarde de las dos y media, porque le esperaba una bronca monumental en el coche. Una vez, ella lloró desconsoladamente en el asiento del pasajero. Era pleno verano y a las tres menos cuarto aún no estaba en la esquina cerca del Nick Havanna, la discoteca ultramoderna donde, pagando, podías sacar un libro de una de esas máquinas de caramelos; claro que nadie lo hacía. Se olvidó de la hora; puede pasar, ¿no? Nunca llevaba reloj. Y de repente se paró la música; en la sala, la gente alegre se miraba, asustada, y por los altavoces sonó la voz del DJ, que pidió que Adela Sánchez Planas se presentase de inmediato en la salida. Al principio se avergonzó; las amigas la miraban extrañadas. Menos mal que la música retumbaba de nuevo por la penumbra y discretamente recogió su bolso del suelo para dirigirse hacia fuera. Después, llegó la preocupación: ¿había pasado algo? ¿Un infarto de su padre?

Nada de eso: la estaba esperando junto al portero. Bufaba mientras machacaba su reloj con el dedo índice. ¡Un cuarto de hora! ¿Cómo habían quedado? ¿Qué se había pensado? Durante quince minutos estuvo viendo jóvenes balbuceando por la calle, qué gente más inútil; empezó a preocuparse porque ella se mezclaba con esa gentuza.

Podía estar contenta, dijo su padre en el coche, ya camino de casa, de que ella no fuera su prima Dolors, que también estaba esa noche en la discoteca. «Imagínate que el pinchadiscos la hubiese llamado a ella por su nombre y apellidos: "¿Quiere presentarse la señorita Dolors Tetas Planas en la puerta?". ¡Ja, ja! Ya me imagino a todo el mundo mirando», se reía su padre. La madre de la chica y hermana de Montse está casada con Ramon Tetas. Loli ha sufrido toda la vida por la maldición de sus apellidos; a los catorce años, que ya tenía un busto exuberante, los profesores la sentaban siempre en la primera fila de la clase.

A su padre le encanta contar la historia de su sobrina a todo el mundo que no lo sabe todavía. Siempre risas.

—¡Ada! —Marisol viene corriendo.

¿Ella también? ¿Está toda la familia esperándola? Es lunes, ¿no? El restaurante está cerrado, déjame dormir. Me voy a la cama, lo necesito. Solo eso.

Cómo le gustaría a Adela marcharse de casa, independizarse. Aquí es el chiringuito antes y el chiringuito después, no se habla de nada más. Ya nunca existirá otra cosa en la vida de Marisol. ¿Cuándo fue la última vez que se divirtió una noche en una disco? Cuando tenía diecisiete, dieciocho, su hermana salía de vez en cuando con un grupo de chicas del barrio, porque en Barcelona no conoce a nadie más. Pero, desde hace cinco años, sus noches terminan en el restaurante. Recoger, fregar, barrer, soportar las bromas y los cumplidos de los últimos clientes, ignorar a hombres que ya han bebido demasiado como si fuesen la mano extendida de un mendigo. Y, como coraza, el velo de desaliento que se puso ella misma; no una manta agobiante como la de su padre, pero sí una especie de nube que solo deja espacio a una sonrisa gentil hacia los clientes. Por eso Adela se alegró tanto de verla ayer en las gradas con aquella amplia risa, abstraída de todo por unos instantes. ¿Y un poco de orgullo, tal vez, por su hermana? Fue un rayo de euforia, pero esta mañana regresa la vida de cada día.

Nadie de su edad puede independizarse. Adela no tiene ingresos. El Gobierno le paga una beca del programa olímpico. Una minucia, porque el waterpolo femenino no es ninguna prioridad. A los hombres se les da mucho más. Barcelona se está poniendo más cara, la gente ya se queja del efecto olímpico. Incluso en la Barceloneta, donde hasta hace poco no quería vivir nadie que no hubiese nacido aquí. Apenas hay pisos de alquiler, todo el mundo se compra la vivienda; los bancos están ávidos por darle una hipoteca a cualquiera, por el precio de compra o incluso más. No son tontos: con un interés de casi el catorce por ciento. Mucha gente de su edad, vecinos sin formación que empezaron a trabajar muy jóvenes, como Marisol, esperan para casarse y entonces ya no hay más remedio que buscarse una casa, y con el sueldo de ambos les llega justo para pagar los intereses mensuales. Muchas chicas suspiran por un príncipe en un caballo blanco; dicen, sin ironía alguna, que las llevará al trote a una casa adosada con jardín en una ciudad dormitorio en las afueras donde nacerán sus hijos. Más ambición que esa no tienen.

—¡Ada! —grita su hermana de nuevo—. ¡Justo a tiempo! ¿Va a ser bromista ahora?

—¿Qué hora es? —pregunta Adela.

—Las seis, seis y media, no lo sé. Pero, escucha, está pasando algo muy grave. Tenemos que ir al merendero.

—¿Hay fuego?

—No, eso no.

—Marisol, que me he de acostar.

—¿Has bebido?

—Sí. Y perdido. Quiero ir a la cama.

—No puedes. Medio barrio ya está en pie.

—No veo a nadie. —Resopla, suelta los barrotes, le coge a Marisol el brazo.

—Han llegado las excavadoras —dice Marisol—. Un lunes a primera hora, sin avisar. Tenemos que pararlos. ¡Va!

—¿Yo? ¿Enfrentarme a una excavadora? Para eso mejor Patricia, esa es capaz de frenar hasta a un duque.

—¿Qué?

—Nada. Déjalo.

—¿Adela? —Su madre se ha juntado con ellas—. ¿Has visto qué hora…?

—Mamá, por favor.

—Está borracha —dice Marisol.

—Eso da igual —dice Montse—. Acaba de llegar justo a tiempo. Cuantos más seamos, mejor.

—Me quiero ir a la cama, mamá.

—Tendrás todo el día para dormir. ¿Y qué has hecho? ¿Te has peleado? Deja que te vea esa cara, no pinta bien.

—No es nada, mamá. Es del codo de la holandesa, ¿o ya ni te acuerdas?

21

Montse nunca había visto a su hija pequeña así. Tambaleándose sobre sus grandes pies; la camiseta arrugada, que, sugerente, dejaba al aire uno de sus hombros fornidos; los ojos húmedos y rojizos, y la risa tonta de una borracha que no ha dormido en toda la noche. Cómo le gustaría tirarle un vaso de agua fría a la cara.

Pasan por delante de la puerta de casa, que aún está abierta de par en par; hay una taza de café en la mesa. Montse coge el bolsito de Adela, lo tira al sofá y cierra; ahora no hay tiempo para recoger. Al final de la calle, el destello cegador del sol se refleja en una ventana.

Normalmente, Adela se levanta a esa hora. Cuando sale por la puerta para ir a la piscina, Montse vuelve un rato más a la cama, aunque ya le es imposible conciliar de nuevo el sueño, también porque el día se pone en marcha con mucho ruido, justo delante de la ventana de su dormitorio. Nunca se ha acostumbrado; cada furgoneta rugiendo y tintineando en la calle parece atravesar la fina pared. El camión de basura es lo peor, sobre todo porque pasa en plena noche, todos los días, porque la cantidad de desechos que la gente produce en una jornada es impresionante.

Montse vivía con sus padres en un cuarto piso del carrer de Sevilla, dos bloques más allá. Era diferente, aunque no por eso mejor, sobre todo porque su padre empezó a caminar con problemas y le costaba cada vez más subir la escalera estrecha con los escalones tan altos. Si hubiese vivido aquí, en la planta baja, podría haber salido a la calle cuando quisiera hasta el día de su muerte, aunque entendió que no había sitio para él. Podrían haber hecho un cambio con Chechu, pensó Montse alguna vez, pero no quería colocarle a su madre un trasnochador en casa.

Aun así, su padre los visitaba a menudo y en cuanto el tiempo lo permitía colocaba una silla plegable en la puerta, que cabía justa en la acera, aunque debía retirar las piernas cuando pasaba un vehículo, y ahí veía transcurrir la vida. Y a los extranjeros.

Montse sigue sin entenderlo: turistas en estas callejuelas de la Barceloneta. Vergonzosos no son. Algo impertinentes sí: se quedan parados ante la puerta abierta, hablan entre ellos muy fuerte en un idioma incomprensible, señalan hacia dentro y enfocan una cámara al comedor. No entiende qué quieren fotografiar. ¿Una mesa con un cuenco lleno de fruta? ¿Una cocina? ¿No tienen eso en su país?

Al principio, a su padre le divertía y soltaba anécdotas en catalán a los curiosos. No entendían nada, y no solo porque apenas le quedaban dientes ya. Muchas veces ni siquiera contestaban y le hacían una foto a él también, hasta que empezó a hartarse, cuando el reuma lo hacía cada vez más cascarrabias, y empezaba a gritar a los forasteros y a amenazarlos e incluso pegarles con su bastón. Aún suerte que a esas horas Chechu no solía estar despierto, porque tenía una cara que asustaba más que su malhumor y el alud de palabrotas con las que los sepultaba cuando veía a alguno, oculto tras el objetivo de su cámara, violando la intimidad de su casa.

Al restaurante van muy pocos forasteros; tampoco en la ciudad se los ve mucho, solo en el verano, cuando los autocares procedentes de Salou y Lloret de Mar escupen a decenas de familias en bermudas y falditas de colores chillones en la plaça de Catalunya, aunque solo caminan la Rambla abajo y arriba y después se refugian del calor en las ocho plantas de El Corte Inglés, porque dispone de aire acondicionado, antes de que regresen en el bus a su hotel de pensión completa. Montse estuvo una vez diez días con Pepe en un hotel de esos —una y nunca más—, en las Canarias: lleno de guiris. Fue la primera palabra rara que aprendió François, según dijo: «guiri». En Barcelona continuamente lo llamaban así hasta que en el merendero se convirtió en Tintín. Bueno, pues todos esos guiris tienen un gusto fatal, descubrió Montse, porque en aquel hotel de Gran Canaria se llenaban los platos de patatas fritas tibias, carne estofada dura como un corcho y judías verdes muy blandas, y solo unos pocos escogían el pescado. Eso ella aún lo podía entender, ya que cada día era merluza demasiado hecha sobre una papilla turbia de Maizena cuyo sabor se camuflaba con un limón exprimido.

Tampoco los extranjeros que alguna vez vienen a comer a Cal Pepe son amantes del pescado. Algunos sacan un pequeño diccionario para preguntar si hay lenguado o salmón, porque en el librito no encuentran los otros pescados de la carta. Desde que designaron los Juegos a Barcelona, llegan más turistas a la ciudad y algunos incluso pisan la Barceloneta, por eso Pepe decidió el año pasado incluir tanto el lenguado como el salmón en la carta, a unos precios exageradamente elevados, pues se dio cuenta de que se podía ganar bastante dinero con la falta de gusto y conocimiento de los guiris. Lo mismo hizo con el entrecot y el *steak tartar*, que son los más demandados en las mesas de los forasteros, además del pollo a l'ast, que lo traen desde el minúsculo negocio de Rafa, a dos calles, y por el que es imposible pedir un precio más elevado. Hace poco que Pepe retiró la pizarra grande de la calle, porque se dio cuenta de que entraban menos extranjeros cuando veían tan pocos platos de carne en la carta. Menos mal que Montse le quitó de la cabeza la idea de esconder también la *cova*, la bandeja con pescado fresco y crustáceos a la entrada; eso sería un sacrilegio, decía, y tampoco es que los guiris fueran tan importantes para el negocio.

Algunos, seguramente los mismos que los enfocan con la cámara delante de casa, no van directos a la mesa cuando llegan, sino que primero se ponen a hacer fotos de los cocineros y de las ollas. Menos mal que los extranjeros suelen llegar muy pronto, porque, entrada la noche, la cocina ya no es demasiado fotogénica. Los hay que se presentan a las seis y media y Montse les dice que pueden volver a partir de las ocho, cuando el restaurante abre sus puertas; la mayoría de las veces ya no aparecen y supone que habrán encontrado el McDonald's del carrer de Pelai.

Nada más doblar la esquina, el sol le da a Montse en la cara: acaba de elevarse por encima de los merenderos; cuando los lunes se presentan tan apacibles, les cuesta suprimir la tentación de abrir. Hacia la derecha, donde está Cal Pepe, no hay nadie ahora. Los gritos llegan de su izquierda. Los del Ayuntamiento han limpiado el callejón con la manguera y agua a presión; a su lado oye las náuseas de Adela, que no puede contener un vómito asqueroso de color naranja.

—¡Adela! —Casi le da una colleja, pero se aguanta.

—Qué asco —dice Marisol, que aparta la vista.

—No puedo, mamá. Quiero ir a la cama —dice Adela. Montse la coge del brazo y se la lleva.

Giran por la izquierda, hacia el grupo de gente que se agolpa cerca del Maricel, el último chiringuito. O lo que queda de él. Detrás de este ya derribaron el año pasado los Baños Orientales, el precioso balneario con interior arabesco donde Montse y su madre preferían ir en sus escasos momentos libres. Había una piscina y un solario exclusivamente para mujeres; nunca olvidará el día en que a su madre, que tampoco era tan anticuada, le faltaron palabrotas cuando las bailarinas de los cabarets del Paral·lel no solo habían cambiado el bañador por un biquini, la vestimenta indecente de Europa del norte que Franco había prohibido, sino que incluso se quitaban a veces la parte superior para broncearse los pechos.

L'àvia lloró con desconsuelo cuando los Baños Orientales se fueron al suelo y con ella sollozaron el resto de los hosteleros, porque parecía un vaticinio de su propio final. El gran edificio de la casa de baños había ejercido de parachoques protector con el que detuvieron el avance del paseo marítimo, y, desde aquel día, esa responsabilidad recayó sobre el modesto Maricel, que siempre se había apoyado cómodamente en el muro grueso de los Baños y que ahora llevaba un año tambaleándose. Hubo que reforzar la pared exterior, pero Emili, el propietario, no quiso gastarse demasiado en ello. Con razón.

Las voces suenan más fuertes, pero también se oye otro sonido. Un zumbido grave. El rugir de animales peligrosos. El eco de la desgracia. No el susurro del amanecer en la playa, donde normalmente destaca el chillido de las gaviotas. Montse ve que la gente se coge de la mano y forma una cadena humana que dobla la esquina del Maricel. No ha soltado a Adela en ningún momento y con la mano izquierda también agarra a Marisol.

—¡No pasarán! —se oye desde el grupo.

—Parece que está todo el mundo —les dice a sus hijas.

—¡No pasarán! —Las voces llegan también desde arriba.

Emili está de pie sobre los cascotes de su restaurante, junto a sus dos hijos. Aún viste pijama. Su voz suena atragantada por las lágrimas. Carles está en el tejado intacto de L'Avioneta; será el siguiente condenado. Después de su acción desesperada, cerró durante un par de días; fue un momento de perturbación mental, se disculpó después ante los otros. Desde entonces, viene cada domingo por la noche a saludar. Chinchaba a Pepe con cada nueva victoria del Barça, insistía en apostar por en qué jornada se proclamaría campeón. Desbordado por la alegría apareció el mes pasado, unas horas antes de lo habitual, en medio del alboroto de conductores abusando de su claxon, los petardos que se lanzaban sin parar y, sobre todo, la gente que se abrazaba llorando. Le colgó a Pepe una bufanda azulgrana, pero no pudo convencerlo de dar unos brincos con él en medio de los clientes, la mayoría de los cuales conocía la predilección de Pepe por el Madrid. Carles dijo que a los primeros holandeses que fueran a comer o cenar los invitaba a una botella de cava, para mostrar así su agradecimiento hacia Cruyff; al propio entrenador nunca lo habían visto por allí. Pepe replicó que les impediría la entrada a su restaurante.

Montse ve a su marido con un pequeño grupo en la playa, delante de la cadena que han formado los demás. Claro que está ahí. Con los mismos de siempre, Joan, Domingo, Salvador, Susana y algunas de sus hermanas.

Detrás de ellos amenaza una gran retroexcavadora amarilla con su brazo en el aire, el hocico de la bestia abierto para atacar de nuevo. A su lado, un buldócer y un camión con la caja de carga vacía. Unos obreros vestidos con monos naranjas están enfrente del grupito de Pepe, como soldados de un pelotón de fusilamiento. Los motores del impresionante material están en marcha, de ahí el rugido. A su lado, agentes de la brigada antidisturbios, con los cascos puestos y esgrimiendo escudos y porras. ¿Se han vuelto locos? ¿Mandar a los maderos por unos ciudadanos inocentes?

—Pues ya está —dice Montse—. No me los imaginaba tan malvados, atacando con nocturnidad y alevosía.

—Ya es de día, mamá —aclara Marisol.

—Es un refrán, cariño, se dice así cuando te traicionan. Sin ningún aviso previo.

—Pero ya avisaron antes, este año, ¿no? —irrumpe Adela.

—¡Adela! —se encrespa Montse—. Lo aplazaron, ya lo sabes. Dijeron que primero buscarían para cada uno de nosotros un nuevo lugar. Y desde entonces no nos han dicho nada más, como suele pasar. Intenté no pensar en ello, y se les ocurre venir ahora, cuando el verano acaba de comenzar.

—Con todo el dinero que podríamos ganar —se lamenta Marisol con su voz suave.

—¡No pasarán! —grita Emili.

Montse piensa en las existencias que acumulan todos, los sacos de arroz, las neveras llenas de salsas, cubos con caldo, carne… También en el mobiliario. La decoración. Las fotos en las paredes. No pueden entrar sin más… No hubo ultimátum ni nada.

—¿Qué hacemos? —pregunta Marisol—. ¿Vaciamos el merendero rápido? Quedará tiempo hasta que nos toque a nosotros.

—Nada de desalojar, nadie lo hace. Esperemos a ver lo que deciden. Ahora no seguirán, solo quieren meternos miedo.

—Pues entonces me voy a dormir —dice Adela y se va.

Montse no la sigue con la mirada.

22

La Barceloneta también tiene calles rectas que se cruzan, pero no se asemeja en nada al Eixample. Las calles son callejones; los cruces, tan angustiosos que chocas con el otro antes de haberlo visto pasar por la esquina, y las viviendas…, ya, las viviendas. En el Eixample, aunque desde fuera no lo aprecias, ni siquiera lo esperas cuando estás en el portal, muchos pisos tienen más de doscientos metros cuadrados. En la Barceloneta deben apañarse con menos de treinta. Antes eran más grandes, hasta que llegó la escasez de viviendas. Mi viejo centro se salía de sus muros, el Eixample aún no existía y la Barceloneta estaba cerca. Originariamente, cada vivienda constaba de dos plantas, hasta que las dividieron en unos bajos y un primero. Y luego los partieron otra vez en dos. Por eso los llaman *quarts de casa*. Al principio, los bloques constaban solo de dos plantas, a las que se les fueron sumando una encima de otra, con sus miniviviendas. El Ayuntamiento era cada vez más permisivo, hasta que alcanzaron las seis plantas.

Con estas condiciones, ¿te parece raro que la gente de la Barceloneta prefiera vivir en la calle? Ir en busca del sol que apenas se adentra en su casa. Respirar el aire de la mar, que en sus callejuelas es expulsado por el humo de las fábricas o las emanaciones de gasoil del puerto cuando el viento sopla desfavorablemente.

La playa nunca fue un placer. Sí, estaban las casas de baños, eran espléndidas, perlas sorprendentes donde no las esperas, como en la concha de un sencillo mejillón. A veces, les echaba una mirada disimulada que me sobreponía a mi personal aversión hacia la Barceloneta. Los baños hicieron ágilmente uso del Mediterráneo, que ahí de alguna manera parecía ser más limpio; debió de ser un engaño visual, claro. Tenían piscinas con agua de la mar y bellas galerías en varios pisos con numerosos vestidores. Estaban con los pies en el agua, patas grandes de madera, y había columpios en las bóvedas donde los adultos se divertían como niños pequeños, arrastrando los pies por el agua.

Eran elegantes, aunque demasiado lujosos e inaccesibles para la gente del barrio. Así que algunos habitantes de la Barceloneta comenzaron, cuando acabó la guerra, a levantar unos garitos de madera en la playa de Sant Miquel, entre las casas de baños. Los bañistas podían cambiarse ahí y les guardaban la ropa por mucho menos dinero que en los grandes baños. Después de nadar les entraba hambre, así que en las barracas empezaron a ofrecer algo de comida, al principio solo pan y chocolate, pero, claro, no hay que olvidar que la Barceloneta es un barrio de pescadores, ¿eh? Mucho antes, ellos montaron en las plantas bajas de los bloques sus propios merenderos, donde madres, mujeres e hijas preparaban parte de las capturas del día. Y eso empezaron a hacer los dueños de las barracas en la playa también. Poco a poco, la vida destruida volvía a arrancar después de la guerra; cada vez más pescadores salían al mar y quiénes mejor para preparar la pesca que la gente del propio barrio, no solo para comérsela ellos mismos, sino también para sacarse unos ingresos.

Esas chozas, si las puedo llamar irrespetuosamente así, aún permanecen ahí. Las tres o cuatro del principio se convirtieron en una veintena y ahora miden hasta diez veces más que entonces. La gente del barrio las llama «merenderos» o, cada vez más, «chiringuitos». Esta última palabra viene de Cuba, donde los trabajadores de las plantaciones de azúcar se juntaban en los descansos en pequeñas casetas para beber un café muy especial que salía espeso de una jarra. La bebida la llamaban «chiringo», y las casetas, «chiringuitos». Así que tengo algo de cubana, gracias a los indianos, los catalanes ricos que regresaron del Caribe con mucho dinero, ideas, palabras y planes. Pero esa es otra historia que no empezaré a contar, no os asustéis.

23

—De todas maneras, vamos a pedir una indemnización —dice el abogado—. Supongo que poca cosa pudisteis salvar esta mañana.

—*Res de res* —dice Emili—. Absolutamente nada. Cuando me enteré de lo que estaba pasando, vine corriendo, en pijama y con pantuflas, pero del Maricel no quedaba nada ya. Pude sacar algunas cosas de los frigoríficos, entre los escombros. Olía a alcohol. Las botellas de coñac, whisky, orujo... Todas hechas añicos. Podrían habernos dado un ultimátum y algo de tiempo, ¿no?

—Eso lo hicieron en febrero —dice el abogado—. Y dicen que el aviso seguía en pie. Pero lo vamos a impugnar, claro.

Montse se ha sentado en una silla al borde de la terraza. Jaume, el abogado, está a su lado, de pie, apoyado en la barandilla; menos mal que no es tan robusto como Pepe. Va bien vestido, el contraste con los demás es grande. Emili está sentado en la gran mesa redonda, para seis o hasta ocho personas, la cabeza agachada, apoyada en sus manos rugosas; de joven fue pescador. Y Domingo, del restaurante Mediterráneo, está arrellanado con su panza impresionante, el doble que la de Pepe, en otra silla en la misma mesa y fuma un cigarro. Carles no ha venido; después del restaurante, él también se derrumbó. Silverio está con las piernas cruzadas, la mirada perdida, aún en pie su Can Silverio. Igual que el Gran Catalunya de Joan, el vecino de Cal Pepe. Montse conoce a estos hombres de toda la vida, y a sus hijos, con los que Marisol, Chechu y Adela jugaban en la playa, y a sus mujeres, de las que Montse no sabe qué están haciendo en estos momentos. Al menos ella y Pepe viven estos trances juntos; a lo mejor no debería quejarse tanto de él y aceptar que los años más bonitos de su matrimonio ya los dejaron atrás hace tiempo. Para muchos es un milagro que sigan juntos después de treinta años, porque no los veían como pareja. Los primeros sus padres, cuando llegó por primera vez a casa con «ese español de León». Sí, incluso a ella misma le extrañaba. Montse, con un tipo que no hablaba ni mu de catalán. Pero lo encontraba divertido. Y a Pepe le gustaba la buena comida, eso también fue importante. Era sociable, hacía amigos fácilmente, sobre todo entre otros inmigrantes. ¿Tenía que desaprobarlo por sus orígenes, no hacerle caso porque no hablaba catalán? ¿Su cabeza tenía que corregir su corazón? ¿Tenía que hacer lo mismo que todas las chicas, salir con uno del barrio? Siempre le pareció muy limitado, todo el mundo se conocía, del colegio, de la calle, de los bares y restaurantes. Y muy singulares no eran la mayoría de los chicos, su vida se desarrollaba en un par de kilómetros a la redonda. Quizá fue eso lo que le atrajo de Pepe, la sorpresa, lo imprevisible. Sus historias, que no hablaban de la Barceloneta, sino de un lugar lejano, sin mar, con colinas y bosques donde incluso habitaban osos y volaban buitres y águilas, animales que aquí solo se veían en el zoo. Al final, la familia aceptó a Pepe con la condición de que se ahorrara expresar sus preferencias políticas y no intentara hacerla a ella menos catalana; algo que Montse, de todas maneras, jamás consentiría.

Se han quedado callados después de las últimas palabras del abogado, que contrataron entre todos cuando hace dos años emergió la primera amenaza de la nueva Ley de Costas.

Marisol se ha ido a casa, ayer ya preparó las mesas para el martes, como siempre suele hacer. No hay cuchillo, tenedor ni cuchara que deje mal puesto; solo un golpe contra la mesa inestable estropea esa perfección. Con el paso de los años, el suelo de madera se ha puesto muy irregular, los posavasos debajo de las patas deben eliminar las diferencias entre las tablas.

Jaume da un paso adelante y el suelo cruje.

—Repito, Emili, que no puedo enmendarlo más, esto es un hecho consumado, y me sienta muy pero que muy mal —dice.

—Pero podrías haber hecho más —le recrimina Domingo—. Y vosotros también —dirigiéndose a Pepe y Joan.

—¿Hacer qué? —pregunta el primero—. ¿Qué culpa tengo yo de tener los papeles en orden y vosotros no? ¿A que siempre ha sido así?

—Pepe —lo calma Montse, pero su marido le hace gestos de que se calle.

—Podríamos haber formado un frente común —dice Domingo—. Luchar aún más fuertes, juntos…

Pepe no le deja terminar la frase.

—Como si no hubiéramos estado juntos con el alcalde, o esta mañana en primera línea ante las excavadoras. No tienes derecho a decir eso, Domingo.

—Sí lo tengo, Pepe. De cara afuera es una cosa, el teatro, la apariencia. Hacer como si participaras en la batalla, como si lucharas con nosotros hasta el amargo final. Pero es diferente saber cómo están las cosas en realidad, lo que ha maquinado el señor abogado.

—Ahí objeto, Domingo —refunfuña Jaume—. Os defiendo a todos igual, como un paquete, digamos. Es lo que os hace tan fuertes y gracias a eso este día se hizo esperar tantos años.

—Pero ellos sí se quedan en pie…

—De momento —lo interrumpe Joan—. Solo por ahora, ¿eh? Estamos en el mismo barco. No es justo que ahora nos hagas estos reproches.

—No lo sé, no lo sé —dice Domingo—. Es diferente, sabíais que esas concesiones iban a desempeñar un papel. Y entonces afrontas la lucha de manera diferente, con ese as en la manga.

El abogado sacude la cabeza. Lleva una camisa de manga corta, su chaqueta cuelga de una silla. Emili sigue con los ojos enfocados en la mesa.

—No es verdad, Domingo —dice Jaume—, y eso también tienes que decírselo a los demás que acaban de perder su chiringuito. Un cisma no nos ayuda nada ahora…

—¿Un qué?

—División, discordia. No nos sirve.

—Nada nos sirve ya, Jaume, nada. Todo lo nuestro se fue al traste. Y estos se mantienen. No me hables de división. Se ha hecho una distinción, ya está. Esta tarde se irán otros tres o cuatro al suelo y no lo quiero presenciar. ¿Dónde se han de ir? ¿Dónde podemos ir nosotros?

—El Ayuntamiento prometió…

—El Ayuntamiento ha prometido muchas cosas, pero solo viene con soluciones imposibles. Y, si finalmente nos dan un local nuevo, ya será para el año que viene. Perdemos este verano entero, me cago en todo. ¿Sabes lo que estábamos facturando ya ahora, en junio? Nos han quitado el verano, con toda la mala intención del mundo. No nos merecemos esto.

—Esto no es el Ayuntamiento, es el ministerio.

—Me la suda, es todo lo mismo. Pagar impuestos, claro, pero recibir ayuda, nada. Aunque no tengamos los papeles, que nunca hemos tenido, sí que hemos pagado siempre el IBI, y la recogida de basuras, y todo lo demás que te hacen pagar. El Ayuntamiento no solo nos ha tolerado, durante cincuenta años ya, sino que hemos hecho todo según las normas. Les aportamos dinero, no les costamos nada porque nunca pedimos nada. Creamos puestos de trabajo. ¿Ahora qué hago con mi gente? ¿Cuánto les pagan en el paro? Una minucia. Y ahí no tienen un bote de propinas.

El silencio se apodera de nuevo de la mesa. Montse ve cómo le tiemblan los hombros a Emili, que lentamente levanta la cabeza.

—Casi costó una vida. Y aún puede ocurrir, viendo cómo se encuentra Carles ahora —dice.

Ella se levanta, se acerca y lo abraza.

—¿A que no vas a hacer ninguna tontería? Venga, Emili. Nuestra vida aún no se ha acabado. También nosotros tendremos que irnos de aquí, tarde o temprano. Pero confío en que realmente a cada uno de nosotros nos darán otro lugar.

—No hay lugar como este y lo sabes, Montse —dice Emili—. ¿Tú te ves en uno de esos nuevos locales en el puerto?

No, ahí ella tampoco se ve, pero no lo dice. Igual que para estos hombres, lo de aquí es su vida, su juventud, su matrimonio, sus hijos, su todo. Y para su madre. Esta no quiso ni siquiera venir esta mañana para ver los estragos que han causado las excavadoras. El Alba. Así se llamaba el merendero cuando la madre y la abuela de Montse lo montaron. El Alba, porque aquí crecieron con el horizonte donde cada mañana el sol emerge del mar para ahuyentar la oscuridad de las callejuelas estrechas. En invierno, eso no dura más de una hora, cuando hacia el mediodía el sol alcanza casi el sur e ilumina como un foco gigante de Dios los cientos de tendederos con ropa colgando de las ventanas.

El Alba. A Pepe le pareció un nombre feo, qué pesado fue con eso. Lo veía sin sentido, decía que el alba ya había terminado desde hacía horas cuando los primeros comensales se sentaban en las mesas. Y «la puesta del sol» tampoco valía, porque no se ve aquí sobre el mar, sino que desaparece detrás de la ciudad.

En fin, qué importaba el nombre, dijo Montse para acabar con la discusión. Los clientes siempre venían a comer «a lo de Montse», así lo decían desde el principio, pues la madre también se llama así y su abuela igual. Las mujeres se ocupaban de la cocina y Pepe, que era conductor de una furgoneta cuando Montse lo conoció una noche en el Jai-ca, ejerció desde su boda de *maître*. Y al cabo de un año ya empezó a dar la lata con el nombre. Los comensales venían cada vez más por él, decía, por su recibimiento cordial, sus charlas, el licor al que los invitaba siempre después de comer, y por eso seguían viniendo. En la lucha con diecinueve competidores era fundamental que los clientes fueran fieles, que no necesitaran probar la paella de los vecinos, porque imagínate si les gustaba más. Así que propuso llamarlo El Rincón de Pepe.

¡¿Qué?! El grito de la madre de Montse desde la cocina se oyó hasta en la calle y su abuela estaba aún más indignada; durante semanas no le dirigió la palabra a Pepe. No fue hasta después de su muerte cuando él volvió a insistir en que tenían que adaptarse a los tiempos, que el nombre debía ser más personal, dar a la gente una sensación familiar, y El Rincón de Pepe sonaba más casero que El Alba. Además, así él estaría aún más motivado para dar toda su atención y cariño al merendero, que lo sentiría más suyo.

Montse cedió, solo para librarse ya de su machaconería. Su marido es tozudo como los toros marrones de su provincia, donde además le enseñaron que los hombres siempre mandan y se les da todo lo que piden. Ella se disculpó ante su madre, que nunca tuvo una relación amable con ese yerno demasiado español y de derechas. Pepe era feliz como un niño y el primer día que figuraba El Rincón de Pepe en la fachada, en una caja luminosa de color amarillo, para que se viese su nombre también de noche, invitó a sus padres, que se habían ido a vivir a un pueblo del Pirineo.

Montse solo pidió —incluso exigió— una contraprestación cuando Franco murió después de su larga agonía. Ahora que por fin estaba permitido, debía haber algo de catalán en el nombre; El Rincón de Pepe sonaba demasiado a bar de barrio popular de Madrid o del puerto de Cádiz, así que insistió en que se cambiara a Cal Pepe. Le habría gustado aún más Cal Pep, pero por ahí su marido no pasaba. Y tenía razón. Nadie lo llamaba así. A veces era José, pero casi siempre Pepe. Solo su madre lo llamaba por el nombre completo, José Luis.

Domingo intenta levantarse, con el culo y la cintura atrapados en la silla.

—A mí, hace un tiempo, me ofrecieron el lugar que Carles ya había rechazado, debajo de la quinta galería. ¿Creen que estoy tarado o algo?

—En el Ayuntamiento dicen que también les ha sorprendido lo que ha ocurrido hoy. Prometen que ahora sí presentarán rápido una buena alternativa —dice el abogado.

—Aquí detrás, debajo de los bloques, en primera línea de ese nuevo paseo; ese es el único sitio que aceptaré —dice Domingo—. Pero entonces no os quiero ver a vosotros, Pepe, Joan, las hermanas y los otros tres privilegiados delante de mí. Querré ver el paseo y la playa. Nosotros fuera, todos fuera.

Domingo empuja su silla hacia atrás. También Emili y Silverio se levantan; los tres abandonan en silencio la terraza.

Montse resopla profundamente.

24

Ya estoy aquí otra vez. ¿Recordáis que antes mencioné los rascacielos de Benidorm? No es que quiera hablar mal de ella, es como yo, no tiene la culpa de que su pequeño y encantador puerto pesquero desapareciera y ahora acoja más rascacielos que el resto de España junto. Pido con todo fervor que no me lo hagan a mí. Esas dos torres en el puerto olímpico están ya casi terminadas y entonces habrá que esperar para ver si la transformación se queda ahí o, por el contrario, están tan felices con su ocurrencia genial que deciden convertir todo mi litoral hasta la desembocadura del Besòs en una hilera de edificios altos sin ninguna personalidad. Ahora que ya no pueden ampliarme más, empezarán a mirar hacia arriba. Siempre fue así. Cerdà diseñó el Eixample para manzanas de tres pisos, pero después añadieron, tan panchos, hasta dos, tres o cuatro plantas más, igual que en la Barceloneta. Y a menudo ni siquiera del mismo estilo arquitectónico que el resto del edificio.

Vale, en aquellos tiempos se necesitaban más viviendas, la gente del campo venía en oleadas hasta aquí. Debería sentirme halagada, celebrar mi poder de atracción y estar contenta con tantos habitantes. Pero, por ejemplo, estas dos torres ni siquiera se construyen para habitarlas. Una son oficinas, y la otra, un hotel. La primera aún la entiendo: quién sabe cuánta actividad empresarial habrá algún día, pero ¿de verdad creen que durante todo el año vendrán tantos turistas a verme como para llenar sus cuarenta pisos? Además, ¿a unos precios tan elevados? Vale, algo tengo que ofrecer, pero no soy tan refinada como Madrid, Viena, París o Praga, ni de lejos. Y, si la gente quiere irse a un hotel lujoso en la playa, se va a Marbella, el Caribe, las Seychelles o las Maldivas. No vendrán aquí. Ya los veo, dando un paseo desde ese hotel. Por un lado, la Barceloneta, por el otro, el Poblenou, donde hay unas placitas preciosas y un mercado de barrio, pero eso es todo. Es una zona de gente trabajadora. Los turistas no vienen a ver barrios pobres que no salen en sus guías. No se sienten seguros. Ni se imaginan lo que sucede en el entorno de la Rambla, ese paseo tan popular entre ellos donde no paran de ver las cosas sin mirarlas de verdad.

25

Despertarse después de mediodía en una casa silenciosa. Ninguna obligación de dirigirse a la piscina. Ningún partido para el que se tiene que preparar. Dos años entrenando como una obsesa para un solo objetivo. Ahora, tres días después de la final, Adela siente por primera vez el vacío, tanto que se marea. Como si estuviese de nuevo en el trampolín de los diez metros y debajo no hubiera agua en la piscina. Tiene que estar contenta con lo que han conseguido, llegaron más lejos de lo que esperaban. El domingo se secaron las lágrimas rápido y se rieron mucho al final. Patricia invitó a todas a otra copa en el Rosebud; ella puede pagarlo, tiene un buen trabajo en una inmobiliaria. Con un triunfal «¡Salud, alteza!» celebró su victoria sobre el duque.

Del futuro no hablaron. Nadie tiene ganas de empezar a pensar en los Juegos Olímpicos, en todos los entrenamientos, en la tensión, en las expectativas, que irán creciendo. Al menos están clasificadas, eso quita muchas preocupaciones. Pero su piscina habitual del club será derribada dentro de poco. Está construida ilegalmente en la playa, igual que los chiringuitos, aunque al club ya le han dado otro emplazamiento, un poco más allá, más cerca del puerto y del rompeolas, y permanecerá al lado de la playa. Todo será más grande y más moderno; Adela vio los croquis, sobre el papel parece una maravilla. Ojalá hubiesen pensado algo igual para los merenderos.

Patricia volvió a mencionar el derribo de los Baños Orientales, una pérdida que sigue sin digerir. Ahí, las mujeres lesbianas siempre se sintieron cómodas, sin mirones profanando sus deseos discretos. Diferente que los gais; los hombres se encuentran en el trocito de la playa nudista, en la esquina, al final de la playa. Muy cerca del muelle de los pescadores y la lonja, donde los trabajadores se divierten con bromas asquerosas sobre lo que llaman «el rincón de las reinas». Los gais se ven ahí a plena luz del día; tampoco es que pase algo indecente, es más como un desfile, una pasarela de tíos desnudos que después, juntos o solos de nuevo, abandonan la playa vestidos. En el mes de mayo todos están intensamente bronceados ya.

Detrás de ese rincón comienza el rompeolas, donde por las noches se origina un atasco de coches con parejas que no pueden pernoctar en casa de uno de ellos mientras no estén casados.

Los padres de Adela son muy tradicionales en eso. Nunca un chico pisó la casa. Aunque eso también es culpa de ella misma. Y de su hermana, que tiene todavía más reticencia a romper el tabú y derribar la barrera de las tradiciones. A su madre tal vez podría convencerla, es más permisiva. Pero su padre es tajante: sin papeles, ningún hombre entrará en su dormitorio. O ninguna chica, ja, pero ese pensamiento, por supuesto, nunca le vendrá a la cabeza. Casarse por la iglesia o no, eso no le importa, ni él mismo la pisa nunca, pero no quiere que una pareja comparta cama sin estar casada. Incluso puede olvidarse de compartir piso con un novio; su padre se negaría a visitarlos. No es solo por él, dice. ¿Qué pensaría la familia de Ponferrada si su hija conviviese con alguien en pecado? Sería un escándalo. Qué tontería, porque a) su padre solo ve a su familia como mucho una vez al año y b) los primos lejanos de Adela no parecen precisamente santos; dos tuvieron que casarse de penalti, deprisa, para que no se viera a la novia cuando ya se le había formado una barriguita. Lo odia, la hipocresía, la vergüenza absurda ante familiares en un rincón atrasado de España, donde no saben lo que es la modernidad, donde ven Barcelona como una ciudad lejana y demasiado grande, que no se atreven a visitar porque tienen miedo de perderse o que les roben. Nunca vino a verlos un primo ni una prima de Ponferrada.

Por otro lado, tampoco puede imaginárselo, en su casita, un chico con ella o con Marisol en la habitación, que da al mismo pasillo que la de sus padres, con paredes de cartón donde parece que Pepe esté a su lado cuando tose en la cama. Por la noche hay un cubo con agua al lado del váter porque tirar de la cadena hace tanto ruido que parece que el vecino de arriba esté haciendo reformas y echando los cascotes por un tubo a un contenedor en la calle. Solo Chechu logró siempre seguir durmiendo entre tanto jaleo, incluso cuando ellos ya habían comenzado el día en el comedor con el sonido de tenedores y cucharas, el tintineo de los vasos y el arrastre de las sillas.

Ya hace un tiempo que le agobia esa vida en una jaula en la que, si todos coinciden en casa, se revuelven como hámsteres; suerte que no ocurre a menudo.

La sensación empezó con los viajes al extranjero con los equipos de waterpolo, tanto del club como de la selección española. En casa jamás habían hecho un viaje largo, no había dinero ni tiempo para unas vacaciones de verdad; las quince, dieciséis, diecisiete interminables horas en el coche-horno a Ponferrada eran la única aventura anual, si se puede llamar así el viaje aburrido por un auténtico desierto y otros paisajes áridos. Adela nunca se había imaginado que España podía estar tan vacía. Cuando tenía trece años y Marisol y Chechu ya se negaban a ir, se acabaron los periplos rituales para ver a unos familiares que apenas conocía. A partir de entonces, su padre decidió visitar a su familia él solito; su madre tampoco tenía muchas ganas, no soportaba la mentalidad de aquella gente.

Hace tres años Adela fue la primera de la familia que pisó el extranjero, la primera que pudo contar historias de lugares que estaban más lejos que la playa y el restaurante. No es que le hicieran mucho caso: no había demasiado interés por Split, Budapest, Colonia u otras ciudades donde sus padres y hermanos nunca irían.

Quiere independizarse, pero no puede y lo sabe. O debería olvidarse del waterpolo, combinar los estudios con un trabajo donde cobras tan poco que no puedes pagarte un piso, aunque tal vez suficiente como para compartir uno con otras chicas, cada una en su habitación. Se parece un poco a la angustiosa vida familiar, pero aun así sería diferente, solo gente de su edad y no unos padres vigilantes que estos meses además están viviendo bajo una tensión enorme. En casa hay menos alegrías este verano.

En primavera Adela lo sugirió con cautela. Que si no era mejor empezar a buscar otro local para un restaurante.

Fue como si hubiese lanzado una granada al comedor, fragmentos de metal que destrozaron el pasado y el presente y que ocultaban el futuro tras una neblina chamuscada. ¿Cómo se atrevía? Sí, claro que se atrevía, le dijo su padre, porque ella no le guardaba ningún cariño al merendero, tenía otros asuntos en la cabeza, nunca llevó un delantal ni sirvió un plato. Era mentira, pues cada verano que no había un gran torneo ni partidos intentaba echar una mano en el restaurante, desde los dieciséis años, porque el chiringuito es también suyo. Pero es verdad, le es más fácil tomar cierta distancia, porque sabe que hay otra vida más allá de esta esclavitud voluntaria.

Ahora, Adela migra como los pájaros y de vez en cuando regresa al nido, con la mirada privilegiada desde arriba, desde fuera, una mirada no condicionada por lo que solo ve entre las cuatro paredes, como su hermana y sus padres, sino con una perspectiva más amplia, con impresiones de otros lugares. En Ámsterdam, Londres y Copenhague descubrió restaurantes modernos, con las últimas tendencias, y llenos también de gente joven, platos de los que nunca había oído hablar y que tampoco había visto en Barcelona, más allá de la Barceloneta. Lo más exótico de la Ciudad Condal son los restaurantes chinos, muy baratos, donde el arroz es tan diferente al de los chiringuitos, con mucho menos sabor. Hay argentinos que abrieron restaurantes de carne a la parrilla y también pizzerías, pero con unas pizzas más pequeñas y gordas que las que probó en Parma. Rivolta es su favorito, más por el ambiente que por la comida. Es un antro anarquista en el corazón del Raval, donde se dirige por la noche siempre con un grupito de gente, porque a solas no se atrevería a ir por la calle Hospital, menos aún al salir después de medianoche. Allí casi todo el mundo es joven y sobre todo diferente; no parecen conocer tradiciones, solo el afán de libertad y diversión. Hay una pintura en la pared que le gustaría enseñársela alguna vez a sus padres, de gente contemporánea y alegre en una terraza al lado del mar. No es que la gente en Cal Pepe no esté contenta, pero parece más arcaica que en el Rivolta, donde se cena en penumbra y no hay sitio para comer al aire libre; donde parecen conspirar para crear una ciudad nueva, alternativa, de la juventud, de la gente, y no de los edificios ni de los asuntos materiales.

Debería hablar en pasado, pero todavía no le sale. Hace un año, de un día para otro, el Rivolta cerró para no abrir nunca más. Aún siente tristeza por ello, así que también comprende a sus padres, porque el merendero es su restaurante, su vida, no la de otro, no un lugar común para comer de vez en cuando, sino para estar cada día, cada semana, el resto de su vida. Aunque el derribo también puede ser una oportunidad; eso es lo que quería decir en primavera a sus padres. El Ayuntamiento ayudará, con un local y tal vez un poco de dinero, y, si resulta ser un buen sitio, en el barrio por supuesto, podrán montar algo realmente nuevo, donde a la gente irá con más ganas, un lugar con mejor fama que este callejón caótico al borde de la playa, con futuro en una ciudad que se está transformando por completo, y a Adela le encantaría que sus padres formasen parte de ese cambio. No son demasiado mayores para intentar otra cosa sin ni siquiera tener que cambiar de profesión, de pasión, de vida. Trató de contarles lo limpias y modernas que eran las cocinas de algunos restaurantes que había visto en Europa y provocó la ira tanto de su padre como de su madre, como si aquí fuera una bazofia, decían, y la conversación se terminó con un portazo. Pepe iba a echar la siesta.

26

—¡Ada! ¡Ada! —Los gritos vienen de fuera. Hacía tiempo que Adela no oía a su hermana chillar tanto—. ¡Ada!

Se arrastra del sofá; los músculos están más tiesos. En la televisión siguen cotilleando sobre Julia Roberts, que a última hora canceló su boda con Kiefer Sutherland y se largó con otro, que encima es un amigo de él. Con el equipo de waterpolo, durante una semana de concentración para entrenarse, fueron el pasado invierno al cine a ver *Pretty Woman* y vio que algunas de las tías chulas a su lado no podían disimular las lágrimas.

Marisol ya ha ido tres veces a ver la peli, las tres en martes, cuando libra.

Antes de que Adela abriera la puerta, la otra ya ha echado la llave y junto con ella entra el aroma de una paella.

Marisol jadea.

—Tienes que venir, ¡ahora! ¡Pero vístete bien!

—¿Yo? —pregunta Adela—. Que no voy a trabajar ni nada. Y tengo la comida en el fuego, que aún he de comer.

La otra apaga el gas del fogón.

—¿Qué haces, tonta? —No la ha visto tan exaltada desde que se subieron junto con Chechu en la montaña rusa de Montjuïc. Eso debió de ser hace unos ocho años.

—¡Jaimito! —resopla Marisol—. Está en el restaurante.

—¿Jaimito?

—Sí, el duque. Ese de las revistas. El de la piscina. Bueno, lo conoces, no te hagas la tonta.

A Adela le entran de nuevo los mareos. El volumen de la televisión parece cien veces más fuerte. Nota ardor en la cabeza. Vuelve la vergüenza, parece que se ruboriza. El comedor está oscuro, Marisol no se dará cuenta.

Intenta aparentar tranquilidad.

—¿Y qué? Ya vinieron más famosos a probar la paella de Simón, o de mamá, ¿no?

—Pregunta por ti.

No, eso no. Ni loca. La euforia del domingo se desvaneció en un día, la resaca también. Regresó a la vida normal, de cada día. En esa no hay ningún duque. Y menos uno que le ocasionó un momento tan incómodo. Suprimió de la mente el instante en el Rosebud cuando quiso que la tierra la tragase. No le contó nada a Marisol de aquel encuentro ni del comentario sexista de Jaimito. No comparte mucho con su hermana, tienen vidas que ya no se cruzan casi nunca.

—¿Qué quiere?

—Nada. Bueno, sí, claro. Pregunta si estás por aquí. Y, si es así, si querrías acompañarlo en la mesa, como anfitriona o algo.

—Esa eres tú.

—A mí no me ha invitado.

—¿Está solo?

—No, con un amigo, un nadador, no lo conozco, y la novia de este.

—Sí, López-Vidal, sé quién es. No voy.

—Me dijo que ya se lo imaginaba y que te dijera que desea disculparse.

—¿Para qué? —Adela se hace la tonta. Duda—. ¿Qué pinto yo ahí? Mira mi mejilla, aún está morada.

—Ya te maquillo yo un poco.

—No, déjalo. Dile que estoy malita.

—¡Ada! ¡Es Jaimito! El Jaime de España. Cada semana sale en el *Pronto* y en el *¡Hola!* y en *Lecturas*… Papá no se aguanta, las otras mesas dejaron de existir para él. Y no hay mucha gente, por suerte, con todo el caos alrededor. Siguen sin recoger los escombros.

—¿Y ahí recibimos a una persona como él, entre tanto desastre?

—Bueno, qué quieres, ya está ahí, ¿no? Y por supuesto quería una mesa en la terraza. Por cierto, está irreconocible. «Enígnito», lo llaman, ¿no?

—De incógnito. ¿Cómo?

—Pues lleva una gorra. Y tiene bigote. ¿Llevaba bigote el domingo?

Adela reprime una risa.

—¿Y mamá?

—Esa ya no sale de la cocina, ¡ja! «Alguien de la nobleza española en el merendero», dice, lo que le faltaba. Los opresores de Catalunya y todo eso, y qué va a decir a sus amigos catalanes… Ya la conoces. Va, Ada, ¡venga!

Marisol pega unos brincos. Su falda se levanta, palmotea un par de veces. Parece haber salido de los Alpes, pero normalmente es menos alegre que Heidi.

—¿Qué avispa te ha picado a ti? —le pregunta Adela mientras le permite a su hermana ponerle un poco de colorete en las mejillas.

No mucho. No es de las que se maquillan. Después de años en el agua clorada, tiene los párpados demasiado sensibles para ponerse máscara de pestañas. Pintalabios solo llevaba a los catorce, quince años, porque todas las amigas en el cole lo usaban. A su madre le pareció horrendo y después de la enésima discusión le salió lo más horrible que Adela jamás ha oído de boca de su madre. Dijo que parecía una putilla de la Rambla. Marisol defendió a Montse diciendo que lo había dicho para provocar, para hacer que Adela reflexionara. Claro que ella estaba de acuerdo con su madre, coincidía en que se maquillaba demasiado y que en la calle se le notaba muchísimo más que dentro de la oscuridad de la casa. De adolescente, nunca se maquilló.

Fue el año que se distanciaron. Antes, Marisol siempre había sido la hermana mayor y cariñosa a la que admiraba. Una amiga con la que compartía todo. Los secretos del colegio o de la calle que no quería contar a los demás, y menos aún a Chechu, pues se lo explicaría a los chicos del cole y del barrio. Él siempre fue el más cercano a Adela, también por edad; era un chico, claro, pero ella lo entendía mejor que a muchas chicas. Con Marisol podía estar echando risas sin parar. Le daban su ropa cuando iba creciendo, así se ahorraban dinero en casa. Lo único que no le iba bien eran los zapatos, pues a los ocho años Adela ya tenía los pies más grandes que la otra a los trece. Y claro que también le dejaban los escasos juguetes y las muñecas de su hermana, aunque a Adela le ilusionaban lo mismo los coches de Chechu. Con él jugaba al fútbol en la calle, o sobre todo en la playa, porque allí no había vehículos aparcados. Pero no le contaba intimidades, porque entonces dejarían de serlo.

Marisol no sale absolutamente con nadie, no queda con gente, tiene pocos amigos, sobre todo desde el momento en que empezó tan joven a trabajar en el restaurante y se adentró en un mundo de adultos.

Y ahora esa hermana está dando saltos delante de ella y le pone polvos en los pómulos.

En los últimos dos años, Marisol ha estado más callada que nunca. Es por Chechu. Por un lado, es un poco raro, porque ella nunca se llevó muy bien con su hermano, sobre todo cuando él cogió el desvío equivocado hacia las tinieblas del barrio en lugar del camino a la luz del Mediterráneo. Adela estaba demasiado ocupada consigo misma para darse cuenta de cómo Chechu se extraviaba. Tenía dieciséis años cuando, de casualidad, encontró a su hermano de noche con una jeringuilla en el brazo, en la fuente de Carmen Amaya, delante de la escultura de cinco angelitos desnudos. Todos los yonquis andan por ahí, pues con el agua de la fuente pueden limpiar sus jeringuillas, y al lado hay un banco ancho de piedra para sentarse. Como la plazuela se encuentra un poco más baja que el paseo, apenas da la luz y los heroinómanos son invisibles para los automovilistas. Adela salió corriendo ante el panorama de su hermano entre la chusma y cree que Chechu ni siquiera la reconoció. En casa no se atrevió a contárselo a su madre hasta pasada una semana. Ella ya lo sabía, le dijo, desde hacía un año. Y su padre también, claro. ¿Y Marisol? Sí, ella también. Pero quisieron ahorrarle la desdicha. Aunque fue la razón por la que Montse, según le explicó, estaba siempre algo preocupada cuando Adela salía con amigas por ahí. Por si la atracaba uno de los yonquis del barrio.

«¿Y miedo a que también empezara a pincharme?», preguntó ella, enfadada y triste a la vez.

No, le dijo su madre, ella no era una chica para ponerse con eso. Demasiado deportista. Ya dejó el pintalabios y la pubertad, la piscina era el podio diario para su ritual matutino.

Se reprochaba no haberse dado cuenta de lo de Chechu. De que llegaba siempre tarde a casa; pensaba que formaba parte de sus diecisiete, dieciocho años. De que en la carpintería lo despidieron rápido; eso pasaba en todos los sitios, aunque había mucho trabajo debido a la locura de las construcciones olímpicas. Pero a ella le parecía lógico que el propio Chechu hubiese dejado su trabajo, pues con lo que le pagaban no valía la pena dejarse maltratar cada día nueve o diez horas por un capataz.

Adela admiraba a sus padres por cómo, pese a su hermano, se concentraron en el merendero y olvidaron así a ratos las preocupaciones. Pero nunca se concedieron un desahogo, nunca salieron, aunque puede que eso viniera tanto de su dedicación al restaurante como de la idea de que debían estar siempre para Chechu cuando hiciera falta. Por eso ella se alegró tanto cuando vio a su madre en las gradas durante la final. Y a Marisol, gritando. Y ahora la tiene delante con sus saltitos por culpa de un duque. Adela la acompañará al chiringuito para no decepcionarla. Y a lo mejor significa algo para su hermana, con ese Jaimito. Seguro que considera a Marisol atractiva y no deben de llevarse tanto en años. Pero él ya tiene una amiguita, dicen las revistas. Una amazona, que también quiere clasificarse para los Juegos. Una señorita de buena casa, sin duda. No una camarera de merendero.

—Venga, ¡vamos! —Marisol abre la puerta.

De nuevo, la luz radiante de la calle; Adela nunca se acostumbra, se tapa los ojos con una mano. Se pone sus gafas de sol, las primeras de marca, que su hermana le regaló el año pasado por su cumpleaños. Cuando los ojos se adaptan al fulgor del día, ve al final de la calle un par de chiringuitos en pie. O sea, todo tranquilo. Aunque se percata de una neblina, como si mirase a través de unos finos visillos. Es arena levantada por el viento e iluminada por el sol.

En la calle no hay casi nadie. La gente huye del calor, y eso que solo es junio. Buscan el frescor y la tranquilidad en su casa oscurecida por las persianas antes de volver a salir a última hora de la tarde. Solo los extranjeros se tumban a estas horas en la playa.

Al final de la calle se queda sin respiración. A la izquierda yacen sobre la arena trozos de piedra y madera destrozadas.

Le recuerda las fotos de los bombardeos en la guerra. El silencio es abrumador. Una cinta rojiblanca impide el paso en el callejón; no hay nadie.

Giran a la derecha, alejándose del caos.

—¿No sería nada para ti, un duque? —pregunta.

Marisol nunca ha tenido novio. Bueno, que sepan en casa. Y no tiene tiempo para citas secretas. Adela sospecha que es virgen todavía, pero nunca han hablado del tema. Igual que ella tampoco le ha contado nada de Enric, su primer y hasta ahora único chico. Solo fue una tarde, ni siquiera una noche entera. Y no sintió nada especial. No como para repetir pronto.

Marisol se ruboriza, tal vez por la excitación. O el calor.

27

El hombre a la entrada del restaurante, el mismo que acompañaba al duque en el Rosebud, se ha esforzado por vestirse para un día de playa, pero en todo se nota que no pinta nada aquí, en el callejón, al lado de la *cova*, la enorme bandeja con gambas, almejas, calamares y todo tipo de pescado, la dorada, la lubina, el rodaballo, la merluza, la corvina, el rape o los salmonetes, según la pesca del día.

Félix está a su lado; con su labia fácil intenta convencer a los transeúntes de adentrarse en el chiringuito. Saluda a Adela.

—Visita real —sonríe y señala al guardaespaldas—. Hoy tengo ayudante.

Ella pasa por delante de la cocina; Ismael y François levantan la mano. Su madre está en la puerta de la terraza y señala con la cabeza la mesa del fondo mientras saluda a su hija.

—Qué bien, ese huésped aquí —dice muy seca.

Jaimito se levanta. Un bigote falso y una gorra. Llama demasiado la atención, igual que su guardaespaldas fuera. En realidad, Adela ya quiere marcharse. Le presenta a López-Vidal y su novia; conoce al nadador vagamente. Se alojaba la semana pasada en el mismo hotel y descorchó una botella de cava en el comedor por haber ganado ese día la medalla de oro. Adela y sus compañeras no probaron ni una gota, a ellas aún les quedaba la final. López-Vidal habla castellano con acento inglés.

Hay una botella de vino blanco en una cubitera, en la mesa, pan con tomate y aceite y unas enormes anchoas de l'Escala. También tres bombas, una especialidad de su abuela. A Adela jamás le pareció un plato extraordinario, una bola de puré de patatas con carne picada en el centro cubierta de pan rebozado, frita y servida con una salsa picante.

—Tu padre me ha contado el chiste de la bomba —dice Jaimito cuando se sientan.

No, por favor, ¿otra vez? ¿El duque no ha aprendido nada?

—Seguro que te lo sabes —añade aquel.

Pues sí, claro que conoce ese chiste tan malo. A cada principiante en la Barceloneta se lo cuentan: que si quiere la salsa picante o no. Muy picante, dice el camarero, es para hombres. Un poco menos, para mujeres. Y nada, para gais… Bueno, suelen usar otra palabra.

—Pero creo que será mejor que no lo cuente, después del domingo —dice Jaimito—. Por eso te quiero ofrecer mis más sinceras disculpas. No debí haberte dicho eso y tu compañera de equipo me lo dejó bien claro.

—No pasa nada —dice Adela y se sirve un vaso de agua.

Está de espaldas a la playa y ve a Marisol susurrando y riendo con Tintín, que ha salido de la cocina. Su padre se acerca con una sonrisa de oreja a oreja; tampoco a él lo ha visto desde hace tiempo así.

—¿Te gusta la bomba, Jaime? —pregunta aquel como si ya fuera amiguito del duque. Y a Adela—: Le he explicado el chiste de la bomba, no lo conocía.

—Ya, papá, ya. A mí no me pongas, ya lo sabes.

Y su padre se dirige de nuevo a Jaimito:

—¿Qué más te puedo aconsejar?

—Pues, si estamos aquí, venimos por un arroz, ¿no? —Jaimito mira a Adela y la coge de la muñeca—. ¿Te apetece?

—Eh, vale. ¿Te parece bien, papá? —Este asiente con la cabeza—. Es que no como prácticamente nunca aquí —añade.

—¿Por qué no? Supongo que la paella estará buena, ¿no? —Se ríe y le pega a López-Vidal en el hombro—. ¿Tú te imaginas? Venimos hasta aquí y resulta que el arroz es malísimo. ¡Ja, ja!

—Es raro comer donde te sirven tus padres y tu hermana, ¿entiendes?

A Adela no le sale hablarle de usted al duque; parece más joven que sus veintiocho o treinta años; lleva un polo azul marino, un pantalón de lino beis y unos zapatos náuticos marrones. El bigote le queda horrendo y, además, es demasiado oscuro para su cara. Cuando saludó, se quitó la gorra un momento. Tiene el pelo liso y bastante corto, con la raya muy de niño bien, y parece que lleva unos días sin afeitarse: de su fino mentón sale una perilla pelirroja. A Adela le ponen un poco nerviosa sus ojos azules y fríos, se parecen a los de Chechu. Pero lo que más le molesta es la risa.

—Sí, supongo, aunque no me lo puedo imaginar. En casa, mis padres nunca me sirvieron un plato. —Vuelve a mirar a López-Vidal—. ¿Te imaginas a mi padre con un delantal puesto? ¡Ja, ja!

Adela bebe un trago de agua.

—Perdona por el bigote —dice Jaimito—. Los *paparazzi*, ya sabes. El domingo por la noche había uno delante de la discoteca. Aunque tu padre me dijo que por aquí no aparecen nunca, que no vienen a comer famosos.

—Eso es más algo de Madrid y de Marbella, me parece, según la prensa rosa —dice Adela—. Y de Ibiza y Mallorca en verano. Aquí no tenemos reyes, duques, marqueses ni estrellas de televisión.

Le hace un gesto a Marisol para que se acerque; esta ya ni sirve a las demás mesas. Menos mal que hay poca gente. Esa risa en su boca… Está irreconocible.

—Esta es mi hermana.

—Sí, lo sé. Ella es la que me ha recibido. Y no me ha reconocido, ¿no? —Jaimito sonríe a Marisol—. Así que mi disfraz funciona.

—Sí, un buen incógnito —dice Marisol.

—¿Nos podrías servir otra botella de albariño, por favor? —le pregunta.

—¿El mismo?

—Sí, este está bien.

Marisol flota hacia la sala.

—¿Mayor que tú? —pregunta Jaimito.

—Sí. Casi cinco años. Y más guapa —dice Adela.

—Bueno, cada uno sus gustos.

Ella toma otro sorbo de agua, pone el vaso en la mesa, gira la cabeza y mira la playa. También en este lado la arena está llena de escombros, piedras, hierro y madera, como si hubiera naufragado un barco gigantesco. Coge la servilleta y mira un poco más a la izquierda; no sabe cuántos chiringuitos han tirado a tierra estos dos días; vuelve a dejar la servilleta en la mesa y mira a su madre, que sigue en la puerta con su cara de pocos amigos, y luego a la otra pareja. Le gustaría saber qué diablos se debe decir a un joven duque.

—Ahí estará lo nuestro, ¿no? —dice López-Vidal a Jaimito, señalando con su fornido brazo hacia el nuevo puerto olímpico.

Adela ve que el aludido mira a su amigo, sacude muy levemente la cabeza y coloca el dedo índice en los labios. No responde.

—Vale, ya —dice López-Vidal.

Adela no puede reprimir la curiosidad.

—¿Lo vuestro?

—Nada —dice Jaimito—. La villa olímpica, quiere decir, ¿no, Arturo? Que ahí estaremos el año que viene. Nosotros tres, espero, y miles de deportistas más. Yo aún no la he ido a ver. ¿Tú sí? No debe de estar ni terminada, ¿no?

—No, qué va —dice Adela—. Son un montón de pisos. Y viendo lo que costarán después de los Juegos deben de ser de lujo. Cuarenta millones o más, una barbaridad. Ya nos gustaría vivir en un piso más amplio, pero mis padres no pueden pagar eso ni locos, menos con cómo están las hipotecas. Ni han pensado en los jóvenes que quieren independizarse. Será un barrio para la élite.

28

La Rambla. Ahora que la he mencionado… O «las», porque son cinco, cinco veces una rambla, pero no deja de ser la misma calle. Alguna gente lo dice en plural, las Ramblas. El paseo siempre me ha dado sensaciones contradictorias. Los pocos turistas que me visitan lo primero que quieren es caminarla arriba y abajo, o, mejor dicho, abajo y arriba, porque suelen empezar en la plaça de Catalunya. Pero ¿cómo nace, cómo empieza una costumbre así? ¿Quién fue el primero? ¿Por qué justo ahí? ¿Por qué no el passeig de Gràcia, que a principios del siglo fue, con diferencia, mi avenida más bella? Las casas a ambos lados son más señoriales que las de la Rambla. Cada familia rica quería tener ahí la casa más impresionante, diseñada por alguno de los arquitectos más famosos, una explosión exuberante de modernismo. Casas amables también, te sonríen con su fachada, sus balcones, sus ventanas, te dan la bienvenida, te seducen para visitarlas.

Pero el mayor espacio del passeig de Gràcia está dedicado ahora al asfalto para el tráfico, hasta diez carriles. Supongo que eso también contribuye a la popularidad de la Rambla, una vieja riera donde los coches fueron confinados a los laterales para así reservar el eje central para los peatones. Pero ¿por qué no lo destinaron por completo a los viandantes cuando los carros de caballos fueron suplantados por los coches y cuando más tarde desapareció el tranvía? Una vez que le cedes espacio al coche, ya es casi imposible expulsarlo después. Es una fiera que no se deja quitar su territorio de caza.

Si a mí me dieran a elegir, iría a pasear los domingos por la mañana. Sí, también por la Rambla. Siempre ha sido el mejor momento para recorrer ese kilómetro al puerto y de vuelta, entre los plátanos y los quioscos. Pocos coches, nada de camiones ni furgonetas que deben descargar en algún sitio. Familias y parejas de todos los barrios de la ciudad que caminan con su vestimenta de domingo; algunos vienen a comprar el periódico después de misa y los niños quieren ver a los animales en las jaulas.

Claro, entonces es lógico que los extranjeros quieran hacer lo mismo. Dicen que algo así no lo han visto en ningún otro lugar. Otras ciudades tienen plazas y parques y jardines, pero no un bulevar como la Rambla. La bautizaron un día como mi aorta, que es una estupidez. Si esos peatones fuesen mis glóbulos rojos —para insistir en la metáfora—, me sirven para poco, porque aquí esa sangre solo fluye de arriba abajo y al revés, no alimenta al resto del cuerpo. Yo diría que mis venas son la red subterránea de metro; esa llega a todos los rincones, está llena de vida, un millón de personas que se desplazan cada día a través de ella.

En fin, las Ramblas, o la Rambla (en singular me sale mejor); si quieres que te consideren un lugareño, has de decir «Rambla». Constato cierto deterioro. Un poco de decadencia nunca está mal, como en la parte baja, cerca del puerto, bajo las narices de Colón, donde las putillas y los ladronzuelos esperan a que atraquen los buques de guerra llenos de reclutas de otros países. Eso no es decaimiento, forma parte de la vida y de mi identidad. La degradación es otra cosa, difícil de describir, no logro explicarlo bien, es un sentimiento, como una señora distinguida con sombrero elegante que ha sido reemplazada por un mendigo con la mano estirada. Es como si hubiese llegado el otoño a la Rambla y el paseo se pudriera debajo de las hojas caídas de los plátanos.

A lo mejor la culpa es de los turistas, que pasean en pantalones cortos de colores imposibles, a veces con el torso casi desnudo, sin el decoro que deberían mostrar hacia mí y mis habitantes. Como si la Rambla fuese el paseo de Benidorm, donde la frontera entre playa y piedra apenas existe; pero desde la Rambla te queda aún media hora de camino hasta la playa.

No quiero quejarme y quizá exagero. Claro que es agradable recibir visitas de fuera, oír comentarios halagüeños sobre mí y aprender de las críticas de los visitantes, aceptar sus sugerencias. Pero en mi fuero interno espero que esos forasteros a la larga descubran que la Rambla no es lo más bello que tengo para ofrecerles. Que no se conviertan en manadas de animales que se siguen unos a otros por una ruta fija, sin mirar a su alrededor, sin adentrarse en una bocacalle, sin descubrir una pequeña plaza oculta. Conozco las historias de Venecia; por Dios, que me salve de ellas. Ahí llega toda esa gente en bermudas, miles y miles a la vez, y como una serpiente reptan sobre un único itinerario estipulado, por los tres o cuatro lugares más famosos de la ciudad, un puente aquí, una plaza allá, para luego regresar por el mismo camino, porque imagínate si se perdiesen por callejuelas oscuras o puentes minúsculos que no conocen.

Parte III

Julio de 1991

29

Si le preguntan a Pepe cuál es su hija favorita, no se lo tiene que pensar ni un segundo. Marisol siempre lo ha obedecido a ciegas, nunca le lleva la contraria, jamás intenta ganar en las discusiones. Ella fue la primera; le costó asimilarlo. Veintisiete años y ya era padre. No le habría importado esperar unos años más. Y, en cuanto a su cuota de mujeres, su condescendencia ya tenía más que suficiente con Montse y su madre. Ni siquiera había pensado en un nombre para una niña; su primer hijo se llamaría José Luis, igual que él.

«Felicidades, caballero, es una niña hermosa. —Las palabras de la comadrona le sonaron irreales—. ¿Cómo se llamará?».

Debía pensárselo. Josefa era una posibilidad, pero eso le parecía feo incluso a él, igual que Josefina.

«Bueno, aún tiene unos días para decidirse», le dijo la mujer.

Montse ya lo sabía cuando la dejaron ir a verla unos minutos después. Tenía la bebé en brazos; algo confuso, Pepe tocaba a la pequeña y frágil criatura. Ella no quería continuar con la tradición de su familia, dijo. Siempre era un lío: cuando llegaba su abuelo a casa y decía «Montse», cada una de las tres mujeres pensaba que se dirigía a ella.

Marisol, propuso la madre. Un nombre bonito para una chica que nació aquí a orillas del mar. Mar y sol, un nombre que prometía una vida despreocupada, porque el sol y el mar siempre seguirían existiendo. A lo mejor algún día llamarían al restaurante así. Pepe protestó enseguida («Por encima de mi cadáver»; imitaba a la abuela de Montse), pero contra Marisol como nombre de su hija no pudo objetar mucho.

Lo que no sabía es que le resultaría un follón en el registro civil de la plaça de Medinaceli, que por suerte estaba bastante cerca. Marisol no era un nombre válido, le dijo el funcionario. ¿Cómo que no? Pepe sabía que los nombres catalanes estaban prohibidos, pero no era catalán, a él tampoco le gustaría que sus hijos llevasen nombres catalanes. ¿Qué había de malo en Marisol?

—Es una abreviación —dijo el funcionario—. En casa la puede llamar así, pero en el registro hemos de poner el nombre religioso completo.

—¿Religioso? Si apenas vamos a la iglesia, solo el día de San Pedro, el patrón de los pescadores —dijo Pepe.

—María de la Soledad. —El funcionario, detrás de una ventanilla pequeñísima y protegido por un cristal grueso, era escueto—. Así es como debe ponerse en el registro.

—¿Y usted cree que yo quiero llamar a mi hija María de la Soledad?

—No será la única, señor, el país está lleno de ellas. Y de Marías de los Dolores, de las Angustias, pero también de la Alegría o de la Luz, o de la Cruz o de la Concepción, si usted prefiere algo así, pero entiendo que no es muy religioso. O este, que usted es de la Barceloneta, ¿no? María del Mar.

Pepe dudaba. Ese no sonaba mal, le gustaba, la virgen del mar, y prescindir del sol. Pero no podía hacer eso sin consultarlo con Montse. Marisol era idea de ella, tenía su preferencia.

—Marisol —intentó una vez más.

—Vale, pues apunto María de la Soledad.

En casa, Pepe escondió el libro de familia y los papeles en un cajón. La furia de Montse se desató cuatro años después, cuando necesitaba el librito para inscribir a Marisol en el parvulario. La discusión se alargó durante días; su explicación era insuficiente para atenuar el enfado de su mujer, ni siquiera sirvió el argumento de que su hija sería para ellos siempre Marisol y que, cuando fuera mayor y hubiera muerto Franco, a lo mejor podría cambiar en el registro María de la Soledad por Marisol. Por unos momentos, Pepe temió que el asunto acabara en divorcio, y no por haberla registrado como María de la Soledad, sino porque se lo había callado durante cuatro años.

Dejó que la tormenta amainara y se consoló con que desde hacía un año tenía también un hijo, aunque entonces aún no sabía que Marisol siempre seguiría siendo su predilecta. Qué niña más guapa, decía todo el mundo, y de verdad que lo era. Una belleza que aumentaba con los años. No era rimbombante, sino silenciosa, dijo una vez un cliente; fue la mejor descripción de su hija mayor. Y a Pepe le encantaba presumir de ella.

«Marisol, ¡a bailar!». Tenía cinco años cuando lo dijo por primera vez.

Era graciosa, aprendió sevillanas de algunas niñas del barrio y cuando no había colegio se pasaba los días en el chiringuito.

Pepe despejaba una mesa y ponía a su hija encima. El casete ya estaba preparado. Y siempre sonaba la canción favorita de Marisol, *La historia de una amapola*, excepto cuando andaba Bernardo por ahí. Entonces Pepe lo hacía venir con su guitarra a la terraza o a la sala para tocar una de sus propias canciones.

En realidad, Marisol era demasiado tímida como para bailar ante la gente, pero con estas actuaciones seguro que se le quitaba la vergüenza.

«No quiero, papá», dijo, pero no pudo negarse.

Y una vez que él la había puesto en la mesa no se atrevía a ir en su contra y saltar de ahí, delante de todos.

A los comensales les encantaba, daban palmas con el ritmo adictivo y los aplausos al final eran aplastantes. Marisol no reía; bajaba la mirada y a través de una silla descendía rápidamente al suelo. Pobrecita, es muy tímida, la disculpaba Pepe ante los clientes.

Cuando iba a cumplir catorce y pasaba a BUP, Marisol se negó a bailar más. Un año después empezó a trabajar en el restaurante. No le iba muy bien en el colegio. Montse insistía en que lo terminara, que le faltaban solo dos años más, y así tendría un diploma. En nuestro restaurante no lo necesita, dijo Pepe. A Marisol le pareció perfecto.

Chechu tampoco era buen alumno. Más listo que la otra, pero mucho más rebelde. Eso empezó cuando ya no quería que lo llamaran Pepito; solo tenía seis años. Pues entonces te digo Pepe a ti también, intentó el padre, pero el hijo estaba decidido. No quería ser un Pepe pequeño, el nombre le parecía horrible. Ni José ni José Luis. Ya en EGB se hacía llamar Chechu y así sería para siempre.

Le encantaba jugar al fútbol en la playa, pero Pepe no tenía demasiado tiempo para eso. Además, prefería pasar sus escasos momentos libres en su sillón delante de la televisión. Entonces su hijo pidió a su hermanita Adela que lo acompañara, aunque no era lo mismo, claro. Las chicas no saben jugar al fútbol.

La de veces que Pepe se ha preguntado si debería haberlo hecho de otro modo. Tras tanto jugar al fútbol con su hermano, Adela se enganchó al waterpolo. Y, cuando ella no estaba, Chechu buscaba a sus amiguitos. Chavales del barrio, canallas y muy traviesos. Pepe pensaba que era normal que lo llamaran de la comisaría para que fuera a recoger a su hijo. Había robado un par de mecheros en una tienda del barrio. O roto el cristal de un coche con matrícula extranjera. Fue uno de sus amigos, dijo, pero esos se escaparon. No quiso dar un nombre.

A Pepe le costaba entender los entresijos del barrio. Lo seguían viendo como un forastero. Era pura casualidad que llegase ahí. Sus padres se instalaron con él y su hermana en Nou Barris, al otro lado de la ciudad, casi las afueras, en un piso en una calle muy empinada, porque eso les recordaba un poco a Ponferrada. Cuando tenía veinte años, un colega de la compañía de transportes lo llevó a la Barceloneta para comer unas tapas y raciones. Can Ganassa, El Vaso de Oro... El tercer o cuarto bar donde aterrizaron fue el Jai-ca y había tres chicas en una mesa. Una les aconsejó la especialidad de la casa, la anchoa, y aparte su espina frita, pasada antes por leche y ligeramente enharinada. A Pepe no le convenció nada, no llenaba y apenas tenía sabor. Él era amante de los callos, no de una raspa de pescado. Por eso la tía estaba tan delgada. Se llamaba Montse, pero, pese al nombre catalán y cómo hablaba castellano, con esa ele tan pesada que siempre delata a los catalanes, la veía atractiva. Y, claro, le dijo que la espina era deliciosa.

Viven muchas familias catalanas en la Barceloneta. No de esas tan tradicionales, la burguesía de otras partes de la ciudad, los más conservadores que en las elecciones siempre votan al inevitable Pujol y sus nacionalistas, sino las de pescadores, obreros... Al principio, a Pepe le pareció raro oírlos hablar en catalán. La clase obrera habla español, pensaba. En todos sitios, menos aquí. También hay una jerga catalana, un lenguaje de la calle con el que crece la juventud. Incluso hay gitanos catalanes. Todo eso era nuevo para él; ahora ya está acostumbrado.

Por supuesto, también hay inmigrantes e hijos de inmigrantes como él; algunos son sus mejores amigos. Pero para la mayoría Pepe sigue siendo un extraño. Le hacen bromas.

Que sea del Madrid, pues, bueno, no pasa nada, hay más de esos, sobre todo los andaluces. Pero que sea bastante de derechas no. Ahora que la Alianza Popular de Fraga se llama desde hace un par de años el Partido Popular, le han encontrado su apodo. Pepe el pepero. Qué gracia. Aunque ya no se meten tanto con él. Antes, si algunas veces las discusiones se calentaban demasiado, llegaban a espetarle lo de «facha» y todo. Muchas veces lo decían con una risa, pero a él no se le escapaba la intención más seria. Esos fascistas bombardearon el barrio, ¿lo sabía? ¿Y no venía Franco del Ferrol, de aquel rincón de España de donde procedía Pepe también, aunque no fuera gallego? ¿En qué bando luchó su padre? Pues, mira, su padre fue rojo, un hombre de la cantera que picaba piedras, respondió con vehemencia, en un intento de esconderse tras el pasado obrero de su padre. Pues ¿dónde o cuándo se perdió Pepe entonces?, le preguntaron. ¿Cómo podía ser tan diferente de su progenitor?

Hablando de padres e hijos: Chechu no era de izquierdas ni de derechas. No tuvo rumbo alguno desde el principio. Rápidamente perdido en las profundidades más miserables de un barrio que Pepe no conoció lo suficiente para poder evitarlo. Aunque Montse conocía la Barceloneta como la palma de su mano y aun así no lo vio venir. Demasiados escondrijos oscuros.

30

—¿Estas calles no son peligrosas? —le pregunta.

Adela no puede contener la risa y vuelve a mirar atrás.

—¿Con esa lapa tuya en el coche de atrás? Además, llevará una pistola, ¿no?

Es después de medianoche, las farolas con luces amarillas apenas iluminan la calle, los almacenes a ambos lados siguen en la penumbra. Adela abre la ventanilla, el olor inconfundible del pescado se apodera del coche pese a que a estas horas no hay actividad en el puerto. Aquí siempre huele así. Los barcos atracados, las redes secándose, la lonja fregada con agua; el olor se ha asentado permanentemente en la madera, los tejidos y las paredes.

—Huele mal, ¿no sería mejor que cerraras la ventanilla? —pregunta Jaime—. Así pongo el aire acondicionado.

Adela no conoce a nadie con aire acondicionado en el coche. Ni siquiera los taxis lo llevan. Este vehículo, además, es demasiado grande para el barrio. Dice que no quiere llamar la atención, pues vaya, para eso no has de venir con una limusina como esta. Normalmente se sienta atrás, le dijo. Su guardaespaldas también es el chófer; ahora los sigue en un taxi.

—Cuando entremos en el espigón, olerá a mar. Abre la ventanilla —dice Adela.

—Prefiero mantenerlas cerradas. Son blindadas, desde fuera nadie puede ver quién va en el coche.

¿Dónde podrían ir?, preguntó el duque después de la cena, en busca de un poco de privacidad. A ella le da risa. Privacidad, con el hombre que los sigue pegado a ellos. Y el interés de todo el mundo vaya donde vaya. ¿A su casa? Aún más risas. No, imposible. Mis padres no son tan modernos, le dijo Adela. Pero había más. No le iba a enseñar su casa, se moriría de vergüenza; para él sería como si se adentrara en un barrio de chabolas, en un piso que en su totalidad no sería más grande que el dormitorio de Jaime.

Así que Adela propuso el rompeolas, la escollera interminable que protege el puerto de las olas.

—Sigue recto por aquí —dice—, no tiene pérdida.

No sabe muy bien por qué lo ha sugerido. Ha estado ya muchas veces en el rompeolas, siempre de día, una caminata al viento o, sobre todo, corriendo, para variar los entrenamientos en el agua. Nunca de noche ni de madrugada, en la oscuridad. Enric no tenía coche.

Tres, cuatro, cinco vehículos seguidos vienen de frente, a la vuelta de la excursión.

—Cuánto tráfico hay a estas horas —dice Jaime.

Adela no se atreve a decirle qué hacen aquí. Podría entenderlo mal, interpretarlo como una invitación encubierta, y no está nada preparada. Es que no se le ocurrió otro sitio, así de repente. Y tiene la ventaja de que está muy cerca de casa.

Es la tercera noche consecutiva que la ha llevado a cenar. Ya no en el chiringuito, bajo la mirada invasiva de la familia y el personal, sino en los restaurantes más lujosos de la ciudad, donde tienen salones privados, apartados del resto. Para hombres de negocios, grupos de amigos, los futbolistas del Barcelona, la familia real. Comedores ocultos donde Adela nunca había entrado. El precio del rape supera dos o tres veces el del merendero, cuando es el mismo pescado, pero le ponen unos adornos que el rape no necesita. Y la ración encima es más pequeña, no sirven ni la mitad de la cola.

Dice que se ha quedado esta semana en la ciudad para conocerla mejor. No a Adela, sino Barcelona. Lo ve un buen lugar para hacer negocios, para invertir. Dice Jaimito que cree que está adelantando a Madrid, que la movida ahí ya pasó y que el mundo se fijará más en la ciudad olímpica. Quiere vender algunas propiedades de sus padres, inmuebles en la capital sobre todo, y traer ese dinero hasta aquí. Montar una discoteca con piscina, ja, ja… Se ríe de sus propias ocurrencias.

En dos de los restaurantes lo recibieron como si fuera el rey. A pesar de eso, Jaime es bastante normal. Sí, Adela lo llama por su nombre de adulto, ya no es «el duque» ni tampoco Jaimito, que eso suena como si fuese un niño mimado de cinco años. Estuvieron hablando de deportes, aunque con el waterpolo no tiene mucho *feeling*. Le desalienta que tal vez las pruebas hípicas no se disputen en los Juegos: en España circula una enfermedad letal y contagiosa para los caballos. A Jaime le gustaría experimentar la vida de los deportistas en la villa olímpica. Participó en los Juegos de Seúl; fue su primera vez, pero su padre no quería que estuviese en la villa de los atletas, así que pernoctaba en la casa del embajador de España.

A Adela le ilusionan los Juegos en su ciudad, la vida en la villa olímpica que están construyendo a dos pasos de su casa. Miles de deportistas, todo el mundo reunido.

Enfilan el espigón, la luz es aún más tenue que entre los almacenes. A la derecha, las lucecitas de la ciudad; a la izquierda, unos buques grandes esperan anclados al amanecer para entrar al puerto.

—Ojalá mi abuelo supiese de esto —dice Jaime.

Ella lo mira, su cara juvenil iluminada a través del retrovisor por los focos del taxi detrás de ellos. Se queda callado.

—¿El qué? —le pregunta.

—Bueno, que estoy aquí, después de medianoche, en el coche con una chica, encima una jugadora de waterpolo. Mi abuelo era un gran nadador, ¿sabes? El primer campeón olímpico de España.

—No, lo siento, no lo sabía.

—Es normal. Fue en 1928. Le encantaba el agua, también la del mar. Eso sí es especial, porque el mar está muy lejos de donde somos. Cuatro horas en coche hasta las playas más cercanas, en la Costa del Sol.

Durante las cenas habló de aquel lugar perdido en el corazón seco de España. Un castillo. A Adela le impresionó la palabra, le asustó. De golpe volvió a ver a Jaime como quien es, uno de los herederos más ricos del país. ¿Qué hacía ella con él, en una mesa suntuosa con cubiertos de plata y rodeada de camareros sumisos? No tenía sentido, debería irse de allí, a casa, a su cama, aunque esta semana no tiene obligaciones, no tiene que levantarse pronto. Son las semanas de recuperación, de no querer ni tener que hacer nada. Así que seguía escuchándolo, igual que ahora, porque con sus palabras la transporta a un mundo que no conoce.

El castillo está en la provincia de Ciudad Real, a medio camino entre los pueblos de Brazatortas y Cabezarrubias, que desde hace siglos forman el ducado de la familia. Claro que nunca oyó hablar de eso. Pueblos insignificantes, dijo Jaime, con solo unos cientos de habitantes. Y con lo del castillo tampoco debía imaginarse nada muy espectacular, una parte está en ruinas, el mantenimiento es muy costoso. Situado a una altura considerable, un calor insoportable en verano, un frío que pela en invierno. Encinas, olivos y arbustos que pinchan, colinas peladas, caminos rurales en mal estado. Un embalse en el valle y un río con meandros no muy lejos del castillo, si se lo puede llamar así, pues la mayor parte del año el lecho está seco, solo el recuerdo de agua se retuerce por el paisaje, como el rastro de una serpiente por la estepa. Jaime no está mucho en el castillo, posee también una casa en Madrid.

—Prefiero estar en la ciudad —dijo.

Sobre todo desde que sus padres ya no viven.

Sí, Adela había leído y oído eso. Las revistas no paraban de publicar cosas el año pasado, pero también los periódicos, y en televisión el telediario abrió con la tragedia del joven duque, deseado por tantas mujeres, que con menos de treinta años se había quedado huérfano, con esa herencia incalculable del castillo, las casas, fincas rústicas, obras de arte, joyas y un capital desconocido.

No se atrevió a preguntarle por el accidente, pero el propio Jaime sacó el tema.

Fue hace justo un año. Un verano caluroso como este. En la carretera de Brazatortas a Cabezarrubias. Un camión que venía de frente los aplastó en una curva… Murieron al instante. Y eso que estaban sentados atrás. Así de fuerte fue el impacto. El chófer también falleció, Cristóbal, un hombre muy bueno. A Jaime lo llevaba cada día al colegio cuando era pequeño.

Por eso no le gusta mucho regresar al castillo. Pero a veces tiene que presentarse, sigue habiendo personal ahí.

El rompeolas se le avecina extraño a Adela, tan diferente de día, cuando hay mucha gente corriendo, parejas paseando, pescadores tirando la caña. También coches camino del restaurante del final, el Porta Coeli.

—¿Hasta dónde va? —pregunta Jaime.

—¿El qué?

—Esta carretera.

—Ah, eso. —Adela contiene la risa—. Es un espigón sin salida. Dentro de poco se acaba delante de un restaurante. Ahí hay sitio para aparcar.

Cuando llegan está a rebosar, una especie de rotonda al final, una plazoleta en medio del mar. La silueta negra de los tres, cuatro pisos del Porta Coeli irradia así, sin alumbrar, más amenaza que atracción, aunque tampoco a la luz del día el restaurante impresiona por su modernidad. En una ciudad contemporánea y turística habrían colocado una construcción espectacular, con ventanales en todas direcciones con vistas no solo al mar, sino también a la ciudad, al puerto y a las montañas. Porta Coeli se parece más a un edificio descuidado de oficinas.

Delante de la puerta hay un hueco entre dos coches.

—¿Aquí? —pregunta Jaime—. ¿Y después? No veo yo mucha privacidad aquí, ¡ja, ja! Está lleno de coches. ¿Hay una discoteca o algo?

—Perdón, no lo sabía. No vengo nunca de noche. También podemos marcharnos.

—No puedo bajarme del coche, eso lo entiendes.

—Sí. Pero la mayoría no baja.

—¿Y eso? No hace nada de frío.

Jaime maniobra con el coche en el estrecho espacio, el retrovisor del lado de Adela casi toca el del vehículo contiguo. La ventanilla está abierta, el chico al volante está medio de espaldas, inclinado sobre el asiento del pasajero, una mano le acaricia la cabeza, el cuello.

¿No será mejor decírselo? Ya que están aquí, aparcados. Hacerle ver que su intención era otra, que no quiere insinuar nada.

—Es una salida típica de la gente joven de la ciudad. Sobre todo para parejas. El coche es su privacidad. En casa no pueden encontrarse, ¿entiendes? Y así, después de una noche en el bar o el restaurante, vienen hasta aquí. Muchas veces traen bebida y charlan y todo eso…

—¿Y qué más?

Adela sonríe, avergonzada; se siente pillada.

—Un poco incómodo en un coche, ¿no?

—Este es grande, ¡ja, ja! —Jaime le pega en el muslo y deja la mano descansando ahí—. ¿Has estado antes aquí?

—Solo de día. Así, de noche, en un coche, nunca.

Jaime se gira un poco más hacia ella, retira la mano derecha de la pierna y con la izquierda la coge de la cintura. Adela se estremece.

—¿Cómo está tu mejilla ahora? —le pregunta.

—Mejor.

—¿Puedo darte un beso ahí? —No espera la respuesta.

Ella no se mueve. Él desliza la mano más hacia arriba, busca su boca con los labios.

Adela responde con un beso muy breve, casi imperceptible, y suavemente gira la cara hacia el otro lado, pone la mano sobre el brazo de él para frenarlo.

—No tan rápido, Jaime.

Jaime se echa para atrás, levanta las cejas.

—¿Rápido? Esta es la cuarta noche que nos vemos.

—La de la discoteca no cuenta —se ríe Adela, para intentar quitar la tensión que flota en el aire. La mano ha regresado a su muslo—. Es que no lo sé…

—¿No sabes qué?

—Pues esto.

Observa de nuevo el coche de al lado: el chico se apoya ahora hacia atrás en el asiento; de la chica solo ve la cabeza moverse arriba y abajo. Supone que Jaime también lo está viendo.

—Por algo me habrás traído a este espigón, ¿no? —pregunta el duque.

—Es que no se me ocurría otro sitio, de verdad. No tenía ninguna intención con esto. Si quieres, nos vamos ahora, tal vez mejor.

Esto es una locura. Adela no tiene nada que hacer aquí, a pesar de que el duque le guste, o no, que eso todavía no lo sabe. El Jaimito de España. Cada tarde, Marisol la atosigaba con la historia, porque los últimos años ella leía absolutamente todo de él, en sus tardes de letargo en el sofá. La clásica familia de la nobleza, víctima de una tragedia indescriptible, y el hijo huérfano y malcriado que a la vez es una bala perdida. La riqueza insondable, el bote gigantesco de miel que atrae a las abejas reina más bellas del país. Una actriz, una presentadora de televisión, una modelo, una amazona. Siempre puede elegir a la más guapa, a las otras se las quita de encima. Incluso una de las infantas, una verdadera, de la Casa Real, lo había cortejado. Casi cada año apareció con otra pretendienta en las revistas, con fotos realizadas discretamente en la calle, aunque Marisol dice que son ellas mismas las que avisan a los *paparazzi* cuando han quedado con el duque. Adela no cabe en esa lista. ¿Qué está haciendo Jaime aquí con ella? ¿Qué busca? Es amable, de verdad, y tiene su encanto; ella ya se ha acostumbrado un poco a esa risa suya, pero es Jaimito y toda España lo conoce. De ella no puede hacer ostentación, le lleva cabeza y media y Adela tampoco es famosa; a nadie le interesa el waterpolo.

Por cierto, ¿sigue con esa amazona? No se lo ha preguntado, prefiere hacerse la tonta, como si apenas supiese nada de él. Jaime no ha mencionado nada del tema y dice que le parece extraño que ella sepa tan pocas cosas de él, como si viviese en una cueva, ja, ja. Marisol le contó que estuvo a punto de casarse. Ni un mes después de formalizar el noviazgo lo pillaron en Roma con otra mujer.

Adela quiere regresar a su cueva.

Jaime arranca el coche, da marcha atrás para salir del estrecho espacio. Ella ya no mira a la pareja del otro vehículo.

—No voy a insistir —dice él.

Otro coche ocupa enseguida su sitio. Vuelven a la ciudad, las luces ahora a la izquierda, la penumbra del mar al lado de ella. Adela mira hacia fuera sin ver nada.

—Mañana al mediodía me esperan en el castillo —añade Jaime—. Debo arreglar asuntos. Vienen a hacer un inventario de todo. A primera hora de la mañana nos pondremos en marcha.

—¿No coges el avión?

—No, en este coche, en los asientos de atrás, es muy agradable. Es buen conductor; es el hijo de Cristóbal, el que murió con mis padres. Y así no me incordian los fotógrafos en el aeropuerto ni hay micrófonos. En Barajas siempre están esperando. Solo nosotros, por carretera. Pasamos por los molinos de don Quijote. ¿Has estado ahí?

—No, qué va. No conozco nada de la zona.

—Te lo enseñaré un día.

31

Pese a que aún no estoy lista para la gala del próximo año, ya no soy la de antes. La gente que me visita ahora por primera vez no se puede imaginar la miseria que albergaba hasta hace unos años. Sí, vuelvo a sacar el tema de los barrios de chabolas, el termómetro sin compasión entre ser pobre y rico. La Perona fue la barriada de barracas más grande que he conocido, en Sant Martí, a lo largo de varios kilómetros al borde de la vía del tren que llega desde el norte. El nombre surgió de manera espontánea cuando vino a visitarlo Evita Perón, enviada por su marido. La pareja presidencial de Argentina quiso sacar a Franco de su aislamiento internacional y Evita prometió a los chabolistas que se les proporcionarían viviendas más dignas, casas de verdad, que nunca llegaron.

De alguna manera siento cierto orgullo por ese pasado mío. Solo puedes valorar la riqueza si antes has conocido las carencias; eres mejor jefe para tu personal si antes has trabajado en la mina.

Desde hace unos años, los viajeros del tren que llegan aquí ya no pueden echar una ojeada a los hogares humildes de un barrio de chabolas, un fenómeno que la mayoría de los europeos ni conoce. Y tampoco se lo esperan, aquí al borde del Mediterráneo. En los folletos de sol y playa nunca le dedicaron ni una palabra, por supuesto.

Las chozas de Montjuïc tampoco existen ya. De Somorrostro, en la misma playa, que en realidad no lo era, sino solo piedras, el vecino miserable de la Barceloneta, ni rastro. Y Pequín. No me preguntes por Pequín. También a orillas de la mar. Tan apartado que ni yo misma me daba cuenta de su existencia. Una ampolla en el talón que empieza a doler cuando ya es demasiado tarde y una tirita ya no sirve. Escondido tras kilómetros de fábricas e industrias pesadas, ahí donde el Besòs llega a la mar.

Las primeras barracas se construyeron para inmigrantes de Asia, sobre todo pescadores de Filipinas, que hasta finales del siglo XIX fue una colonia española. Como tantas veces, tratábamos a la gente de las Indias y de las Américas como basura, como perros callejeros que apartábamos con una fuerte patada. A ojos de mis habitantes ignorantes, toda persona asiática era china, por lo que al barrio pronto lo bautizaron con el nombre de la capital de China. Después llegaron familias de toda España a Pequín, cuyos hombres fueron contratados en la industria metalúrgica de Poblenou o para la construcción de la exposición universal.

Cada tormenta que elevaba la mar a grandes alturas borraba del mapa las chabolas de Pequín y Somorrostro. La madera de las barracas y los escasos muebles flotaban indefensos mar adentro y volvían después de unos días rotos e inservibles, como un bumerán del destino. En algunas ocasiones, todo el barrio quedó sumergido debajo del agua y hubo que reconstruir todo, ir a los vertederos a buscar nuevos sofás, fogones de gas y colchones. Aun así, miles de personas seguían viviendo ahí, en un terrón de barro y guijarros, porque no tenían otra elección. Entre los dos barrios, las industrias vertían a través de conductos subterráneos agua grisácea y espumosa a la mar.

El mismo en el que quieren que los visitantes se bañen. Ellos verán playas blancas o amarillas, arena aportada desde

otros lugares, pues esa parte de mi litoral es un engaño inge-
nioso, un maquillaje encubridor del que aún estará por ver si
aguanta cuando las olas embistan la costa. Y detrás de esas
playas, o delante, según cómo lo mires, se extenderá el nuevo
paseo marítimo, convertido en uno de mis escaparates, una
banda brillante cruzada sobre mi vestido de gala.

32

Los últimos clientes están con su copa de coñac, un licor dulce o un orujo gallego. Dos mesas, diez comensales, y no hay manera de que se marchen. Ya es más de medianoche y aún hace más de veinticinco grados. No son temperaturas para recogerse en el horno que es la casa. Hubo hoy más gente que cualquier otro día de la semana. Como si nadie quisiera perderse la última cena, ahora que tres cuartos de los chiringuitos han desaparecido y que por fin se recogieron los escombros. La gente olvida rápido, no tiene compasión con los perdedores, se acopla sin piedad a los ganadores.

Pepe no puede quejarse, pero no se siente a gusto. No quiere verse como ganador. Sus pensamientos están a menudo con Carles, con Emili, incluso con Domingo, pese a que nunca se llevó bien con él. Piensa en Ángeles, de El Cormorán, pobre de ella. Es viuda, su único hijo le echaba una mano de vez en cuando, pero tiene su propio trabajo y la hostelería no le va mucho. Es imposible que Ángeles comience con algo nuevo. ¿Y Carles? Tiene casi sesenta y cuatro años, ¿con qué va a empezar ahora? No conocen otra vida ni la quieren. Pepe teme que Carles se tire de verdad un día de una torre cuando ya no le quede más que el vacío de una jubilación indeseada.

Pero él tampoco es muy de guardar luto. Ni de compadecer innecesariamente. Ya no puede hacer nada por los otros. Y mejor cada noche un lleno total que ningún alma en el restaurante. Incluso tuvo que sacar a Félix de la calle para apuntar todas las reservas, el teléfono suena sin parar, y ya no hace falta que esté fuera para seducir a los transeúntes. Ahora, a la mayoría que se presenta sin reserva, Félix les tiene que decir que está lleno, gente que incluso está dispuesta a esperar en la cola hasta que quede una mesa libre.

¿Cuánto tiempo durará esto? ¿Una semana, un mes? ¿Aguantará Cal Pepe hasta el final del verano? El abogado presentó ante la Audiencia de Madrid un recurso contra la decisión del ministerio, pero la justicia es más lenta que un caracol marino en tierra. Pepe no se fía. No te puedes confiar nunca. Cada mañana a las seis, se acerca a los chiringuitos, para evitar que las excavadoras también le sorprendan a él en pijama. Y las seis hermanas hacen turnos, cada noche una de ellas se queda a dormir en el restaurante; dicen que con una persona dentro es imposible que lo derriben. A la izquierda, Pepe tiene como parachoques el Gran Catalunya, las hermanas y los otros tres merenderos legales, pero por la derecha su negocio está desprotegido, su pared da al callejón que da acceso a la playa.

—Vaya noche, de nuevo —bufa Montse.

Tiene cara de cansada. Sus ojos se esconden aún más detrás de unas ojeras que no cuadran con el buen tiempo. De sus mofletes no queda nada, tiene el rostro más delgado que nunca.

Se han sentado en la mesita al lado de la escalera cuyos cuatro peldaños llevan a la arena, es su lugar favorito para el cierre, allí donde llega la ligera brisa refrescante, donde el calor de la cocina se esfuma bajo el cielo estrellado, donde los murciélagos abandonan la luz de las pocas lámparas para meterse en la oscuridad y volver a aparecer unos cuantos metros más allá, en busca de sus presas invisibles.

—Pues yo no podría vivir sin esto —dice Pepe. Toma un trago de pacharán, los cubitos de hielo se deshacen más rápido de lo que él bebe.

—Yo tampoco, cariño.

Montse lo mira con ternura, se esfuerza por sonreír. Cuánto hace de eso. ¿O se equivoca? ¿Es simplemente el cansancio? ¿Cuándo fue la última vez que ella le dio un beso?

Se vuelven a callar. Ya han hablado mucho en las últimas semanas. Todas las conversaciones sobre lo mismo. Siguen sin recibir respuestas a sus preguntas. Tampoco tuvieron ninguna oportunidad, ningún momento libre para mirar otra cosa, un lugar para un nuevo restaurante, para otro futuro. Y es que tampoco tienen ganas de ello. ¿Por qué cavarte una tumba si no tienes ni tiempo para morir?

Cisco se ha quitado el delantal; el camarero ya ha terminado y dentro de nada se irá, el último de todo el personal, como siempre; los cocineros ya recogieron y limpiaron la cocina hace rato. ¿Qué será de él sin este trabajo? Entró a los catorce años y está a punto de cumplir sesenta.

—Señores —dice. Para él, siempre fueron los señores. No Pepe y Montse, sino señor y señora. Pepe intentó convencerlo de que lo llamara por su nombre de pila, sin éxito. Por otro lado, también le gusta. ¿Dónde encuentras personal que se dirija de esa manera al patrón y a los clientes?

—¿Quieres una copita? —le pregunta Pepe.

A veces se sienta aquí con él, normalmente cuando Montse y Marisol ya se han marchado a casa. Charlan un poco de nada. Cisco suele contar cositas de casa, de cómo le va. Pepe no. Su casa es esta y el camarero ve a diario cómo le van las cosas.

—No, gracias. Hay un hombre en la puerta.

—¿Un taxi? Será para una de estas mesas —dice Pepe.

Montse parece estar con la cabeza en otro lugar; mira hacia el mar, donde ya no se avista la línea del horizonte. Es luna nueva.

—No, no es un taxista. Quiere hablar con ustedes.

—¿Más malas noticias? ¿A estas horas? ¿O quiere trabajo?

—No lo sé, señor.

—¿Qué piensas, Montse?

—¿Qué? —Su mujer vuelve a girarse hacia la mesa.

—Un hombre quiere vernos.

—¿Lo conoces? —pregunta ella.

—Ni idea. No es un conocido, ¿no, Cisco?

—No. Les quiere contar algo y ha venido tan tarde para no molestarlos en el trabajo.

Pepe mira a su mujer, que se encoge de hombros.

—Bueno, que pase —dice Montse—. Ofrécele algo de beber.

El hombre lleva gafitas con lentes redondas, una camisa azul oscuro de cuadros de manga corta, un pantalón beis con una raya muy marcada y unos zapatos marrones de verano. Pepe mira de nuevo a su mujer, que parece seguir estando lejos. En los últimos días no solo han hablado del chiringuito. También le preocupa lo del duque, que ya invitó a Adela varias noches a cenar. Montse no para de insistirle para que hable con su hija, ya que a ella no le hace caso porque piensa que son prejuicios sobre todo lo que viene de España, que todo es una élite corrupta, poderes oscuros procedentes de tiempos aún más negros. El rey, elegido por el propio Franco. El menosprecio hacia los otros pueblos que viven en la Península, no solo los catalanes, sino también los vascos. Pepe no quiere entrar en esa discusión. Deja a tu hija que haga, le contestó, que lo del duque no llevará a nada, ya se dará cuenta ella sola. Déjala que se divierta un poco, ese Jaimito también es deportista, así que tienen algo en común. Nunca será algo serio.

—Siéntese —le dice al visitante.

Pepe no se levanta. Sus piernas ya no pueden, al final del día su propio peso se le hace insoportable.

—Gracias —responde el hombre.

—Quiere hablar con nosotros… Un poco tarde, ¿no?

—Sí, lo sé. Le pido disculpas. Yo también acabo de terminar mi jornada de trabajo y llevo bastante tiempo con la idea de venir a verlos. Ahora, por lo menos, sé dónde encontrarlos; dentro de poco tal vez ya no.

—Eso ya lo veremos. —Lo que le faltaba a Pepe, otra historia del derribo.

Montse parece sin seguir interesada, es muy buena en abstraerse de la conversación.

—No es fácil para mí —dice el hombre—. Y soy consciente de que para ustedes es aún mucho más difícil.

—Vayamos al asunto, estábamos a punto de ir a casa.

En una de las mesas arrastran las sillas; los clientes se levantan y abandonan el restaurante. No miran atrás, a Pepe. Ni un saludo, ni un gracias, nada. No son habituales, querían cenar una vez en su vida en la playa de la Barceloneta y ya está.

El hombre se toma un trago del whisky que Cisco le ha puesto.

—Mi nombre es Josep Maria. Soy el conductor de hace dos veranos. El del cinturón litoral. El camión de basura.

Pepe contiene la respiración, nota su corazón queriendo salir del pecho. Mira a Montse, que se gira bruscamente hacia el hombre con la boca abierta, como si quisiera decir algo, pero no le sale ningún sonido.

—Perdón, perdón —dice el hombre—. Si quieren, me marcho.

Ella recupera la voz enseguida.

—¿Qué ha venido a hacer?

—Ofrecer mis disculpas, en primer lugar.

—Eso no hace falta. No fue culpa suya y lo sabemos.

—No logro olvidarlo.

—Nosotros tampoco —dice Pepe—. Y justo por eso me parece impertinente que usted aparezca así de golpe un viernes por la noche. Como si no tuviéramos bastantes problemas ya.

—Pepe, cariño… —Montse lo mira con reproche—. Este señor…

—No quiero ver a este señor.

El conductor del camión de basura se levanta.

—Lo entiendo. No debería haber venido. Quería conocerlos y pensaba que ustedes tal vez tenían la misma necesidad. Para saber exactamente lo que ocurrió.

—Ya lo sabemos —dice Pepe—, no hace falta que nos lo recuerde ahora. La policía nos lo explicó todo.

—Pepe. —Montse otra vez. Como siempre, será comprensiva. No quiere ofender al otro—. Yo quiero escucharlo. La policía no estuvo allí en el momento concreto. Este señor sí. ¿Cómo decía que se llama?

—Josep Maria.

—Pues, siéntese, Josep Maria, por favor. Y tómese la copa. —Montse llama a Cisco—. ¡Ponme a mí también un whisky!

—Esto no me apetece nada —dice Pepe.

Ahora es él quien mira hacia el mar. Se le nubla la vista, no ve nada, todo negro. El negro del día más oscuro de toda su vida. Siente como si hubiera recibido un golpe en el estómago con un bate de béisbol, el recuerdo acaba de encontrar una apertura y le perfora la tripa. Dos agentes de la guardia urbana en la puerta; ya se había hecho de día, Montse no había pegado ojo desde que sobre las cuatro se dio cuenta de que Chechu aún no había llegado a casa. No era la primera vez, pero ella parecía más preocupada que nunca. El instinto maternal.

«¿Son ustedes los padres de José Luis Sánchez Planas?», preguntó uno de los agentes. Montse comenzó a gritar enseguida. Y a temblar. Pepe no sabía qué hacer. ¿Cogerla, abrazarla? ¿Calmarla? Miró a los agentes como disculpándose. Arriba, alguien abrió una ventana. Él los hizo entrar.

Ojalá esa mañana hubiese chillado igual que Montse. Su mujer lo volvió a hacer muchas veces, después de que los urbanos se marcharan. Le pegó con las palmas de las manos en el pecho. Irrumpió en la habitación de Chechu y no quiso salir de allí. Adela ya se había marchado al entrenamiento y a Marisol la despertaron los gritos de su madre; ella también se puso a chillar y abrazó a Montse, al borde de la cama del hermano. Y los ojos de su hija, cuando lo miró después de calmarse un poco… No fue una mirada de compasión ni algo parecido. Pepe vio furia. Marisol nunca se enfadaba.

Ojalá hubiese gritado también, llorado, o se hubiera enfadado y entristecido profundamente o lo que fuera. Así, tal vez no habría cargado con aquel peso para siempre, porque eso lo sabe ahora, que el peso de plomo en su estómago ya no se irá nunca, haga lo que haga para no pensar en ello.

Lo sintió como un castigo merecido cuando tuvo que identificar a su hijo. Las mujeres no se vieron capaces. La cara de Chechu. Hinchada, blanca, con manchas lilas, casi negras. La nariz mutilada. El único ojo visible cerrado, el azul intenso que había heredado del padre de Pepe oculto bajo una ceja partida e inflamada. El forense le dijo que mejor no levantara la sábana que tapaba la otra mitad de la cara. Su hijo estaba irreconocible, pero era él. Le bastaba la mitad de su rostro para identificarlo. Además del tatuaje en el cuello, un pequeño diablo delante de un plato vacío, un tridente en la mano como si fuese un tenedor.

Pepe no lloró, no gritó. No habló. Solo asintió con la cabeza. Cuando salió y su mujer e hijas le vieron la cara, las tres se abrazaron. Él no se movió.

Ahora se levanta y la silla se cae para atrás. No la recoge.

—Si mi mujer quiere hablar con usted, aquí la tiene. A mí no me hace falta escucharlo.

Pepe baja por la escalerita a la playa. Montse se levanta y recoge la silla.

33

Las dos últimas palabras de su hijo le resuenan en la cabeza. Montse mira por enésima vez esta noche al mar invisible. Pepe no ha vuelto, seguramente se ha ido directo para casa, o a lo de Paco, el bar sin nombre de la plaza. Una copa potente para no tener que pensar.

El conductor se acaba de ir. Pobre hombre. No tiene culpa de nada, pero aún sigue viendo a Chechu delante de él, de espaldas. Una exhalación, un golpe. Montse se sorprende a sí misma. Se siente más fuerte que el hombre, cuando es ella quien tiene todos los argumentos para estar desconsolada. Perdió a un hijo, él no. Pero el chófer es el involuntario verdugo y la víctima a la vez. Le ha dicho que se olvide, que la vida continúa, que al quitarle la vida a otro no has de terminar con la tuya propia, en sentido figurado, por supuesto. Que ellos no le reprochan nada, Pepe tampoco, aunque su reacción pueda dar esa impresión. Su marido es como el conductor, él tampoco ha podido sobrellevarlo nunca. Jamás habla del tema, esconde su pena tras su armadura masculina. Pero no la puede engañar, ni a ella ni al entorno. Se le nota, su arnés ya no brilla, la tristeza lo ha deslustrado, incluso hay manchas de oxidación.

El conductor al menos vino a hablar, en un intento de ahuyentar sus demonios. Además de lágrimas también fluyeron muchas palabras. No como una catarata, más bien un grifo goteando del que salían frases cortas con mucha cautela, como si quisiera evitar que Montse se ahogara en ellas. Pero, cuando lo cerró, cayeron aquellas dos últimas palabras. Y ahora retumban sin parar en la cabeza de Montse, con la voz de Chechu, malherido en el asfalto nocturno. Dos palabras de las que nunca conocerá el significado real, las dos primeras palabras de una frase inconclusa, que en sus pensamientos ya ha rellenado de cien maneras diferentes.

Pero ella no es su hijo; seguramente quiso decir algo muy diferente. Hacía tiempo que Chechu era imprevisible.

Montse sigue sin saber dónde se torció todo. Ojalá lo hubiera visto venir, pero no se dio cuenta de nada. ¿Era porque estaba demasiado ocupada? Es el reproche que más se ha hecho. Todos los días, todos los meses, todo el año en el restaurante. Pero los hijos siempre estaban cerca, desde sus primeros años ya. Comían al mediodía con ella y Pepe, los cocineros y los camareros antes de que abrieran las puertas. A las doce y media en la mesa, nada más llegar del cole, que estaba cerca, y no querían pagar una cantidad absurda para un menú en la escuela. Además, a los niños no les gustaba nada lo que servían allí. Nunca sería tan bueno como en casa.

Y esta era para ellos el merendero. En los largos veranos se pasaban el día entero ahí, jugaban en la playa, se tiraban al agua. Primero Marisol y Chechu, luego los acompañaba Adela. Y los amiguitos del colegio, del barrio, los hijos de los otros chiringuitos. Una juventud como la de Montse, aunque sus hijos conocieron más abundancia, eran aún más felices, creía ella. Chechu era un chico muy vivaracho. ¿Cómo habría podido Montse adivinar que se aventuraba en el crepúsculo? ¿Cómo habría podido saber quiénes fueron los amigos malos que le cogieron de la mano y lo llevaron a un lugar desde donde no habría retorno? ¿Por qué su hijo fue tan débil?

Claro que ella sabía que algunos chavales del barrio estaban enganchados. Pero venían de otras familias. O simplemente no tenían, vivían en hogares rotos, madres ausentes, padres alcohólicos. La crisis, el paro, sin estudios, sin dinero.

Tampoco a Montse y Pepe les sobraba el dinero, pero no eran una familia de esas. Ellos trabajaban y formaban un hogar feliz.

Cuando vio por primera vez los moratones y las heridas infectadas en el brazo de su hijo, ya era demasiado tarde. Chechu había llegado de nuevo muy tarde a casa, estaba durmiendo con la ropa puesta, las mangas de la camisa mugrienta enrolladas.

El día siguiente intentó hablar con él, sin Pepe presente, porque sabía que se pondría furioso cuando se lo contara; habría agarrado su hijo por el brazo maltrecho para gritarle de todo a la cara, lo malo que era, todo lo que lo había convertido en un perezoso e inútil que en su primer empleo no había durado ni medio año; lo esperaban en el andamio a las ocho menos cuarto y ningún día llegó a tiempo.

Cuando se despertó, Chechu no quiso hablar con ella. Salió de casa sin decir nada de los moratones en el brazo. Fue entonces cuando Montse lo perdió.

No lo debería pensar, y aún menos decir, pero su muerte también trajo alivio. En el caso de ella. No para Pepe y Marisol. Adela estaba sobre todo enfadada con su hermano.

El día después del funeral, se propuso no seguir recriminándose nada. Apreciar los recuerdos bonitos del Chechu más joven. Desear que su hijo viviera ahora en un mejor lugar. Por ahí, con su abuelo favorito. Juntos, en unas sillas de madera plegables, asustando a los turistas con sus cámaras.

Pero el conductor del camión de basura acababa de volver a traer a su hijo a la tierra, le había devuelto la vida. Con dos palabras.

El hombre estuvo en el funeral, dijo. Sin llamar la atención, detrás del numeroso grupo de amigos y conocidos del barrio que los acompañaban en el triste recorrido a Montjuïc, casi arriba del todo en el cementerio interminable, donde están los bloques más recientes de nichos. Chechu compartía tumba con su abuelo, en el sexto piso, desde donde se ve el lugar del accidente. Mientras su cuerpo hizo un rodeo por el mortuorio y el tanatorio, su alma voló directamente hasta aquí arriba, un viaje de apenas unos minutos o menos.

Montse no sabía cuál era el lugar exacto de los últimos pasos de su hijo. No le interesaba mucho, tampoco es que fueran a llevar flores allí, como se ve a veces en la carretera: ramos en el arcén, pegados en un árbol o en la barandilla. El chófer le acaba de describir el sitio.

El hombre había descargado su camión en el gran vertedero del Garraf y se dirigía de regreso al centro por el cinturón. Ocurrió justo después de la salida al cementerio, por un lado, y a Can Tunis, por el otro. Al cielo y al infierno. Cualquiera está muy atento, porque es un sitio en el que tienen miedo de equivocarse y, en lugar de subir a Montjuïc, adentrarse en Can Tunis. La antesala de la muerte, pero mucho más aterrador que el propio óbito. El mayor supermercado de heroína de la ciudad.

Nadie sabrá nunca por qué Chechu no se quedó debajo del puente de la autovía, como hacen la mayoría de los yonquis después de pincharse, y se coló por una verja y saltó la barandilla. ¿Adónde quería ir? ¿A casa por el cinturón litoral, la autovía casi vacía a esas horas? El conductor lo vio aparecer de golpe en la luz de sus faros. Demasiado repentino para poder frenar. Montse no quiso oír más detalles. El hombre se calló.

—Pero le quiero contar una cosa más. Lo tengo que soltar —dijo, antes de levantarse—. Siempre lo he tenido presente.

Se lo conté a mi mujer y a mis hijos, pero no me aportó alivio. Si soy sincero, no sé si le servirá. Pero a lo mejor entiende el significado y resulta ser algo importante para usted. O para su marido. Una lástima que no se haya quedado.

—No lo sé —le dijo Montse—. ¿Quiero oírlo?

—No es nada malo.

—Pues venga. Cuente.

—Me bajé enseguida del camión, junto con mi compañero, aunque nos temblaba el cuerpo entero. Cuando me agaché sobre su hijo, aún seguía con vida. Lo arrastramos hacia el arcén, antes de que pasaran más coches.

—Sí, eso nos lo dijo la policía.

—Me quité la chaqueta y se la puse debajo de la cabeza.

Montse traga saliva.

—Dijo dos palabras, casi inaudibles: «Mi padre…». Y después nada más.

34

Montse aún no se lo ha contado a Pepe. ¿Debe decírselo? ¿Quiere hacerlo? ¿Puede? Esta mañana ha preguntado qué quería aquel hombre anoche. Se lo ha explicado, pero no entiende por qué un desconocido viene a llorar a la madre de la víctima. Ella no le ha contado todo lo que hablaron. Ahora él está apalancado en su sillón, la televisión puesta sin sonido. Adela se encuentra en su habitación. Marisol, sentada en el sofá, con su revista. Dentro de una hora irá con su padre al restaurante.

Sí, Montse lo hará. Claro que lo hará. No como el conductor, masticando durante estos años aquellas dos palabras como un hueso indigesto. Y a lo mejor Pepe tiene la respuesta, el resto de la frase. Pero a la vez es el problema: si no lo sabe, puede que se torture aún más de lo que ya ha hecho los dos últimos años, que su mirada se apague aún más, que su risa se desvanezca aún más.

Y las chicas. ¿Qué les debe contar a ellas? A Adela no le importará demasiado. ¿Pero Marisol? Está sufriendo el mismo abatimiento que su padre. No porque quiera parecerse a él. Todo lo contrario, la distancia entre ambos parece haberse agrandado. En casa no se dicen ni una palabra. Pepe sigue dándole órdenes en el merendero, pero ella casi nunca le contesta. Cumple y eso es todo. Montse ya lleva dudando algún tiempo si Marisol podrá hacerse cargo del restaurante en el futuro. De todas maneras, solo tiene veinticinco años.

«Mi padre…».

Sí, debe compartirlo, por supuesto que tiene que compartirlo.

¿Por qué su padre? Hablando de distancia. Pepe estaba decepcionado cuando su primer hijo resultó ser una chica. Y fue el más feliz del mundo cuando llegó el niño, lo que Montse le prometió para tranquilizarlo nada más nacer Marisol. El chico que sería exactamente igual que él. Que, por supuesto, llevaría los mismos nombres. Pero que, en realidad, nunca se parecería a su padre.

—Pepe, cariño.

—Sí —murmulla. No gira la cabeza, la barbilla queda reposada en el pecho.

—Ese hombre, ayer. Dijo una cosa más…

—¿Otra vez el hombre…?

—Escucha. Esto es importante, también para ti. Y en realidad no me importa si quieres oírlo o no, lo que no voy a hacer es guardármelo para mí sola.

—Pero si ya sabemos lo que pasó, ¿no? Ninguna palabra puede cambiar eso. Una pena para ese hombre, no tiene la culpa, pero no me interesa su estado de ánimo.

—No va de él, sino de ti.

—¿De mí? —Pepe cambia de posición, por fin la mira a los ojos.

—Chechu dijo dos palabras justo antes de morir. Dijo: «Mi padre».

Él sigue mirándola, pero parece no verla. Parece que tenga los ojos en otro lugar. Esta no es su mirada mandona, insistente. Es como si la atravesase con ella. Montse se gira. Marisol, en cambio, la mira con los ojos como platos, la revista descansa sobre sus piernas. No dice nada.

Vuelve a girarse hacia su marido.

—¿Por qué dijo eso, cariño? «Mi padre». ¿Ahí en la carretera, en medio de la noche?

—¿Solo eso? —pregunta Pepe—. ¿Nada más?

—No, según el conductor no. Solo eso. Después, ya estaba muerto. ¿Qué habrá querido decir?

—¿Me preguntas a mí? Como si hablase mucho con Chechu.

—Ya. Justo por eso me lo pregunto.

—Joder, con qué peso me cargas ahora. «Mi padre...». ¿Qué tengo que pensar? ¿Mi padre es un cabrón? ¿Un gordo? ¿Mi padre me odia? ¿Mi padre es del Real Madrid? ¿Mi padre me convirtió en un drogadicto?

—¿Mi padre tiene que venir a buscarme?

—Vaya, quién sabe... Pero habría sido por primera vez en años.

—¡Pepe! No seas tan cínico.

—Perdóname, Montse, pero ¿para qué coño me sirve esto? ¿Y por qué ese hombre tenía que contártelo?

—Porque le atormentaba, dos años ya.

—Sí, ¿y qué? Ahora nos atormentará a nosotros. Sin que jamás seamos capaces de encontrar una respuesta. De verdad que... —Se levanta—. Voy al restaurante.

—¿Por qué? Aún es pronto. No huyas cada vez, Pepe...

—Yo no huyo para nada, pero tampoco puedo quedarme aquí tranquilo en mi sillón. ¿Vienes, Marisol?

—No.

35

Toca hablar un poco más en detalle sobre mis muertos. No solo aquellos de las epidemias, que parece que ya son parte definitiva del pasado, con los estupendos médicos y científicos que tenemos y los hospitales modernos. Ahora la gente muere de otras cosas. Aquí no suelen matarse, no soy Nueva York ni Medellín. En el tráfico hay más muertos. Mis habitantes juegan a la ruleta rusa en los cruces, apuestan para ver quién se atreve a saltar el semáforo que acaba de ponerse rojo o quién arranca justo antes de que se ponga verde. Esa es la epidemia de estos tiempos. Y el terrorismo. Nunca lo viví de manera tan espantosa como hace cuatro años: volaron a veinte, treinta personas inocentes en un supermercado, ¿qué crueldad es esa? No quiero gastar ni una palabra en ellos, en esos terroristas, pese a que ETA sigue dominando las noticias, casi a diario. Hace dos semanas pusieron una bomba en el cuartel de la Guardia Civil de Vic, aquí cerca. Una ciudad sosa, allí nunca pasa nada. Hasta aquel momento. Diez muertos, entre ellos cinco niños, decenas de heridos.

Por supuesto que existe el miedo de que quieran atentar otra vez contra mí en los prolegómenos de los Juegos Olímpicos o durante ellos, herirme hasta en el alma, justo cuando todo el mundo me está mirando. Es lo que quieren, llamar la atención a costa de ciudadanos inocentes. Precisamente ahora que las guerras —igual que las plagas— parecen tiempo pasado.

Dios, cómo me han maltratado a lo largo de los siglos. Solo por ansias de poder, porque el uno no le permitía al otro mandar sobre mí, sobre el entorno, sobre el país. Lamentablemente, siempre fui bastante importante. Situación estratégica, lo llaman. Claro, otra vez esa mar. Puerto de llegada de alimentos y armas, de bienes y personas. Atalaya sobre esta parte del Mediterráneo.

Ojalá hubiese podido encerrarme, o taparme, mejor aún. Pues los peores males llegaron desde el cielo. Incluso me bombardearon desde mi propia Montjuïc, qué sinvergüenzas, como si una persona se clavara una navaja afilada en su propia barriga, lo bastante profundamente como para causar daños considerables, pero no suficiente para fallecer. Siempre seguí con vida, cada vez volví a levantarme; tarde o temprano, las heridas se cerraban; me siento una lagartija que pierde numerosas veces su cola y luego le vuelve a crecer.

El sufrimiento no es menor por eso. Tantos muertos. Menos mal que la última guerra fue hace tiempo ya, aunque ¿qué son cincuenta años en una vida de siglos? Puede que suene contradictorio, pero me alegra que esa guerra haya dejado algunas huellas. Para no olvidar, porque la gente suele olvidar demasiado rápido. Los habitantes vienen y van, yo me quedo. Algunas cicatrices no desaparecerán nunca, como en la plaça de Sant Felip Neri. Era preciosa y sigue siéndolo, a pesar de Franco. Lleva sus cicatrices con una dignidad que me enorgullece. Los sádicos bombardearon una plaza de total inocencia, donde se juntaban una escuela, una iglesia y un monasterio. Los edificios se derrumbaron, casi cincuenta niños encontraron la muerte. De la iglesia solo quedó la fachada en pie, llena de agujeros de la metralla. Y esas secuelas siguen ahí, para no olvidar, ya lo dije. Ciertas heridas no debes taparlas con una capa de cemento. Una ciudad no es nada sin su pasado.

Desde hace mucho hay de nuevo un colegio en la plaza. A la hora del patio se cierra a los visitantes y se convierte en un lugar de recreo exclusivo para los alumnos. Para mí significa un homenaje a esos niños de la guerra que nunca pudieron ser mayores. Es como un símbolo de que la vida continúa pese a todo. La única lástima es que, una vez que los niños se van a casa, la fuente del centro de la plaza, debajo de las tres impresionantes tipas con sus hojas verdes, se convierte en punto de encuentro de yonquis que limpian sus jeringuillas en el agua y se meten otro chute. No lo entiendo. Les ofrezco mi regazo para vivir, no para morir voluntariamente.

36

Marisol intenta ignorarlos, pero es imposible. Ojalá estuviera aún el abuelo aquí. Habría espantado a los fotógrafos con su bastón y soltado improperios con su voz aguda que volarían por la calle como golondrinas trisando. Menos mal que el *avi* no tiene que sufrir esto, si no saldría también en las revistas, fotos de página entera con su cara gruñona, la saliva goteando de la boca, de la cual los «hijos de puta» saldrían rodando como las ruedas chirriantes de una excavadora.

Los *paparazzi* llevan ya dos semanas, siempre en la misma esquina. No se atreven a meterse en la calle desde que los dos hijos de los vecinos de arriba fueron a hablar con ellos. Bueno, a «hablar»; parece que intimidaron un poco, así funcionan las cosas en el barrio. Un fotógrafo dijo que iba a poner una denuncia. Que se olvidara, le dijo Manel, el agente de la urbana, y les aconsejó que respetasen la privacidad de los vecinos. Si tuviese competencia, que no la tiene, desalojaría a los *paparazzi* él mismo.

Esto es muy diferente a ver las fotos en el *Pronto*, el *Lecturas* o el *Diez Minutos*, que Marisol también hojea de vez en cuando. Le parece normal que los famosos salgan cada semana retratados, quieran o no. Ellos mismos se lo buscan muchas veces, deben su fama a querer ser celebridades, avisan a los fotógrafos con novedades de su matrimonio, un bebé, un nuevo amor o una enfermedad grave, y se venden de manera exclusiva al mejor postor. Pero Marisol y su familia nunca persiguieron eso, jamás lo quisieron. A su padre aún le hace algo de gracia, cree que puede tener un efecto positivo para el restaurante, pero de momento toda esta atención atrae más mirones que comensales.

Su madre dio un grito cuando, al querer salir de compras al mercado, se topó por primera vez con dos, tres hombres en la puerta. Marisol estaba en la penumbra del comedor y vio el objetivo de una cámara en la luz deslumbrante del día y oyó el repiqueteo de otras cámaras, como si un pelotón de fusilamiento soltara una salva a su madre. Con el susto, Montse cerró la puerta de golpe y bajó la persiana del comedor.

Todo es culpa de Adela. ¿En qué se ha metido? Llevaba semanas sin verse con el duque cuando este volvió a Barcelona y le propuso quedar. Fue en el yate de un amigo en el puerto. Un fotógrafo descubrió a Jaimito. Hizo fotos desde lejos, justo cuando le ponía el brazo en el hombro de Adela. Fueron apenas dos, tres segundos, dijo su hermana. Ella se apartó, porque no le apetecía nada ese brazo en el hombro. Dos segundos que los condenaron a una persecución que ya dura dos semanas.

¿Por qué Adela? La suerte está mal repartida en el mundo. Su hermana ya tiene éxito con el waterpolo; este verano se convirtió un poco en una estrella, aunque sigue siendo solo waterpolo, claro. Tiene una vida placentera, estudiar un poco y practicar deporte. Más no necesita, dice. Tampoco chicos. Solo la distraerían. Si fuera realmente la pareja del duque, sería la menos bella entre todas aquellas que han pasado por el castillo. Sí, perdón, queda feo que Marisol piense eso de su hermana, pero es así. Además, la propia Adela tampoco se considera guapa.

Cierra la puerta tras de sí. La luz del día la asalta, como siempre en verano. En casa reina la oscuridad, aun cuando el sol toca un rato su fachada, pues es cuando se baja la persiana del comedor, igual que de los tres dormitorios de atrás. Todo para defenderse del calor. Esa negrura eterna en casa, la pequeña ventana del comedor donde el sol intenta colarse sin éxito… Es extraño que, de pequeña, e incluso como adolescente, nunca le molestara, que le pareciera lo más normal del mundo hacer los deberes en esa mesa con la luz del fluorescente del techo. Nada ha cambiado desde entonces. Cuando hay alguien en casa, la única iluminación viene de la pantalla del televisor encendido, ya que su madre prefiere que, si no hace nada en la cocina, esté la luz apagada.

Marisol ronda la esquina, oye los clics de las cámaras. ¿Cuántas fotos habrán hecho de ella? Un día sacó la lengua; mejor no volver a hacerlo. Sí, ella también ha salido en las revistas. Sola, con su madre, con su padre. Son «la familia de»… Es el tema del verano en el barrio, claro. Normalmente a estas alturas del año los *paparazzi* deambulan por Marbella, Puerto Banús e Ibiza, donde veranean los ricos y famosos, o en Mallorca, cuando en agosto aterriza la familia real.

«¿Dónde está tu hermana?», grita un fotógrafo. Marisol no le hace caso. Ya se conoce todas las caras.

Ha fantaseado con el asunto, los últimos días. Que no estén buscando a Adela, sino a ella. Jaimito cogido del brazo. Julia Roberts en la Barceloneta. Una duquesa en un castillo o simplemente en una casa grande, en una ciudad o en el campo. Lejos de aquí, de la esclavitud del restaurante, del padre mandón.

El duque la miró, ¿eh? Aquel mediodía en la terraza. O fue más que solo mirar. La desvistió con la mirada, despacio, de arriba abajo. Marisol estaba furiosa consigo misma por llevar todavía el delantal. Por lo general, cuando llegan los primeros clientes ya se lo ha quitado. Una buena anfitriona no recibe en delantal. Los sirvientes del castillo de un duque lo llevan. Así que perdió todas sus opciones; desde el principio ya, Jaimito no pudo mirar más allá del delantal, no vio a la mujer de veinticinco años con pelo oscuro, levemente rizado, una cara mucho más fina que la de su hermana y sin pecas. Se parece más a su madre, pero con la nariz más grande, menos mal. Demasiado, pensaba cuando era pequeña, pero ahora ya no. Mejor esto que un pico minúsculo y puntiagudo. También tiene el cuerpo esbelto de su madre, pero le lleva una cabeza. Nadie sabe de dónde le viene esa altura, aunque Chechu medía igual. Marisol vio al duque mirarle los pechos cuando ya se había quitado el delantal. Como si ella quisiera enmendar su error, enseñarle más que una sirvienta. No es que le guste la ropa sexy, pero la camisa le iba un poco estrecha, como si su madre la hubiese lavado a noventa grados, y le tiraba entre los dos botones a la altura de los senos. Sin querer, le ofreció una ojeada por el pequeño ojo de cerradura detrás del cual había una mujer seductora.

Qué tontería. Está soñando. No es guapa, nunca lo fue. Pero Adela tampoco. Eso decían también las revistas, que la elección del duque había sido sorprendente. Bueno, sí, que era muy deportista, eso le gustaba a la gente. Pero, por lo demás, ¿por qué ella?

Adela tiene tiempo para hacer deporte. O para hacer otras cosas. Ella sí. Muy cómodo, eso de ser la más joven. No te obligan a nada, los padres no te exigen tanto. No te hacen trabajar en el restaurante cuando tus amigas aún siguen en los bancos del colegio. No hacía falta, para su futuro, que Marisol tuviese algún diploma. No solo lo dijo su padre, al final su madre también estaba de acuerdo. A Montse le importa sobre todo que se haga cargo en el futuro del merendero, porque el restaurante nunca perteneció a los hombres, siempre pasaba de la madre a la hija mayor. Su padre fue un intruso, bromeaba su madre, un bandolero del interior que conquistó el restaurante y le puso su propio nombre. Marisol, así se tendría que llamar el chiringuito en el próximo siglo, cuando pensaban aún que permanecería hasta la eternidad.

Gira a la derecha, deja a los fotógrafos atrás. Ya no queda nadie en casa, estarán todo el día esperando para nada. O vendrán a la playa, los objetivos continuamente apuntando a la terraza. Como si el duque fuese a aparecer por aquí. Adela tampoco suele venir casi nunca. Algunos de los clientes habituales ya empiezan a quejarse. Nunca va mal un poco de interés por la Barceloneta, ya se publicaron largos reportajes sobre «el barrio donde Jaimito perdió el corazón». «El barrio pesquero escondido» fue uno de los titulares. Escondido para ellos, sí, los ignorantes. También escribieron sobre «la rebelión contra el paseo marítimo» de la que su padre sería el gran impulsor, el capitán de los galos que se resistían ante el avance olímpico, y decían que su padre tenía parecido con Obélix.

—¡Hola, Marisol! —La voz aguda de Bernardo.

Es el único que realmente disfruta de la atención. También salió en todas las revistas con su guitarra. Lo invitaron a un programa de televisión para hablar de la Barceloneta y de los chiringuitos, donde lleva actuando desde hace décadas, con sus zapatos impecables en la arena, sudando en su traje, sus orejas enormes, que lo podrían refrescar un poco si supieran aletear. Pero ya se podía prever que, una vez ante las cámaras, no quisieran saber nada del barrio: todas las preguntas iban sobre Adela y el duque. Bernardo simuló no oírlas, pasó de ellas o dijo que no sabía nada, y entonces cogió su guitarra y empezó a tocar y cantar de manera espontánea y pusieron fin a la entrevista.

—Hola, Bernardo. Hace calor de nuevo hoy.

«¿Quién es ese loco de la guitarra? —preguntó François un día—. ¿Un mendigo?».

Marisol lo mandó a enjuagarse la boca. Bernardo es un mito, alegra la vida de cualquiera, sobre todo en estos tiempos.

Ella recibe el besito al aire de aquel y se va para dentro, donde ve a Tintín en la cocina. «Bonjour», dice. Con los años, ha aprendido algunas palabras en otros idiomas. Sobre todo de los alemanes. Esos no hablan nada de castellano ni inglés. Preguntan todo en su propia lengua; a su padre le enerva y entonces la llama a ella, pero Marisol tampoco tiene facilidad de idiomas. *Fleisch.* Esa nunca se le olvidará, pues la mujer alemana que pedía carne sin que ella la entendiera empezó a gruñir como un cerdo: «Oinc, oinc». Y su marido se sumó, mugiendo como una vaca. Los otros comensales los miraron con extrañeza.

Marisol no podría estar con un alemán. Ni ningún extranjero. ¿Cómo se hace, hablar con el otro si no coinciden las lenguas? Tintín siempre hace la misma broma sobre el tema, dice que donde más rápido aprendes otro idioma es en la cama. Pero el acento no lo pierdes entre las sábanas. Bueno, al menos él no. No puede pronunciar la erre. ¿Qué tiene eso de difícil? Marisol intentó enseñárselo, hizo vibrar su lengua como el timbre con el que el chatarrero anuncia su llegada, pero a François no le sale.

Tintín es gracioso. Ya le dejan hacer mucho más que cuando llegó. No es malo cocinando. Y pregunta cosas raras. Cosas que son muy normales, pero de las que ella no se da cuenta. Que si Bernardo es un mendigo. Que por qué la gente deja tan poca propina. Que por qué se usan almendras para la base de una salsa. Que cómo que el bistec es un trozo de carne tan fino y demasiado hecho en lugar de esos filetes gruesos y medio crudos que sirven en Bélgica y otros países. Que por qué Marisol no tiene novio.

No tiene tiempo para los chicos, supone que será eso. Los pocos que conoce son del barrio y todos le recuerdan a su hermano. Siempre teme que les espere el mismo destino.

No quiere pensar en Chechu. No es bueno. Le entra un ataque de hiperventilación. Se le revoluciona el corazón. Esa última noche… ¡No! ¡Fuera! ¡No pensar en ello! «Mi padre…». ¿Y qué hubiera pasado si papá…? ¡No! Ya no sirve. No se puede dar marcha atrás. ¿Y si ella misma…? ¡Para! Es peor; seguro que esta noche no conciliará el sueño. No pensar en ello. Trabajar duro, no mirar demasiado a su padre, callarse, ser simpática con los clientes, trabajar más, hasta después de medianoche, hasta que esté tan cansada que ya no sea capaz de pensar y caiga a plomo en la cama.

37

—Buenos días, cariño. —Montse saluda con cierta sorpresa a su hija mayor—. Has venido pronto. Ya sabes que a estas horas no hay mucho trabajo.

—Da igual —dice Marisol—. Mejor aquí que en casa en la oscuridad.

—Dentro de unos días los fotógrafos ya se habrán marchado y podremos subir la persiana.

—Como si eso aportara más luz.

—¿Ahora te vas a quejar? ¿Qué te pasa?

Marisol se encamina a la cocina, callada.

Montse echa una ojeada a la sala vacía. Su hija ya puso las mesas anoche. O esta madrugada, casi. Se queda trabajando cada vez hasta más tarde. Cuanto más calor hace, más tarde llegan los comensales y más tiempo se quedan.

Montse está cansada. Y no es la única. El mal humor de Marisol no es una excepción. Todos están rabiosos. Por culpa de la incertidumbre, por no saber qué hacer, por el tonteo de Adela con un niñato ricachón de la nobleza, por los pesadísimos *paparazzi*, por la falta de vacaciones. Cada año Montse desea que llegue agosto; trabajan durísimo en junio y julio para cerrar las puertas en agosto y desaparecer un mes entero, pero este año decidieron seguir abiertos todo el verano.

Ahora agosto la arredra. No es que fuera a irse de vacaciones. Suele quedarse en casa, pero Pepe se va a ver a la familia a Ponferrada o con los pescadores al mar, o a pasar con sus amigos la mañana entera en el bar, comenzando con un desayuno en la Cova Fumada, y es cuando ella disfruta del silencio. Marisol se marcha a la playa en tren con una amiga, a Arenys o Calella, o hacia el otro lado, Castelldefels o Sitges, y Adela está en verano de viaje con su equipo.

Montse nota la falta de descanso en su cuerpo protestón. Y aún más en su cabeza. Hoy, encima, es el aniversario del fallecimiento de Chechu. Esta mañana, temprano, fue a su tumba; después ya no tiene tiempo. Y a primera hora aún no hace demasiado calor para el largo ascenso. El autobús solo sube los domingos por las calles del cementerio; Montse baja en la tercera parada antes de la cima. Entre semana, el bus termina su recorrido en la entrada y le esperan los cientos de peldaños entre los muertos. Las tumbas de abajo son lúgubres, ahí casi no llega la luz; hay más cipreses, que son altos y frondosos. Los arcaicos panteones deben reflejar la riqueza de sus inquilinos perpetuos, pero a ella le parecen lóbregos, también porque nadie parece mantenerlos, como si esas familias se hubieran extinguido hace años. Al principio, poco después de que enterraran a su padre ahí, Montse se perdía en Montjuïc. Cada vez que iba le costaba encontrar el nicho. El día del entierro, la comitiva seguía el coche fúnebre y no se fijó hacia dónde se dirigían, en cuál de los miles y miles de nichos sepultaron a su padre. Al estar en el sexto piso, siempre tiene que arrastrar una de las escaleras con ruedas, que son muy inestables, y subir un sinfín de escalones para cambiar las flores de los dos jarrones. La primera vez que regresó se extravió en el laberinto; sabía el nombre de la calle, la Santíssima Trinitat, ya que, como en una auténtica ciudad de los muertos, cada calle lleva el nombre de un santo, pero solo encontrarla ya fue un calvario, estaba mucho más arriba de lo que recordaba, y una vez allí tampoco sabía en cuál de las infinitas filas de nichos se encontraba su padre.

Ahora llega a ciegas, sabe en qué parada bajarse del bus; prefiere ir los domingos para ahorrarse la escalada. Hoy es jueves, pero el recuerdo de Chechu es aún demasiado vívido como para saltarse el día. Reposa en el mismo nicho que su abuelo, es una ventaja. Pero también es extraño, ver esos dos nombres en el mármol con sus fechas de nacimiento y muerte, el uno con una vida larga, a pesar de la guerra, la represión, la pobreza y todos los contratiempos, y el otro, extremadamente corta, impetuosa y atormentada, justo cuando el país se había librado del yugo y comenzaba a alcanzar cierta prosperidad.

Esta mañana Montse ha estado llorando. En silencio. Solo lágrimas, nada de llantos. Se sentó un rato en un pequeño muro, al lado de una tumba en la que no se había fijado antes. Encima estaba el busto en piedra de una mujer con un gorrito algo raro. Muy realista. Impresionaba. Había sido azafata, ponía. Solo dieciocho años. Aún más joven que Chechu. Fallecida en el ejercicio de su profesión. ¿Qué le habría pasado?

Desde ahí tenía vistas sobre el puerto. Los contenedores, los buques de carga. Oyó el crujir de las grúas, vio un avión acercarse para aterrizar en el aeropuerto del Prat. Delante de ella, a sus pies, detrás de las diferentes terrazas llenas de tumbas y nichos, la ronda litoral, tan llena habitualmente y ahora tranquila. La ciudad empieza a vaciarse; los niños ya llevan un mes de vacaciones, sus padres están a punto de comenzarlas.

El próximo año será muy diferente, dijo el alcalde. Lo pone en los periódicos. Lo dicen en las radios. El año que viene por estas fechas se esperan decenas de miles de visitantes de todo el mundo. Deportistas y periodistas, pero también espectadores, curiosos. Debemos recibirlos con los brazos abiertos, añadió, para que esa visita no sea su última, para que regresen a ver y admirar aún más la ciudad. Una metrópolis vieja y monumental que se ha subido al tren de la modernidad y que por eso ha hecho desaparecer los últimos núcleos de chabolas. También están renovando y ampliando el aeropuerto.

Veremos si es verdad. Bloques de pisos de hormigón pueden ocultar en su interior tantas vidas precarias como una chabola de madera o de lata. Sigue habiendo barrios donde la gente no se atreve a adentrarse, como antes nadie quería subir a Montjuïc. Y en los periódicos hablan de otras ciudades que acabaron en bancarrota tras organizar los Juegos Olímpicos. Tal vez esta edición signifique la quiebra de su negocio y tenga razón Adela en que deben buscarse algo nuevo, otro emplazamiento, un restaurante moderno con un suelo de gres limpio y paredes rectas e impolutas y una cocina de estos tiempos. ¿Pero dónde? ¿Qué pasará si los clientes ya no saben encontrarlos? ¿Deben cambiar el menú? ¿Cocinar de manera diferente? No pueden.

Montse observa a Marisol. El merendero es también el futuro de su hija mayor. Sobre todo de ella. Pero no habla mucho del tema. Nunca dice lo que realmente le apetecería.

Parte IV

Agosto de 1991

38

—¿No tienes hambre? —le pregunta Jaime.

—No sé —contesta Adela, el tenedor colgando entre el pulgar y el dedo índice.

—¿Te pasa algo?

—No sé.

—Pues entonces sí.

—¿Sí qué?

—Te pasa algo.

—No sé... Solo de ver los precios de los platos se me quitan las ganas. Esto no es normal. Aunque para ti sí.

—Ya sabes que estás invitada.

—No es eso. ¿Qué debe de pensar el camarero? ¿O el cocinero? Seguro que jamás en su vida pagarían cuatro mil pesetas por ocho gambas.

—Supongo que aquí tienen un buen sueldo. Y las propinas.

—No es mi mundo, Jaime. Ya he visto demasiados restaurantes de este tipo contigo. Joder, encima en una noche de verano; la gente con camiseta en las terrazas y nosotros aquí, en un semisótano donde no llega la luz de la calle.

—Ya sabes que no me puedo sentar en una terraza. Y menos ahora.

—Ya...

Adela le había propuesto subir a Collserola, al merendero de Can Martí. Al aire libre, pero bien escondido en la ladera de la montaña, entre los pinos. Una aventura para llegar, serpenteando con el coche por las calles más empinadas de la ciudad. No el de Jaime, por supuesto, para no llamar la atención. No cabría por allí y aparcar con ese trasto sería un suplicio; es otro distinto al de la noche del rompeolas, más grande aún. A ningún fotógrafo se le ocurriría buscarlos en el bosque, justo por encima de la carretera de les Aigües, el camino de tierra donde a principios de temporada van a correr con su equipo del club. Nadie esperaría allí al duque, en un lugar tan sencillo, ni lo reconocerían si se pusiera la gorra. Es como ir de campo a un paso de la ciudad. Pero Jaime no quería, tiene pánico a lugares abiertos, al aire libre. También es para protegerla a ella, dice, con todo el follón que se ha montado.

Pues sí, mucho follón. Adela ni quiere ver las revistas, bastante tiene con la persecución diaria. Sobre todo con evitarla, escaparse de los objetivos, más fotógrafos que en la final del Mundial. Tiene razón, Jaime. No podrían sentarse tranquilamente en una terraza. Aunque no aparezcan *paparazzi*, el mero hecho de que puedan presentarse en cualquier momento le pone de los nervios. Patricia, la portera del equipo, se fue de vacaciones y le ha dejado su piso en Gràcia para evitar la Barceloneta un par de semanas. Adela se acerca casi cada día a la piscina de Can Caralleu, un poco apartada, para no perder la forma. De noche queda con las amigas en alguna de las plazas de dicho barrio; es un oasis de juventud, los restaurantes son baratos. Y ahí nadie la busca. Cómo le gustaría tener un pisito por la zona, pero le dijo Patricia que, debido a los Juegos, ya habían empezado a subir los precios.

Le gusta esta vida, antes de regresar a la competición y los estudios. Aunque sabe que no es vida para compartir con un duque. Creía que ya se lo había dejado claro en el rompeolas, pero cuando está en Barcelona Jaime no para de invitarla. No debería haberle dado el teléfono del piso de Patricia; suerte que no le pasó la dirección. Y, la verdad, mejor no cenar con él en una terracita de aquí; se vulneraría la guarida que Adela se ha creado para estas semanas.

Así que, venga, volvemos otra vez a uno de estos tan clásicos, uno de los pocos que permanecen abiertos en agosto. Paredes oscuras, luz tenue. Un gallego, a Jaime le apetecía marisco. Están acostumbrados a famosos, saben cómo protegerlos de los *paparazzi*. El portero es un crack, dice Jaime. Igual que la del equipo de Adela. Ja, ja.

Ella no tiene ganas de jajas. Le va a decir que esta será la última cena, solo ha aceptado la invitación por eso. Pero no sabe cómo sacar el tema. Aún no ha probado ni una gamba; no suele comerlas con cuchillo y tenedor.

—No es vida —dice Adela—, no poder sentarnos en una terraza. Tomarnos una cerveza entre la gente. Sentir el verano en la piel, ese airecillo agradable a medianoche, las pocas ganas de meterse en casa, de ir a la cama.

—Como deportista de élite tampoco lo harás tanto —replica Jaime.

—Pues justo por eso. Estas son las pocas semanas que puedo, con entrenamientos muy ligeros y no a primera hora. Ya casi se me acaba el chollo.

—Bueno, no sé, a lo mejor después de cenar podemos tomar algo, no sé dónde. Ya me pondré la gorra.

—No es solo eso, Jaime. Tú y yo no pintamos nada juntos.

—Pues a la prensa del corazón le ha gustado el tema...

—No me hables...

—Perdón, perdón, era una broma. De las mías. Sé que es un fastidio.

—Tú vives de eso, de la atención. Yo no.

—Nunca la busqué.

—Pero creo que lo disfrutas. Mi hermana dice que hay famosos que venden sus chorradas a la prensa.

—Yo nunca. No necesito el dinero. Pero hay gente que sí lo hace, lo reconozco, incluso alguien que ha estado conmigo en un bar…

—Una de tus pretendientas… —lo interrumpe Adela.

—O un supuesto amigo, yo qué sé. Es lo que me gusta precisamente de ti, que tú no buscas ese escaparate.

—A ver, si quieres evitar la atención mediática, lo tienes fácil, te quedas en tu castillo, seguro que allí no aparece nadie.

—No te creas. Los *paparazzi* han llegado a hacer guardia a las puertas. Pero tengo treinta años, no es edad para retirarse en un castillo donde además planea todo el rato la sombra mis padres en cualquier rincón de cualquier habitación.

—Lo siento.

—No pasa nada. Yo también lo siento. Por esa mano en el yate que ha provocado todo esto.

Están sentados en una mesa algo apartada, en uno de los varios salones del laberinto que es el sitio. Los otros comensales ni los han mirado, algunos parecen extranjeros.

Adela posa suavemente su tenedor en la mesa, coge una de las gambas con la mano, le quita la cabeza y la chupa.

—Tiene solución —dice—. Si nos dejamos de ver, todo se apaciguará pronto.

—¿Y si no quiero?

—Es que no entiendo lo que te ha dado por mí, de verdad. Tenemos muy poco en común.

—Los dos somos deportistas. Olímpicos, encima.

—Bueno, deportistas… —Adela se ríe—. Creo que en tu caso es más el caballo quien hace el esfuerzo, ¿no? Ji, ji. Perdón, no debería decirlo, pero me hace gracia.

Jaime deja escapar una sonrisa, sin ja, ja.

—También he de entrenar mucho —se defiende—. Sobre todo, este año que viene. Puede que traiga mi caballo a Barcelona.

—¿Y eso?

—A lo mejor me instalo después del verano aquí, o en las afueras.

No, por favor, no. ¿Por qué? No será por ella, ¿no? Ya es hora de decírselo con claridad, que nunca será la chica del soltero de oro de España. Si sintiera algo especial, una atracción física… Pero nada. Se lo pasa mejor en las concentraciones de waterpolo, charlando con Laura en la habitación, cenando en grupo; ese es su mundo. Y no quiere que nada la descentre del camino a los Juegos, ni de los estudios, que a lo mejor aparta durante un tiempo. Si Jaime quiere compañía en Barcelona, que se la busque. En el Real Club de Polo; ese es su mundo. O de noche en el Universal u otro de los bares pijos del carrer de Mariano Cubí. Si no encuentra ninguna princesita ahí, pues de madrugada en el Otto Zutz; siempre sobrará alguien.

Díselo ya, tonta. Dile todo esto.

—Pero si eres muy de Madrid… ¿Por qué en Barcelona?

—Bueno, los Juegos, por un lado. Y los negocios, sobre todo —dice Jaime.

—Apenas me has contado nada de eso, aparte de la broma de una discoteca con piscina.

—Es que no es seguro todavía. Me gustaría abrir un bar aquí, o un club, mejor dicho. Algo grande, olímpico. Ya te dije, creo que el futuro está en Barcelona, más que en Madrid. Nos ganasteis con la candidatura de los Juegos y noto bastante envidia en la capital. Eso quiere decir que se lo huelen ya. Y estando aquí me doy cuenta de que Barcelona es más abierta, más cosmopolita, debe de tener que ver con el mar.

—Pero si los Juegos durarán dos semanas y ya está. Vale, están arreglando la ciudad, pero cuando se apague la llama en

Montjuïc todo volverá a ser como antes. Bueno, sin el chiringuito de mis padres, y habrá unas cuantas víctimas más del huracán olímpico. ¿Qué va a aportar más? Sí que se nota que la gente se está moviendo, abren nuevos restaurantes, bastante más luminosos y contemporáneos que este, y bares de diseño, pero no creo que tenga que ver con los Juegos, es más porque mi generación, que apenas vivió la dictadura, se está haciendo adulta.

—No sé… Creo que los Juegos pueden contribuir mucho a eso, que la gente va a alucinar. Primero los deportistas: miles de todo el mundo, en una villa olímpica al lado del mar, en la misma playa. ¿Dónde vas a encontrar eso? ¿Qué otra ciudad grande tiene esto, además de los edificios de Gaudí, la Rambla, el barri Gòtic, una gran playa con un paseo? Río, con Copacabana. Y pocas más. Sídney, creo, pero no he estado nunca. Y del centro de Los Ángeles a Santa Mónica hay no sé cuántos kilómetros. ¿No te lo imaginas, la Barceloneta como la Copacabana de Europa? Y tú la chica de Ipanema.

—Pufff, déjate de tonterías. ¿Y de qué depende lo del bar?

—Bar no. Club.

—Bueno, como quieras llamarlo.

El camarero se acerca para retirar los platos, pero se da la vuelta cuando ve que permanecen cinco de las ocho gambas. Jaime tampoco se ha comido todos los percebes, que a Adela no le convencen mucho. En el merendero nunca tienen, por caros.

Jaime se inclina un poco sobre la mesa, le quiere coger una mano, pero ella se pone a pelar rápidamente otra gamba.

—No debería contártelo —dice el duque—, pero para que veas que te tomo en serio, que te tengo confianza.

—Si no quieres, no pasa nada. Tampoco sé si me interesará mucho.

—Da igual, yo te lo cuento. Tengo aquel club en Marbella, ya lo sabes, como parte de la herencia; mi padre lo montó con los barones de Fleischwangen, que son dueños de medio Puerto Banús, y unos inversores más.

—Sí, me lo dijiste. ¿Cómo se llama? ¿La Meca?

—No, Club Medina. Como la ciudad árabe. Y la desaparecida medina de Córdoba. Mi padre y sus socios lo promocionaron como un punto de enlace entre culturas; ya sabes cómo funciona eso, es más marketing que realidad. Y fue un acierto. No eran tontos, el nombre debía servir sobre todo para atraer a toda la familia y el séquito del rey Fahd de Arabia Saudí cuando viene cada verano a la milla de oro; no te puedes imaginar cuántos son ni, sobre todo, cuánto se gastan.

—No creo que vayan a venir a Barcelona…

—No, no es eso, no lo quiero copiar. Te lo explico por otra razón. Un club, una discoteca, un restaurante o un hotel no se construye tal cual. Hay que conseguir el terreno, lógico, la parcela. Pero más que nada hacen falta permisos, que cuestan dinero.

—Normal. Aunque esa falta de permisos ha condenado tras tantos años a los chiringuitos.

—Ya. Vete a saber qué habría pasado si tus padres y los otros hubiesen pagado.

—¿A quién?

—Pues de eso se trata. A quién. Hay que saberlo. Informarse. Los permisos, las concesiones, vienen de las administraciones. Donde trabajan funcionarios, algunos con mucho poder. Pero con sueldo de funcionario, que no es tanto. Y además las administraciones son también políticas, en manos de alcaldes, presidentes y sus lacayos, como los concejales, ministros, consejeros… Personas, antes normales, que se encuentran de golpe también con un poder enorme, una potestad que no esperaban. Y para la que no están preparados.

—No te entiendo.

—El poder corrompe. Aún soy joven, pero lo he visto por todos lados. Y lo he conocido, en las cenas y batidas de caza que montaba mi padre, con gente influyente. Gente que decide. Y muchas veces esas decisiones tienen un precio. No sé qué va a pasar en Marbella ahora, pero acaban de elegir alcalde, con mayoría absoluta, a un tipo que es constructor y que en los últimos años ya ha levantado no sé cuántos pisos y casas en lugares que pensábamos que estaban vetados a la construcción. Bueno, igual que el Club Medina, que mi padre lo hizo levantar casi encima de la playa, sobre las rocas. Pagando para arreglar un poco los planes urbanísticos, claro. Así está todo el país, y, si no lo aceptas, si no tragas, si no pagas, no tienes ninguna oportunidad. Así que…

—¿Lo tuyo de aquí depende del dinero?

—Claro. A ver, me lo ha dicho el constructor que he contratado, pero ya me lo imaginaba. Que nuestro plan tiene buenas posibilidades, pero siempre se ha de pagar algo extra. Incluso el propio constructor me subirá el precio, y el arquitecto, porque también han leído las mentiras sobre la fortuna que he heredado. Pero luego está el funcionario, o el político, o su partido entero. Todos en la misma cola ante la caja registradora. ¿Quién es el último, por favor?

—¿También aquí en Barcelona?

—Joder, justo ahora en Barcelona. No sabes cuánto dinero se mueve estos años, los miles y miles de millones que cuestan todas las obras. Un tres o cinco por ciento extra, comisión por aquí, regalitos por allá, nadie se dará cuenta entre tanta avalancha de dinero público. Es una locura.

—Y tú has de pagar…

—Claro. Más que nada si quiero que sea un club. El emplazamiento ya está decidido, es una parcela pública, y oficialmente el permiso será solo para un restaurante, pero un restaurante cierra la cocina a las once y se acabó. En un club, o sea, restaurante de día y bar y discoteca de noche, puedes alargar el horario, y con las bebidas ganas mucho más que con las comidas. Ese extra que hemos de pagar lo recuperaremos enseguida.

—¿Hemos?

—Sí, no lo monto solo. No entiendo mucho de este tipo de negocios. Es un pequeño grupo de socios. Y Arturo también está.

—¿Tu amigo el nadador?

—Sí. No por dinero, más por su nombre. Sería algo muy grande, inaugurar el club de un campeón olímpico de Barcelona 92, ¿no?

—¿Qué dices? Casi nadie lo conocía hasta ahora; como vive en Miami… No es ni de Barcelona. Y los nadadores nunca seremos estrellas, olvídate de eso.

—Bueno, da igual, a él le hace ilusión y sus padres aportan algo de dinero.

—¿Y a quién has de pagar para adaptar el permiso?

—Eso ya no te lo puedo contar, Adela.

—Pero si se enteran los periódicos de aquí… O mi padre, por ejemplo, que ya está mosca con el alcalde y el ministerio. No sé, a mí esto me parece muy fuerte. Creo que preferiría no saber nada.

Adela habla en voz baja y mira a su alrededor, tiene miedo de que la gente los oiga, pero nadie se fija en ellos, cada uno está a lo suyo. Acaba de comer la última gamba. No ha pedido un segundo plato. Su intención era no alargar demasiado esta última cena, pero aún no le ha dicho a Jaime lo que le quiere decir. Tampoco sabe si es el momento adecuado. La verdad es que no sabe qué pensar ni qué decir. Si sus mundos ya eran diferentes, lo que acaba de contar Jaime agranda aún más la brecha. Alguna vez su padre soltaba palabras como «vendidos» o «corruptos», pero más por frustración que por conocimiento. Bueno, él invita a policías a una copita, pero eso no parece tener nada de malo. Mantener y cuidar las relaciones, dice. Cosas del barrio. Esto va mucho más allá.

—Prométeme que no le dirás nada a tu padre de lo que te acabo de contar —dice Jaime—. Tal vez no te debería haber explicado nada.

—Flipo con el alcalde —dice Adela—. Es muy querido, por traer los Juegos sobre todo. Y es campechano, cercano a la gente.

—Yo no te he dicho nada de vuestro alcalde. —Ahora Jaime sí logra cogerle una mano—. Él con mi caso no tiene nada que ver, en teoría. No solo porque casi siempre son los subordinados, los de segunda y tercera fila, los que cobran, sin que el jefe se entere. Los terrenos donde queremos montar el club no son del Ayuntamiento, sino del Estado. Mi batalla es con ellos.

—Como la nuestra —dice Adela—. Hasta hace tres años, cuando salió la Ley de Costas, no tenía ni idea de que la playa pertenecía a Madrid.

—Ya, como toda la costa española. Luego cantan que Madrid no tiene playa, ja, ja.

—Pero, entonces, ¿dónde vas a montar tu club? ¿Qué más hay aquí del Estado? ¿El maldito castillo de Montjuïc, donde Franco hizo fusilar a la gente? Sería un gran lugar, con las vistas sobre el mar y la ciudad. Bueno, no sé... ¿Una discoteca para bailar sobre la memoria de los muertos?

Jaime mueve ligeramente la cabeza. Se muerde el labio inferior. Ya no mira a Adela; parece que va a pedir un segundo plato. Se habrá quedado con hambre, los percebes no llenan mucho. Y eran pocos. No es la mejor época para esos bichos raros, que a ella le parecen garras de ave submarina, con uñas afiladas incluidas.

—El dónde es quizá lo más delicado de esta conversación —dice Jaime—. Me vas a odiar aún más.

—No te odio, solo te he dicho que no somos del mismo mundo. Y hablando ya de eso, te quería decir que…

Él la interrumpe.

—¿Recuerdas aquella tarde en la terraza del chiringuito, cuando Arturo señaló hacia el puerto olímpico y habló de «lo nuestro»?

—Sí, de la villa olímpica, ¿no? Donde en un año estaremos todos.

—No hablaba de eso. Lo siento. Te engañé un poco, ahí no te podía decir la verdad. Además, apenas te conocía. Y tu padre estaba cerca.

—Ni me conoces ahora.

—Bueno, aún no te he visto enfadada. Hasta ahora.

—No lo estoy.

—Espérate. Sabes que antes del puerto olímpico hay un espigón muy ancho, ¿no? Justo delante de esa torre que será hotel.

—Sí, ahí empieza el paseo marítimo.

—Pues ahí. Ese trocito pertenece al Estado, no me preguntes por qué; debe de tener que ver con el tema de los puertos, que suelen ser todos del Estado. Y ahí debajo del paseo, en la propia playa, dejarán construir cuatro o cinco locales. Restaurantes, en teoría. Muy grandes, con terrazas. Y muy modernos. Uno será el nuestro, si todo va bien. Creo que sí. Ya hemos pagado lo que corresponde. Y gracias a mi difunto padre tengo contactos importantes en Madrid. ¿Sabes cómo se va a llamar? Yo propuse Duke, pero los otros se rieron de mí. Será BCN Beach Club. BCN, del código del aeropuerto, ¿sabes? Así, todos los turistas se acordarán.

Adela no cree lo que está escuchando. Jaime por fin se ha quedado callado y la mira con cara de bobo. ¿Qué espera ahora de ella? ¿Que se enfade? ¿Que explote delante de él? ¿Que empiece a gritar que es una injusticia, que el Estado hace desaparecer veinte chiringuitos y a menos de un kilómetro deja construir cinco locales nuevos, sobre la mismísima arena? ¿Que la Ley de Costas resulta no ser igual para todos? ¿Qué les va a decir a sus padres del *beach club*, expresión que apenas entenderán? ¿Que será del duque, el mismo con el que su hija sale a cenar y al que su padre incluso le tiene cierto aprecio? Todo eso ya lo debe pensar el duque, lo sabe perfectamente, no hace falta que ella lo diga.

Adela se quita la servilleta de las piernas —Jaime le enseñó que las de tela se ponen ahí y las de papel se quedan en la mesa— y se levanta. Él intenta sujetarla de la muñeca.

—Lo siento, Jaime. No me voy a enfadar si es eso lo que esperas. Pero ya te dije que no tenemos nada en común. Quería hablarte más de eso, aunque no hace falta. Está muy claro. Y no tengo hambre.

—A lo mejor esos contactos míos en Madrid pueden ayudar a tus padres también —dice Jaime.

—Mira, solo te pido una cosa. A mí me podrás llamar o encontrar, no te odio ni nada, pero a mis padres los dejas en paz, por favor. Bastante tienen ya…

Adela se gira, pasa por la barra y por un acuario del que las langostas desearían no salir nunca si supiesen lo que les espera; abre la puerta, donde está el portero que le dice: «Señora Maradona, puede marcharse tranquila, no hay fotógrafos»; pasa de largo del chófer y guardaespaldas, que está apoyado en el capó del coche; cruza la calle, y se mete directa en las callejuelas de Gràcia; menos mal que Jaime no sabe que reside estos días aquí al lado. Aún no ha anochecido; en la otra acera se gira, pero ve que no la ha seguido. Tiene hambre. Ocho gambas eran una miseria. Su cuerpo le pide sustancia. A dos calles está La Llesca, su favorito en el barrio. Pan tostado con tomate y una butifarra. Lástima que no tiene terraza, con la temperatura increíble que hace.

39

Me encanta agosto. Esta predilección empezó muy pronto, cuando aún era bastante joven, un enclave pequeño en medio de hectáreas de fincas agrícolas. Entonces era un mes de mucha actividad, con la cosecha de la mayoría de los cultivos que se habían sembrado meses antes. El mes de la abundancia, siempre que el tiempo no diese un vuelco inoportuno en las semanas previas. Carros llenos de trigo y otros cereales, con judías, verduras… Y, cuando paulatinamente regresaba la calma en esa parte del campo, comenzaba la cosecha de las uvas. Tenía unos viñedos espléndidos aquí, en las laderas de mis colinas. Casi todos desaparecieron. Igual que los campos de cultivo, claro. Ya no queda nada de eso. Pero nada de nada, ni un metro cuadrado en todo mi territorio. Sí, los pequeños huertos de los jubilados, muchas veces al borde de la vía del tren o de una carretera con mucho tráfico, lugares donde prefieren no construir viviendas. La única agricultura en mi entorno son los campos llenos de alcachofas cerca del aeropuerto; mis habitantes los miran a menudo con extrañeza desde el tren, no se imaginan que existe algo así tan cerca de la ciudad, aunque la mayoría ni sabe distinguir qué es lo que se cultiva.

Pero, aun sin albergar ya esos campos verdes, el mes de agosto sigue gustándome. Y ahora justo porque la actividad, el jaleo, casi desaparece por completo. El resto del año es agotador, no paro ni un segundo, el pueblo hormiguea por mis venas de día y de noche, el humo de las chimeneas y de los tubos de escape de los coches surge de mis poros castigados y encajo golpes, porrazos y coscorrones. Un moratón acaba de desaparecer cuando ya sale otro, o un corte, o una rozadura. La mayoría son cosas leves y no quiero ser una quejica, pero mi cuerpo está todo el día defendiéndose, mostrándose combativo; debilitarse significaría el principio del final. Eso agota, de verdad. Deseo la llegada de agosto con toda mi alma, igual que todos aquellos obreros de la construcción o la gente que está condenada trescientos días al año a la misma silla ante el mismo escritorio en el mismo despacho. En agosto respiro de verdad, se desvanecen el dióxido de carbono y otros gases de mis calles, la vida de la gente se desarrolla a medio gas, o aún menos; yo estiro el cuerpo y los brazos sin golpearme con nada y finalmente logro relajarme un poco. A los visitantes les puede parecer desolador —esas calles vacías, las persianas de los comercios bajadas, las palomas perdidas de la plaça de Catalunya porque no hay nadie para darles de comer—, pero yo lo necesito mucho.

Si fuera más negativa, pensaría que es mala señal que mis habitantes me den la espalda de manera tan repentina, que huyan de mí en cuanto tienen la oportunidad, que no les ofrezco bastante como para retenerlos también en agosto, pero no soy así. Dejo que se vayan un tiempo y que se lleven los coches. Las vacaciones son un fenómeno de los últimos treinta, cuarenta años, cuando cada vez más gente tenía dinero para comprarse un seiscientos, el cochecito con que se llenaban mis calles y que ayudaba a mis habitantes a no depender solo de los ferrocarriles y los autocares para llevarlos a otros lugares de España, la mayoría de vuelta a su pueblo de Andalucía, Extremadura y Galicia, que abandonaron en su día para hallar en mi regazo la prosperidad que no encontraban en su lugar de origen.

Espero que este año no sea la última vez que agosto es sinónimo de descanso placentero. Los Juegos Olímpicos los planificaron para finales de julio y principios de agosto del próximo año; unos cuantos días de reposo que me perderé. El alcalde dice que será el comienzo de un nuevo bienestar, que el mundo descubrirá Barcelona y que ese mundo quedará encantado con mi belleza y me querrá conocer mejor, me pedirá una visita acompañada, una conversación, una bebida y un baile, y que ese mundo repetirá si todo eso le gusta. Puede que me beneficie; la verdad es que tengo curiosidad por conocer a otra gente, ver cómo me valoran los visitantes, pero al menos me gustaría pactar ahora mismo que no vengan en agosto.

40

En agosto no se debería trabajar. Tienen todo abierto, tanto la puerta de entrada como la ventana de la cocina. Y, al otro lado, la puerta a la terraza también está abierta. Pero no hay ni un hálito de viento y desde fuera no llega ningún soplo de frescura, sino un bochorno que chamusca. Hace poco, François sufrió un mareo en la cocina; el pobre chaval estaba asado en ese enorme horno al que el chef Simón ya está acostumbrado, aunque admitió que este verano es peor que nunca. Es normal, porque jamás habían trabajado en agosto. No tiene sentido. De día apenas se presentan comensales. Son principalmente turistas perdidos que, antes de llegar a Barcelona, ni siquiera sabían que la ciudad también tiene playa, y que se sientan en la terraza debajo de una de las sombrillas, demasiado pequeña para ofrecer sombra a las cuatro sillas de la mesa. La gente de la ciudad prefiere venir de noche. Después de que el sol haya sido insoportable durante el día, la temperatura baja poco a poco y el aire calinoso que cubre la ciudad conserva un calor agradable para sentarse fuera.

—¿No será mejor cerrar, como siempre?

Montse agita ligeramente el vaso que tiene en la mano; el olor a madera de los veinte años de antigüedad del Chivas Regal armoniza con la madera crepitante de la terraza. Bebe un trago; el hielo le refresca los labios, el whisky gotea con quemazón por el esófago, el cansancio da lugar a una sensación de languidez. Pepe está de nuevo con el pacharán, también con hielo; las endrinas maceradas lo devuelven a su casa, a Ponferrada, dice siempre con algo de drama, como si algún día hubiese echado de menos esa casa. Está medio inclinado sobre la mesa, los codos descansando en el mantel manchado. Ha adelgazado, piensa Montse. No se le nota directamente en la barriga, pero sí en la cara. Menos hinchada, como si su globo se estuviera desinflando poco a poco.

—¿Cerrar? ¿Qué dices? —Pepe no la mira; desliza con suavidad su copa sobre la mesa.

—Estoy cansada, cariño.

—Pues tómate unos días.

—No soy solo yo. Lo veo en todo el mundo. También en Marisol. Estamos reventados. Tú también, cariño.

—Yo no. ¿Cómo se te ocurre? Y no vamos a cerrar.

—Bueno, solo un rato. Lo que queda del mes. O hasta que empiecen los colegios.

Pepe se yergue y se apoya en el respaldo de la silla, que cruje. Resopla profundamente.

—Imposible. No podemos enviar al personal de un día para otro a casa durante tres semanas.

—Solo son dos, tres hombres, cariño, el resto ya está de vacaciones. Lo comprenderán. Y lo necesitan igual que nosotros. Tampoco viene tanta gente, los días se nos hacen a todos más largos si no se llena.

—Una vez que cerremos, nunca más volveremos a abrir.

Pepe lo había dicho otras veces. Sigue sin fiarse. Dice que no se puede tirar al suelo un restaurante en pleno funcionamiento, pero, si las puertas permanecen cerradas durante un par de semanas, lo tomarán como una invitación a asaltarlo, sin esperar al fallo del juez, que está previsto para octubre. Entonces este se vería ante unos hechos consumados: el chiringuito ya no estaría en pie y sería improbable que ordenara su reconstrucción. Una indemnización y listos. Muy poco dinero para montar un nuevo negocio en otro lugar.

—Pero Joan sigue abierto, y las hermanas… Ellos nos protegerán, un poco.

—Cariño, estamos en la esquina, no hay nadie por el otro lado. Mira detrás de ti. ¿Qué ves ahí? El vacío. ¿Qué piensas? No los conoces. Si no nos pueden derribar a los seis de golpe, lo harán uno por uno. ¿Vamos a cerrar ahora para luego volver a abrir durante solo un mes? Aguanta un poco más. Siempre lo has hecho. ¿De dónde te viene de repente ese cansancio?

Montse no lo sabe. Siempre fue de trabajar duro. No logra estarse quieta, tampoco cuando está en casa. Mientras que Pepe puede sumergirse durante más de una hora en una siesta profunda, descender a un pozo hasta que no le llegue ni una raya de luz, ella necesita actividad, hacer algo. Además, si se sienta en el sofá, empieza a preocuparse. La televisión ofrece distracción, al menos cuando no es la hora del telediario. Todas esas noticias repetitivas sobre algo que se ha terminado de construir en la ciudad, un nuevo trozo de calle, un pabellón deportivo o una nueva playa, todo inaugurado por el alcalde. Y, en cada ocasión, los periodistas le preguntan por el paseo marítimo, que cuándo se finalizará, cuándo se decidirá la batalla por los chiringuitos. Siempre contesta con el mismo estribillo: «Hay que tener paciencia, la solución está cerca y debemos esperar a octubre, cuando el juez se pronuncie». Aunque los siete u ocho meses que faltarán a partir de entonces hasta los Juegos serán justitos para completar el paseo, para que todos esos atletas y visitantes procedentes de todo el mundo admiren la nueva Barcelona, la ciudad que albergará los Juegos Olímpicos más exitosos de la historia. Y entonces Montse nota crecer un nudo en el estómago y se tiene que aguantar para no lanzar una taza al televisor o gritarle a su marido dormido que el alcalde lo ha vuelto a decir y que toda esa comprensión que había mostrado con ellos, con su caso, su futuro, sus empleados, era pura hipocresía. Que no entiende cómo ella misma lo votó.

Pepe tiene razón, como tantas veces. No deben cerrar. Pero Montse está muy cansada. Toma otro sorbo, oye las olas romper en la arena, alza la vista y ve el reflejo de la luna en el mar. Hay parejas tumbadas en la playa, como cada noche. Antes, nadie se atrevía a venir a estas horas aquí.

—¡Mamá!

Montse no está segura de si ha oído algo. Vuelve a mirar al mar, como si el sonido procediera de una ola.

—Mamá. Aquí. —Una voz susurrante.

Mira a su lado, abajo, entre los barrotes de la barandilla. Los dientes de Adela brillan en la luz que ilumina toda la terraza.

—Cariño. ¿Qué…?

—¿Se fueron los *paparazzi*?

—Sí, sí. Hace tiempo.

—¿Puedes apagar la luz?

—No has venido con él, ¿no?

—No, no, de verdad que no. Por supuesto que no.

Montse mira a Pepe, la copa con el pacharán aún en la mano. Parece que no ha oído nada.

—Cariño —dice Montse.

—¿Eh?

—¿Puedes apagar la luz?

—¿Ya has recogido?

—Sí.

—Pues ya sabes dónde está el interruptor.

—¿No lo puedes hacer tú, por favor? Cisco ya se marchó.

Pepe se levanta, tarda una eternidad en llegar al interruptor. De repente, cae la noche, la terraza solo queda escasamente iluminada por las luces de la sala. Adela sube la escalerita.

Él parece asustarse por su aparición.

—¿Y Marisol? —pregunta Adela.

—Ya se ha ido a casa —dice Montse—. Estaba cansada. Estamos todos exhaustos. Cansados de todo.

—¿Eso me incluye a mí también?

—No, cariño, no quiero decir eso. O un poquito sí, claro. Esos fotógrafos son una llaga. Y el teléfono no solo suena para hacer reservas. Algunos periodistas llaman con preguntas estúpidas. Pero también gente desconocida que solo quiere soltar algo gracioso. Preguntan por ti, dicen que les apetecería salir contigo. O al revés, te critican, o nos critican, que qué demonios hacemos aquí con un duque español, un facha y todo eso. Eso me duele.

—Lo siento, mamá. No puedo hacer nada. Si hubiese sabido todo eso…

Este verano ya tuvieron una discusión fuerte, incluso antes de que se desatara la liebre en la prensa rosa. Un duque en casa. Jaime se presentó de repente, a principios de julio, por la tarde, ante la puerta, que resultaba demasiado baja para él. Se tuvo que agachar. Marisol abrió, soltó un pequeño grito y lo dejó entrar sin más. Montse se quedó de piedra en la cocina; Pepe se despertó enseguida y en un segundo fue capaz de saludar al joven efusivamente. Adela le preguntó, un poco contrariada, qué hacía allí. Jaime había encontrado la dirección en el listín telefónico, dijo. Sánchez Cepedano no había muchos en Barcelona y Mestrança era una calle en la Barceloneta: pues aquí estaba. Parecía orgulloso del hallazgo. Adela se puso las bambas de inmediato y lo sacó a la calle.

A la mañana siguiente tuvieron la discusión en casa. Su hija con la nobleza española. Después, Montse se arrepintió un poco de cómo había despotricado.

A sus hijas les da toda la libertad en este sentido, o al menos esa es su intención, porque tampoco es que tenga mucha experiencia con el tema. Ni Marisol ni Adela vinieron alguna vez con un chico a casa, ninguna de las dos ha mencionado que les gustara alguien. A veces se preocupa por eso. ¿Pasa algo con sus hijas que ella no ve? Marisol es una chica guapa. Siempre ocupada en el restaurante; tiene su lógica que no le quede tiempo para los chicos. Y tal vez mejor, porque la necesitan en el chiringuito. Y Adela está muy metida en el deporte. A Montse no le parece algo para mujeres, el waterpolo, en eso está de acuerdo con Pepe. Pero si a su hija le gusta tanto… Cuando piensa en una noche como la de Montjuïc, una gran final, el ambiente…, eso fue muy especial. Algunas de las chicas se besaron en la boca, como si nada, pero tampoco es muy raro cuando pasas tanto tiempo juntas y compartes tantas cosas. Puede que sea mejor para Adela, un grupito así unido de mujeres, en lugar del cabroncete del barrio que la vuelve loca.

El duque no es ningún cabroncete. Más bien un cabrón. Procedente de una familia mala. Un castillo cerca de Ciudad Real, contó Adela, más español imposible. Partidas de caza con la élite de España. Terratenientes, abusadores de trabajadores. Todos amiguetes de Franco, porque él estaba de su parte, no les quitó sus castillos ni mansiones mientras le juraban fidelidad. Pero eso no es culpa del chico, le dijo Adela. Pues sí que la tiene. Lo educaron hasta los quince años bajo el régimen y seguro que en aquel castillo no deseaban la muerte de Franco, el final de una era. Allí fue diferente que aquí, en Barcelona, donde mucha gente ya se preparaba para una vida en democracia. Esas familias nobles temían el regreso de una república donde se les expropiarían sus posesiones, donde quemarían sus castillos y palacetes. Ese Jaime fue educado para prosperar en un país ultraconservador, pasar a ser el amo de la fortuna familiar, y ese nacionalismo español no se puede quitar ni a hostias; Montse no lo logró con Pepe. Pobre chico, el duque, por supuesto, por haber perdido a sus padres de golpe, eso no se lo deseo a nadie, pero no le faltará nada, no es un huérfano que se queda desamparado en la calle. Mejor que no venga más a casa. ¿Adela se lo dejará claro?

Su hija lo prometió. También la había sorprendido a ella, en el portal de casa. Es que no tiene absolutamente nada con él, insistió. Es simpático, pero diferente. No es su novio, ella no quiere nada de él ni él de ella, aunque siempre la invita cuando está en Barcelona. A veces era imposible negarse. Pero no es justo condenarlo por su procedencia.

—Lo hago si me da la gana —dijo Montse.

—¿Y con papá, entonces?

Esas cuatro palabras la pusieron furiosa a Montse. Reaccionó con demasiada vehemencia, luego se dio cuenta. Gritó que si Adela consideraba a su padre un facha… Menos mal que Pepe no estaba.

Además, ¿no había algo de verdad en lo que dijo su hija? Su marido sigue sin hablar apenas catalán, después de más de treinta años. No le apetece, dice, todo el mundo entiende el castellano, ¿para qué aprender otro idioma entonces? Sí, lo de decir «Adeu» se convirtió en una costumbre suya, porque suena más breve que adiós, dijo. O sea, solo por comodidad. Y a los clientes que son muy catalanes los suele saludar en su idioma para dejar después la mesa rápidamente en manos de Marisol.

Pepe de Ponferrada; las amigas de Montse no pudieron contener la risa, aunque nadie puso muchas pegas por venir de un rincón tan típico español. Pepe era gracioso y en aquellos tiempos todo era diferente, cuando en la calle era mejor no hablar en catalán, aunque en la Barceloneta seguían usándolo, pero en voz baja. Desde el principio, Montse hablaba en castellano con él y siempre ha sido así. Con sus hijos solo en catalán, desde el momento en que, recién nacidos, los tenía a su lado en la maternidad. En el colegio, al principio no lo enseñaban, así que Montse era la patrona de su idioma en su propia casa, en su propia familia. Aún la llena de orgullo cuando Marisol y Adela se dirigen a ella en catalán y cuando, con igual facilidad y rapidez, cambian al castellano con su padre. De pequeñas las nenas intentaban enseñar a Pepe palabritas en catalán y mejorar su pronunciación, pero, del mismo modo, otras tantas veces lo chinchaban con su desconocimiento del idioma. Es una lástima que Pepe sea tan cabezón y que no haya en él un atisbo de simpatía por la autodeterminación. Menos mal que aprendió a mantener sus ideas políticas dentro de los muros de casa y no profesar demasiado su predilección por el PP. Como con el duque, no hay manera de quitársela.

Pues sí, o no, Montse no debería haber dicho aquello de ese Jaimito de España. Le hirió los sentimientos a su hija, pese a que según Adela no hay una pizca de amor entre ellos y solo le hace gracia descubrir otro mundo, sobre todo el de los restaurantes caros, donde cosecha ideas para el chiringuito, ideas que, ya lo sabe, serán impracticables. Dijo que le gustaría llevar a François una noche a una cena de aquellas, porque él sí valoraría los platos sofisticados.

—Nunca más lo volveré a ver, mamá —dice Adela.

Pepe, que no ha abierto la boca aún, acaba de llegar a la mesa con la botella de pacharán y un quinto de San Miguel para su hija. Montse agita exageradamente su vaso casi vacío con los cubitos de hielo, pero él no se da cuenta.

—¿Se acabó entre vosotros? —pregunta aquella.

—Nunca existió lo de nosotros y lo sabes.

—Bueno, si dependiera de él, creo que sí existiría algo.

—Por eso no lo quiero ver más. Me estoy hartando. Jaime no entiende que a mí no me apetece. Solo me pareció divertido tomar una copa de vez en cuando, comer, charlar.

—¿Nada más? —pregunta Pepe.

—Papá…

—No, quiero decir, que yo fui joven también. Y sois gente sana, ¿no?

—Pepe, esas cosas no se preguntan a una hija —dice Montse.

—Pero tiene dinero —insiste él—. Del waterpolo no podrás vivir. Cualquier mujer agarraría la oportunidad con las dos manos.

—Joder, papá… ¿Has visto esas mujeres que se relacionan con él? ¿Marisol no te ha enseñado las revistas? ¿Quieres que tu hija forme parte de esa pandilla?

—Ya está metida en ella.

—Aquellas fotos del yate fueron el colmo. No puedo hacer nada. Ni siquiera venir tranquilamente aquí. ¿Es lo que quieres, los próximos meses, a lo mejor años?

—Bueno, ese interés no nos viene mal ahora.

—¡Pepe! —se exalta Montse—. Es un interés malo. A los clientes ya les molesta que los estén observando todo el rato. Y a nuestros comensales catalanes ni te digo.

—Comer no es política.

—Lo sé, pero ellos no piensan así. Y yo tampoco. Sabes lo que pienso de ese Jaimito. Me alegra que Adela dé este paso.

—Me estáis volviendo loca —dice Adela—. Solo pensáis en vosotros mismos, no en mí. Como si Jaime fuese una herramienta que se puede usar según vuestra necesidad. Joder, ya discutimos de esto, mamá, no lo quiero repetir. No había nada, no hay nada, ya está. Se lo he dicho a Jaime esta noche; si todo va bien, mañana regresa a Madrid. Hostia, ¿qué pasará el día que realmente me presente con un novio… o una novia? Peor aún: un policía, una chica de la pescadería, un yonqui, un jugador negro de baloncesto que conoceré el próximo año en la villa olímpica, una gimnasta rumana… Elegid, ¿cuál preferís?

Adela se levanta y baja por la escalerita, descalza, en dirección al mar. Montse reprime la tentación de seguir a su hija.

41

Pepe tiene la sensación de que lo siguen. Conoce las callejuelas, el sonido de los pasos, del resoplido de un hombre cansado, de una televisión a todo volumen sin que los inquilinos se den cuenta. Las voces roncas de los drogadictos, como si se metiesen la jeringuilla directamente en las cuerdas vocales. El cotorreo ruidoso de unos turistas extraviados o de unos jóvenes tomando unas birras en la calle. Ahora, pasada la medianoche, hay tanto silencio que oye las cucarachas en el asfalto. Los bichos negros salen de las cloacas, se cruzan delante de él en busca de un pozo o la rendija debajo de la puerta de una casa. Abundan cuando hace calor y las cloacas se quedan secas. Pero ahora Pepe oye también los pasos de unos peatones, más pesados. Antes de girar por la esquina echa una mirada atrás. Dos hombres, a unos treinta, cuarenta metros. Él sigue, alerta. Hay más gente que deambula por el barrio; el calor del día se resiste a irse y en la calle hace más fresco que dentro de las casas. Acaba de saludar a Carmen y Toni, que estaban delante de su puerta en unas sillas plegables.

—Qué calor, ¿no? —dijo ella, con un abanico en la mano.

La última semana, la gente no para de repetir lo mismo. Como si fuese distinto que otros veranos. En muchos pisos, las persianas están bajadas todo el día; la gente se ha ido al pueblo, donde siempre parece más fresco porque hay más espacio, pero cuando regresan de Andalucía o Extremadura se quejan del calor que hacía allí.

Vio a los dos hombres fuera del chiringuito, a un par de calles. Por eso tiene la extraña sensación de que lo están siguiendo desde allí.

Pepe fue el último en salir. Montse quería marcharse antes para ver si Adela ya había llegado a casa. Había vuelto, ahora que ha tenido que dejar el piso de su compañera en Gràcia.

La mayoría de sus sitios fijos para una copa están cerrados. De vacaciones, también. Pero Paco siempre está abierto. No tiene familia lejana para ir a visitar ni un pueblo al que huir en verano. Su pueblo es este, la Barceloneta. Su vida es el bar, el comedor de su casa, donde recibe a todo el mundo, excepto a su exmujer, que mejor que no tenga la valentía de dar un paso sobre el elevado umbral desde que hace veinte años lo engañó con el vecino.

Pepe llega a la plaza, donde hay más gente porque hace menos calor que en las estrechas calles. Y aquí no tiene que preocuparse de un repentino brazo que lo agarra por el cuello ni de una navaja en la espalda. En la esquina está aún la luz encendida de Paco, fuera hay mesas y sillas, casi todas ocupadas, como si todo el mundo saliese de su escondite cuando ha anochecido de verdad. A Pepe le gusta, después de cerrar el chiringuito, dar un paseo por el barrio antes de meterse en el dormitorio sofocante, donde Montse ya ha encontrado la paz, aunque nunca tiene un sueño muy profundo. En cuanto abre la puerta de la calle suavemente, ella ya está en el comedor. No entiende cómo no se ha vuelto loca con ese estado de alerta continuo. Hablaron de dejar de dormir en la misma cama, en la misma habitación, y más cuando hace tanto calor, pero ninguno de los dos es capaz de acostarse en la habitación de Chechu, en la cama de su hijo. Para eso, mejor el sofá, y Montse se refugia a veces allí cuando él ronca mucho. Y no se acuesta, sino que se sienta recta, con los ojos cerrados y la ventana y la persiana abiertas.

Pepe saluda con la cabeza a gente en la terraza y se mete para dentro. No le apetecen más conversaciones, la de Montse y Adela ya ha sido bastante cansina.

—Un coñac, Paco. —Este, con un cigarrillo apagado en un lado de la boca, le echa una copa de Veterano.

—¿No has ido al pueblo, Pepe?

—Una ciudad, ¿eh? Ponferrada es una ciudad. Pero no, este verano no.

—Un verano raro, sí.

—Es que no nos atrevemos a irnos, ya sabes.

—Sí.

Paco no es hombre de muchas palabras.

—Aunque lo echo de menos; escaparme un rato —dice Pepe—. A lo mejor voy en octubre, cuando se haya dictado sentencia. Buscar consuelo en unas tierras donde no existe una absurda Ley de Costas porque no hay costa.

—En octubre puedes ir de caza ya.

—Sí, ahora que lo dices. Hace años que no cazo ningún corzo, cabra montés ni jabalí.

Es el inconveniente de agosto, que no es temporada de caza. Pero aun así le habría gustado estar allí ahora. Dos o tres semanas fuera, al otro lado de la Península, donde al menos de noche refresca más y llueve a veces en pleno verano. Ya quedan cada vez menos familiares y amigos, los tíos murieron, los primos se alejaron más, vidas diferentes, ya no tienen mucho que contarse. Lo que más le gusta es estar con Segundo, un primo segundo que vive fuera de la ciudad, en las colinas. Nunca se casó y no habla mucho; a Pepe le gusta hacer caminatas por el bosque.

—¿Nunca te has planteado regresar? —Parece que Paco sí tiene ganas de hablar.

—No podría vivir todo el año allí —dice Pepe—. Salí muy joven de Ponferrada para echarlo de menos. Los recuerdos se desvanecieron, los amigos del colegio por los que lloré tanto porque los echaría a faltar desaparecieron hace tiempo. Y ninguno me vino a visitar aquí, ¿eh?

—¿Y familia?

—Buah, cada vez menos, claro.

Nunca es Pepe ni José cuando va por las calles en su antiguo barrio de Ponferrada o entra en algún bar. Sigue siendo «el hijo de», sin que la gente se atreviera a mencionar el accidente en la cantera. Pero le agrada estar allí. Lejos de los vecinos, de los compañeros o de la competencia que lo paran continuamente, todas esas charlas huecas y fugaces, o gente que quiere algo de él, jóvenes que buscan trabajo o quieren casarse con una de sus hijas o venderle una partida de pescado fresco que consiguieron no se sabe dónde. Hace años que Montse ya no lo acompaña a su tierra, y no le parece mal. Su mujer tenía cada vez menos ganas: primero, el viaje tan largo en coche y, después, todos esos familiares lejanos que, quisieran o no, había que visitar, porque si no se enfadarían o quedarían decepcionados. A Montse el ambiente le pareció mezquino, muy de pueblo. Se sentía una extraña, la gente la miraba raro por su acento, un castellano que denotaba mucho su procedencia catalana, algunos incluso se lo reprochaban, y entonces Pepe tenía que justificarla, defender sus orígenes para evitar que la propia Montse estallara y le espetara a quien fuera que por algo Catalunya quería independizarse de España.

—¿Quieres una mesita fuera? —pregunta Paco.

No hay nadie más dentro, las sillas de madera ante las mesas de formica están vacías, el suelo de baldosas blancas y negras está lleno de servilletas, pitillos y restos de comida. Es faena para la señora de la limpieza, dice Paco siempre; ella viene a lo largo de la mañana, antes de que él vuelva a abrir para otro día largo y media noche.

En las paredes amarillentas y marrones, que algún día debieron de ser blancas, cuelgan fotos aún más amarillas de la Barceloneta antigua, la de mucho antes de que Pepe aterrizara en el barrio. La plaza de toros del Torín, las cercanas instalaciones de la Catalana de Gas, los baños… Todas imágenes de los años veinte, que solo los más mayores llegaron a ver. También fotos más recientes, de después de la guerra, de las chabolas en la playa, los pescadores en el muelle con sus capturas del día, los chiringuitos vistos desde la playa, algunos con nombre diferente al de ahora, pero por lo demás sin cambios.

—No, después de esta copa me marcho.

Dos hombres entran por la puerta; deben de ser los dos de antes, uno alto y otro mucho más bajo. Al largucho lo reconoce enseguida. Jaimito lleva una gorra tapándole los ojos y, debajo, un polo y un pantalón corto justo por encima de las rodillas. Quiere hacerse pasar por un turista, pero no cuela. Y, si quiere que le roben, pues que se meta en las callejuelas de aquí detrás, camino de la fuente. Su chófer viste un pantalón impecable, una camisa blanca y unos zapatos elegantes con cordones que no usa nadie en la Barceloneta, y menos en agosto.

—Señor Pepe.

—Hola, señor duque. ¿Qué lo trae hasta aquí? —Se hace el tonto, no nombra la persecución previa.

Jaime estira la mano, el chófer se queda a distancia. Pepe nunca intercambió ninguna palabra con el hombre, como si fuese una sombra que se mueve, pero que por lo demás no existe.

—¿Puedo servir algo? —murmura Paco.

El duque quiere una caña.

—¿Nos sentamos en una mesa? Le quiero preguntar algo, sin que nos oigan.

—Estoy bien aquí en la barra. Y Paco está medio sordo.

—Por favor.

Se dirigen a una mesita al fondo, debajo de un ventilador que sopla sin demasiado éxito.

42

—Adela… —empieza el duque.

—¿Vienes a pedirme su mano? —Pepe se anima, ya ha olvidado las palabras de su hija de la semana pasada—. Así lo hacéis en vuestro mundo, ¿no?

El duque sonríe con timidez.

—No, ja, ja. La aprecio mucho, Adela es especial. Menos superficial que…

—¿Que todas esas novias famosas tuyas?

—No creo que tenga la más mínima posibilidad.

—No te rindas tan rápido, joven. No es fácil, esa hija mía, pero dale tiempo. Y, si no, aún está ahí Marisol, ¿eh? Es más de tu edad, ¡ja! —Pepe le pega al duque en el brazo.

Jo, sería buena pareja para Adela. Él no es de cuentos de hadas, pero esto… No entiende a su hija. Es la tercera vez que Pepe ve a este tipo y es más que correcto. No da en absoluto la imagen de ligón que ofrecen las revistas. Seguramente, todas las mujeres van a por él, sin ninguna discreción, pero él no lo busca. Aunque es justo lo que está haciendo ahora: es Jaime quien buscó a Adela, no al revés. En circunstancias normales, Pepe diría, con esos casi diez años de diferencia, que lo olvide, pero hay excepciones. Y esta es una de ellas. Ventaja añadida: no es uno de esos catalanes fanáticos que abundan en la pandilla de Adela, gente joven que sueña en serio con la independencia. Pepe supone que justo eso será una de las objeciones de su hija, o de sus amigas o compañeras del waterpolo. Se reirán de ella o, peor, la condenarán por decidirse por un español tan clásico. Las cosas se han puesto peor. Antes, en los años jóvenes de Pepe, no era ningún problema. Mira a Montse, que no tuvo reparo en aceptar su procedencia. Vale, un poquito. Y ahora parece molestarle más que antes, se deja llevar por esa juventud. Toda esa pesadez con los Juegos Olímpicos, de que son de ellos, de Barcelona y de Catalunya, pero no de España. Pepe se siente cada vez más a la defensiva, tiene que cuidar sus palabras. Pero ahora al menos no con este Jaime. Al hablar parece más adulto de lo que aparenta. Palabras apropiadas, un tono suave y no tan acelerado. Como si pensara mucho lo que va a decir, para estar seguro de que el otro entiende su relato. Solo tiene esa risa un poco tonta, de vez en cuando. Es la timidez, dijo Adela.

—La veo muy atractiva, eso sí se lo puedo decir, ¡ja, ja! Y con mucho gusto le doy el tiempo que necesite —dice Jaime—. Pero creo que le asustó toda la atención. La prensa, los *paparazzi*. Yo estoy acostumbrado y sé que no siempre es fácil manejarlo.

A Pepe le hizo gracia al principio, pero después de una semana ese interés perdió su encanto.

—Sí, a mi mujer le fastidia un montón y dice que a los clientes también les molesta. Yo lo aguanto, algo de publicidad nunca es malo, y gracias a ti ahora saben en el resto de España que existimos. Aunque sea un poco tarde.

—De eso quería hablar con usted.

—¿De qué?

—De su restaurante. Su chiringuito.

—Sí, o merendero, ya sabes, un lugar sencillo para comer.

—Con mucho encanto. Y la comida fue estupenda.

—Gracias. Aunque puede que en eso influyera también la compañía, ¡ja! —Otro golpe en el hombro del duque—. El enamoramiento no solo provoca ceguera, también confunde al estómago. Porque tú serás más de carne, ¿no? La caza. Jabalíes, ciervos.

—Como de todo, señor Pepe.

—¿Quieres quedarte con el restaurante?

—Ja, no. Aunque… ¿Le ha puesto precio?

—Qué va. Ni lo sabría, el precio. Los restaurantes se levantaron aquí de manera espontánea, nadie pagó nunca ni un duro por este pedacito de tierra; tampoco los abuelos de Montse.

—Adela me habló de los problemas.

—¿Ella habla del chiringuito? Sería noticia.

—Pues sí. Y noto que la afecta.

—Adela dice que estamos anticuados…

—Es su opinión, una cuestión de gustos. Pero para nada quiere que los restaurantes desaparezcan de aquí. Me contó un pequeño plan que tiene: si Cal Pepe permanece, entonces ella ayudará a arreglarlo, con sus ideas, con lo que ha visto por Europa.

—Ja, ahora te entiendo. Tú quieres darle algún dinero para eso y entonces mi hija será feliz y… Bueno, yo no me opongo. ¿Cuánto quieres invertir? No será muy costoso.

Vaya estupidez, claro. Un duque no va a poner dinero en un restaurante agonizante que está a punto de ser derribado. Jaime es más de las playas maquilladas de Marbella y el ambiente hortera de Puerto Banús, con los árabes y sus yates, y sus Ferraris y Lamborghinis en el muelle, y las tiendas de Chanel o como se llamen todas esas marcas. De los clubes nocturnos llenos de famosos y los campos de golf verdes en las colinas secas. Ese es el mundillo de un duque, de hombres que deambulan en bermudas y camisas que valen decenas de miles de pesetas, de mujeres a las que les parece lo más normal llevar joyas a la playa. No la Barceloneta de la suciedad, de la pobreza y de la humildad, donde Bernardo, con su guitarra, es el único que va en traje, uno que no está precisamente hecho a medida. Si Jaime quiere ganar dinero, mejor invertirlo en uno de esos clubes de la *jet set* en la Costa del Sol.

El duque se quita un momento la gorra; está de espaldas a la puerta, nadie lo puede ver. Se limpia el sudor de la frente, tiene el pelo mojado, pero vuelve a colocarse enseguida la gorra.

—No, señor Pepe, perdón, no es eso. La gente piensa siempre que tengo dinero y…

—Sí, he leído cosas también. Mi otra hija me enseña todas las revistas del corazón y la mayoría habla de todo esto, ¿eh?

—Está todo en edificios. En piedra. Y en obras de arte. No es dinero en una cuenta bancaria. Cuesta mucho económicamente gestionar todo el patrimonio de mis padres, mantener su herencia en buen estado. Tendré que deshacerme de parte de la colección de arte para costear lo demás.

—Nosotros no tenemos cuadros…

—Lo sé y no me quejo. Pero no he venido para eso. Lo que ofrezco es tal vez más importante que el dinero. Es su futuro.

Pepe toma el último trago y coloca la copa vacía en la mesa con demasiada fuerza. Se encoge de hombros. ¿Qué quiere este chico? ¿El futuro? No sabe que aquí debemos luchar por nuestro presente, cada día, sin poder pensar ni un segundo en el futuro. El duque ya tenía grabado el futuro en su cuna dorada en el momento en que nació. Sí, es triste que perdiera a sus padres tan joven, eso seguro que no estaba escrito en ese futuro meticulosamente planificado, y en ese sentido es de loar cómo Jaime se comporta ahora delante de él, en apariencia seguro de sí mismo. El futuro. Un treintañero se lo vino a quitar con un sobre en la mano y otro treintañero le ofrece uno nuevo…

—Bueno, explícate. ¡Paco, otro coñac! ¿Tú quieres algo más?

—No, gracias.

Pepe señala con la cabeza al acompañante, al inicio de la barra.

—Y ese pistolas tuyo, ¿no toma nada? Invito yo. El forastero no paga aquí.

—No bebe. Solo agua.

Pepe se apoya hacia atrás, se pone las manos en el cogote. Nota el sudor pegajoso en los sobacos, lo mejor sería ir afuera. El duque quiere a Adela, no se rinde todavía, eso está claro, pero en eso no lo puede ayudar. Como si tuviese alguna influencia sobre su hija.

—¿Adela le explicó algo de lo que hablamos hace una semana en un restaurante gallego? —pregunta el duque.

—No, qué va.

—Vale, mejor. Ella no sabe que estoy aquí con usted ahora. No la he visto desde entonces. Respeto su deseo de tranquilidad, a lo mejor así lo arreglo un poco y después podremos volver a quedar.

Jaime se gira y llama a Paco. Ahora sí le apetece otra cerveza.

—Conozco a gente —prosigue el duque—. Buenos amigos de mi padre. Desde su muerte, algunos son como padrinos para mí, me ayudan con sus consejos, consejos que ya solían darme antes. Por cierto, lo que le voy a contar ahora no se lo puede decir a Adela, para nada, ella no sabe nada. Y tampoco a su mujer, que ya sé lo que piensa de mí, de gente como yo.

—Sí, sí, ningún problema… Te escucho. Sabes que no soy como ellos, ¿eh? Bueno, que no soy catalán y todo eso y que siempre voto a Fraga, pero eso mejor no decirlo en voz alta por aquí, que vas con el PP.

—Lo sé, señor Pepe, por eso estoy aquí en la mesa con usted y no con sus hijas ni su mujer.

—Pepe, nada de señor.

—Lo que le voy a contar ahora lo sabe muy poca gente. Esto queda entre nosotros, eso me lo tiene que prometer. He venido a pedirle permiso y si no me lo da olvidamos esta conversación en cuanto salgamos por la puerta, ¿de acuerdo?

Pepe mira al duque con los ojos entrecerrados, y no es porque el sudor ya baja de la frente y empieza a escocer en los ojos. Él no es hombre de conspiraciones, en el barrio se dice todo a la cara, le haces saber al otro qué piensas si no estás de acuerdo. Y ahora un señor de los castillos le está susurrando.

—Mi padre recibió en el castillo a mucha gente importante, en esos tiempos.

—¿Qué tiempos?

—Bueno, los de Franco, ya sabe. Yo era muy joven, no lo viví muy consciente, soy del sesenta y uno. Hasta que cumplí quince años no me dejaron acompañarlos a cazar. Mucha de esa gente vino por eso, por la caza; era su gran diversión, su salida anual, o más que eso, porque algunos venían casi cada mes. El castillo no está tan lejos de Madrid, a cuatro horas en coche, y todos tenían su chófer, claro. Gente de ministerios, altos funcionarios. Jueces. ¿Usted se acuerda del TOP?

—¿El TOP?

—Sí, el Tribunal de Orden Público.

—¿Aquel que sustituyó a los tribunales militares, para ofrecer una imagen más simpática de cara al exterior?

—Sí, ese. Bueno, pues muchos de los jueces que formaban parte de ese tribunal frecuentaban nuestra casa. Como un grupo de excursionistas. Cazar, comer, beber y hablar mucho. Conspirar. Uno de ellos era amigo de mi abuelo desde hacía mucho, así comenzó un poco todo. A partir de los veinte años no solo me dejaron ir de caza, sino también asistir a las comidas y cenas. Siempre sin mujeres, solo venían los hombres. Mi padre quería prepararme, digamos, para la vida, enseñarme cómo y qué se decidía en este país, quién era la gente que mandaba.

—Desde los veinte… Pero entonces ya no estaba Franco, ¿no? Ni aquel tribunal.

—No, correcto. Pero todos esos jueces del TOP acabaron en puestos buenos, por supuesto. Como tanta gente. Como Fraga, usted ya lo mencionó. Pero también tantos otros, menos conocidos, en Madrid, en las comunidades autónomas, en las provincias, en cada despacho donde se toman decisiones. No condenaron a nadie por lo que hizo en su posición de poder durante la dictadura.

—La Ley de Amnistía. O del olvido.

—Sí, entre otras. Mi padre siempre dijo que era mejor así, que había que construir una democracia entre todos y que no se debía rechazar la sabiduría ni el conocimiento de toda esa gente del régimen. Así que muchos de esos jueces que conocí en el castillo se encuentran ahora en los órganos jurídicos más altos y en las audiencias y tribunales importantes. Gente agradable, la mayoría de ellos.

Pepe inclina un poco la cabeza. Mira un segundo a Paco, ocupado con los vasos. Jueces. Él nunca tuvo que ver con ellos. Siempre fue un ciudadano respetuoso con las autoridades.

—Esos hombres siguieron siendo amigos muy fieles de mi padre —prosigue Jaime. Su voz suena grave—. Todos estuvieron en el funeral. También el hombre que nos puede ayudar ahora.

—¿«Nos»?

—Bueno, a usted, señor Pepe.

—Tú, no usted…

—No puedo, no fui educado así. También el juez del que hablo sigue siendo «usted» para mí. No diré su nombre. No lo he vuelto a ver desde el entierro, pero cuando lo visite me recibirá como si fuera su hijo. Le puedo pedir un favor, sin reparos. Me lo debe, o, mejor dicho, a mi familia. Le puedo contar su caso, hablarle de su chiringuito… Del recurso en la Audiencia Nacional. Él trabaja allí. Y tiene influencia, ¿eh?

Pepe traga saliva. Coge su copa. Sería mejor pedir un whisky con mucho hielo, refrescante y reconfortante a la vez. Mira a la puerta, como si de golpe pudiesen entrar agentes de la policía para detener a un par de conspiradores. Este es otro mundo, no el suyo. No tiene buena opinión de los políticos de ahora, son todos unos calzonazos, nefastos para empresarios como él, pero la época de Franco realmente se acabó y, aunque de vez en cuando siente algo de nostalgia, no le gustaría regresar jamás a esos tiempos.

—No, no puede ser —dice Pepe—. Imposible. La justicia es independiente.

—¿Lo piensa de verdad?

—No, porque lo que están haciendo con nosotros, con los chiringuitos, no es de justicia y está claro que el juez le dará la razón al Estado. No somos nadie. Pero justo por eso, porque no pintamos nada, ¿qué ganaría tu amigo el juez con esto?

—Nada. En nuestro mundo se hacen muchos favores, chanchullos entre amigos. Como igualmente se toman venganzas, se acaba con gente. Quién sabe si al juez le hace gracia fastidiar a un alcalde que es tanto socialista como catalán, y encima muy querido; para él no hay peor cosa que eso… No lo sé, ¿eh? No prometo nada. Pero de todos modos lo voy a ver. Pasado mañana comemos en Madrid.

—Me dijiste que venías a pedir permiso para algo.

—Ya, bueno, no para ir a comer con él, claro. Aún no sé qué le explicaré exactamente. La historia de su restaurante, y supongo que ya leyó del tema y que vio mi foto con Adela.

Pepe vuelve a mirar detrás del joven duque, a la barra, donde Paco sigue limpiando vasos en silencio. El chófer está de espaldas, mira hacia fuera. Ahí hay vida todavía, niños que juegan en los columpios mientras sus padres están en la terraza. Un restaurante en la plaza tampoco estaría mal, piensa, pero no hay ningún local disponible.

Mira al duque.

—No solo se trata de nuestro chiringuito, ¿eh? Somos seis, el recurso lo presentamos entre todos.

—Lo sé y se lo diré. Pero no le diga nada a sus vecinos, por favor. Como si este fuera el castillo, donde todo lo que se habla queda dentro de los gruesos muros.

—¿Y qué pasa si tú quieres algo a cambio? Si no, lo entiendo aún menos. Pagar, no voy a pagarte nada. Ni a cualquier tipo corrupto. Todo esto nos lo hemos currado y ganado con honestidad.

—Claro. Sé que son buena gente. Pero también sabrá que a veces hay que pagar para conseguir cosas.

—Ya te he dicho que no te voy a pagar nada.

—No, por supuesto. No digo eso. No se me ocurriría pedir dinero. Pero debe saber que Barcelona no es muy diferente a Madrid o Marbella. El dinero da poder, o permite comprarlo, influir en decisiones. No es usted un ingenuo, ¿no?

—A ver. Yo invito a los maderos a una copita, un chupito, nada más, eso es muy inocente.

—Sí, eso se ha hecho desde tiempo inmemorial. Pero estamos en los años noventa, todo está cambiando. Algunos favores no se compran con un aguardiente, aunque no es el caso del juez, ¿eh? Él tampoco aceptaría dinero.

—Pues no te entiendo, chico. ¿Qué quieres entonces?

—Tal vez comer el próximo año de nuevo en la terraza de Cal Pepe, ¿le parece? Para celebrar nuestras medallas en los Juegos. Adela, yo, con ustedes… Y sin pagar. Ja, ja. Es lo único.

—¿De verdad que todo esto lo haces por ella?

—A ver cómo se lo digo, no quiero que me malinterprete. Sé que no puede decidir por su hija. Aquí rigen otras normas, no como suele pasar todavía en la nobleza, en las casas reales. Ya les habría gustado a mis padres que me relacionara con una de las infantas.

Pepe sonríe.

—Bueno, una monta en caballo también, ¿no?

Jaime está tenso, nervioso, no deja de sudar ni de tocarse la gorra.

—De momento dejaré a Adela en paz. Pero, si sale bien lo del juez, y la sentencia, y se mantienen los chiringuitos, sus hijas estarán tan contentas como ustedes…

Pepe frunce el entrecejo. Lo sabía: el chaval está loco por Adela. Pero vaya montaje se ha inventado. Suena todo muy irreal. ¿Qué le puede decir? ¿Que se olvide? ¿Que lo de las dotes y los ajuares para una boda es cosa de otros tiempos, de otras culturas, y no de un barrio obrero? Pero si lo del juez es verdad… No le extrañaría tampoco, tal como está el país. Además, bien pensado, si el duque quiere intentarlo, ¿por qué no? Pepe no tiene nada que perder. Los chiringuitos están condenados desde hace tiempo, el soltero de España no va a cambiar el destino. Pero buen yerno sería, coño. Ojalá a Adela le gustara un poco más. Joder, vaya lío. Cal Pepe abierto durante los Juegos Olímpicos. Me lo estoy imaginando…, y lo feliz que estaría Montse. Bueno, no con el duque, claro, pero ya se le pasaría la manía.

Pepe se levanta. Le ha entrado demasiado calor de repente. Se desabrocha los botones de la camisa, ve al duque mirarle la barriga para luego apartar la vista. Da un paso adelante y coloca una mano en el hombro de Jaime.

—Me caes bien —dice—, eres un chaval majo. Vete a comer con tu amigo el juez. Haz lo que soléis hacer en vuestro mundo. Yo no sé nada, a mí no me impliques. Me cuesta creer lo que me dices, pero en octubre veremos. Si se produce el milagro, lo celebraremos a lo grande, te invitaré a lo que quieras, puedo hacer que vuelvas a encontrarte con mi hija, pero no puedo decidir por ella. Eso te lo tienes que trabajar tú, con calma.

Pepe se encamina hacia la barra y el duque también se levanta.

—Quiero pagar, por favor —dice Jaime.

—Nada de eso —repone Pepe—. Ya te lo dije: aquí el forastero no paga.

43

Agosto ya está tocando a su fin. Y cambiarán cosas, respecto al tráfico, sobre todo. Dicen que mi centro será más tranquilo. Gracias a las nuevas rondas. Eso sí quisieron copiarlo de París, una gran *périphérique* que debe apaciguar un poco el resto de la ciudad. Porque el caos de cada día laborable es considerable, colas interminables de cofres de chapa humeantes, gruñendo y con bocinas ruidosas. Ildefons Cerdà no pudo predecir, imposible, que sus calles anchas y amplios cruces estarían un siglo después atascados porque todo el mundo piensa que el coche es la mejor manera y la más rápida para trasladarse. Pues no, y menos por la mañana y a última hora de la tarde. Los más listos ya cambiaron las cuatro ruedas por dos, pero los embotellamientos son a veces tan graves que ni siquiera logras adelantar a los coches en ciclomotor o moto. A veces no sé qué se le pasa a la gente por la cabeza. ¿Para qué está toda esa red de metro que llevo en mis entrañas? Oí decir que dentro huele mal o que se sienten inseguros. Sobre todo los vecinos de los barrios más pudientes no quieren bajarse nunca al subterráneo, algo que tampoco les han facilitado mucho, pues en buena parte de esos barrios ni siquiera hay parada de metro, como si las autoridades municipales ya supieran de antemano que no lograrían convencer a esa gente ni con ventiladores ni perfume en las estaciones.

Espero la llegada de septiembre con miedo y temblores, pues volveré a crujir y jadear bajo ese tráfico diario. El alivio dominical es solo temporal y el lunes por la mañana da paso al infierno motorizado. La industria fue la primera en cubrirme con los vapores de la contaminación, pero entonces fue fácil ver dónde se encontraban las empresas más contaminantes, sus chimeneas dominaban mi horizonte y el humo que salía de ellas iba directo arriba, no se acomodaba a ras de suelo. Ahora, las emanaciones insalubres se encuentran por todos lados. Nada de chimeneas altas, sino tubos de escape cerca del asfalto que no van rápidamente en busca del cielo, sino que dejan pequeñas partículas negras en mis fachadas y balcones. Tendríais que ver la paleta de colores de los edificios en el Eixample a principios de siglo, unos cuantos con pinturas murales singulares. Marrón, beis, amarillo e incluso rojo y rosa, pero ahora todo eso es una gran plasta grisácea, todas las fachadas se parecen, las deshicieron de vida propia, los colores son uniformes, las pinturas se convirtieron en grabados grises de tiza.

Y aún hemos de ver si esas rondas son la solución, ¿eh? Son perfectas para los coches que deben ir de un lado al otro extremo sin tener que cruzarme, pero supongo que la mayoría querrá abandonar la ronda en alguna salida para llegar a su destino, para atascarse en los mismos lugares que ahora. En ese sentido sí que le tengo envidia a Venecia, no ves ningún coche en su corazón. Aquí no se atreven; solo en mis calles más estrechas desaconsejan su uso, pero expulsar el tráfico rodado por completo, ni lo piensan.

Soy una defensora de la bicicleta, aunque temo que en eso voy muy adelantada a mis tiempos. Acaban de construir el primer carril de bici. ¿Sabéis cuánto mide? Tres kilómetros. ¿Y dónde? En la acera de la Diagonal, donde ni siquiera se atrevieron a quitar un solo carril de los once que hay para los coches. ¡Once! El día que vayamos miles y miles en bicicleta, yo ya estaré ahumada, tosiendo como una posesa y posiblemente ya tendré una enfermedad incurable.

44

—¡Basta!

Marisol grita más fuerte de lo que era su intención. Del susto, su madre deja caer el tenedor, su padre y su hermana la miran con ojos enormes. Ella nota que también la gente de otras mesas la está mirando. El local tiene unos cinco, seis metros de altura y su acústica es como un barril de petróleo vacío. Aquel «¡Basta!» resuena durante unos segundos y es cada vez más agudo.

Es un sitio de esos modernos, lo abrieron hace solo unos meses. Le dejaron escoger a Adela, fue su elección. Hoy es su cumpleaños; ya tiene veintiuno y, como es lunes y Cal Pepe está cerrado, su madre propuso ir a cenar los cuatro. Ella invita, porque dice que no saben qué regalo comprar. El restaurante tiene un nombre esnob, intranscendente, Marisol ya ni se acuerda de cómo se llama. Está en una antigua nave del Poblenou, donde la industria pesada desaparece poco a poco. En el centro se mantiene la base de la vieja chimenea de ladrillo, como memoria del pasado áspero del local. Ahora en ella hornean pizzas.

A su padre no le gustan. En realidad, nada de la carta le parece bien, todas cosas que no conoce, ni siquiera los platos de pescado. Tartar de atún. Adela ha tenido que explicarle lo que es. El pescado no se come crudo, contestó, porque te enferma. Sin embargo, acaba de probarlo; aquella lo ha convencido. Son platos del futuro, dice su hermana, tal vez una idea para cuando tengan que abrir un restaurante en otro lugar.

Como segundo, su padre ha pedido una pieza de ternera a la parrilla, aunque aquí lo llaman «entraña», un corte del que nunca había oído hablar, y su madre tampoco, ni Marisol, pero es un tipo de filete y en Argentina lo denominan así. El negocio es de unos argentinos.

Adela casi convence a su madre para que pidiera el atún también, pero no lo hizo cuando se enteró de que lo sirven crudo. Es lunes, dice, y el atún viene de lejos y seguramente ha estado congelado, o sea que no, para ella nada de cosas raras. Pidió un plato italiano con berenjenas y mucha mozzarella y parmesano y salsa de tomate; no quiere nada más.

Marisol compartió con su hermana como primer plato un *mezze*: pequeñas raciones, o tapas, de otros países del Mediterráneo, según dice Adela, que quiere enseñarles hoy otras culturas gastronómicas. Incluso ha preguntado si podía llevarse una copia de la carta, así el chef Simón y sus cocineros de Cal Pepe pueden echarle un vistazo y a lo mejor aprender algo.

—¿Y tú crees realmente que pueden aprender de estas modernidades? —le espetó su padre.

Volvieron a discutir. De que estaban anticuados y no eran de estos tiempos y debían adaptarse al progreso. Con esa palabra su padre ya se puso histérico. Progreso. Que se fuera a la mierda el alcalde con su progreso. Y en ese momento los otros comensales empezaron a mirarlos. Su madre los mandó callar; se moría de vergüenza, porque nunca quiere llamar la atención. Pero seguían. Incluso hablaron de ella, como si no estuviera en la mesa. Que Marisol nunca dice nada, que Marisol va a llevar el chiringuito en el futuro, pero que nadie sabe qué pretenderá con su propio restaurante, cuáles son sus ideas para el futuro.

¿Pero lo tiene que decidir ahora, ya? Sus padres solo acaban de cumplir cincuenta.

Y entonces su madre dijo que a sus veinticinco años podría estar un poco más espabilada, que ya podría tener un poco del carácter de su hermana menor, y lo dijo sin mirarla siquiera, como si solo estuviesen su padre y Adela, que tampoco se giraron a mirarla mientras asentían, y allí fue cuando Marisol ya no aguantó más.

—¡Basta!

Ahora los tres la miran.

—Ya vale. Estoy cansada de escucharos. Que Marisol no dice nada, que Marisol no opina nada, que Marisol no tiene ideas, parece que Marisol no está, Marisol está muy callada, Marisol no se parece a Adela, Marisol es un pajarito muerto…

—Cariño —la interrumpe su madre—, eso nunca lo he dicho.

—¡Pero papá sí! Y más lindezas. Como si yo no existiera para vosotros. Pues mira cómo era antes, cuando ponían a Marisol encima de la mesa para que la niña graciosa bailara para los clientes y les gustara sobre todo a los hombres de las oficinas, y después papá me puso en otra mesa donde ya habían terminado de comer, pero no de beber. Parece que ya no pinto nada desde que no quiero bailar para los comensales. Es más pesado escuchar a algunos clientes cuando quieren pedir o se quejan de algo, y hay días que preferiría bajar bailando por la escalera a la playa y desaparecer camino del mar.

Las palabras se le atragantan. Se ha quedado sin aire, tiene que tragar saliva. En la mesa reina el silencio, su madre le pone una mano en el antebrazo.

—Ay, mi cariño…

—Pufff, siempre ese «cariño». Cariño esto y cariño lo otro, todo el mundo es cariño para ti.

—Sí, en eso estoy de acuerdo. —Su padre se sacude de risa y Marisol tampoco puede reprimir una sonrisa.

Solo un segundo. No quiere reírse con su padre.

—¿Alguna vez me habéis preguntado qué quiero o qué pienso? ¿Alguna vez os habéis sentado conmigo, en una mesa como ahora, para hablar en serio del tema? Del restaurante, de lo que va a pasar. De mi vida. Una vida sobre la que vosotros siempre habéis mandado. Vosotros quisisteis que dejara la escuela, que empezara a trabajar bien joven en el merendero. ¿Qué vida pensáis que he tenido en los últimos diez años?

—¿Ahora nos vas a reprochar que...? —Su madre no puede terminar la frase, porque su padre la adelanta con fuerza.

—Eso sí que es un comentario feísimo, Marisol.

—¿Ves? —dice ella—. Ni siquiera puedo expresar lo que pienso. Adela sí, ella lo suelta de todo, pero en cuanto yo digo algo...

—Eh, ¿ahora me toca recibir a mí también? —protesta su hermana—. Tú ve por ahí soltando manotazos.

—Quiero que retires esas palabras —dice su padre—. Nosotros no te sacamos del colegio, tú también quisiste dejarlo. Tampoco es que fueras un genio. Y para trabajar en el restaurante no se necesita diploma.

—Pero ¿qué pasa si quiero dedicarme a otra cosa?

—¿Otra cosa? —Pepe se yergue un poco con su cuerpo forzudo, como si quisiera mirarla desde la altura, para impresionarla. O humillarla—. No sabes hacer nada más, no hay otra cosa.

Marisol sacude la cabeza. Hace mucho que su padre le dijo que, de los tres, ella era su favorita. Palabras. Nunca las convirtió en hechos. ¿O su manera de expresarlo fue colocándola a bailar en una mesa? Chechu y Adela aún eran muy pequeños, era imposible que tuviese un hijo favorito. Fue cuando todavía no odiaba a su hermano. O tal vez no era odio. Más bien decepción. Y un enfado que iba en aumento.

—Puedo hacer más de lo que fue capaz Chechu. —Ups, no debería haber dicho eso, lo sabe, pero ya le salió.

—¡Marisol! —Su madre ya no viene con el «cariño».

—¿Cómo te atreves a menospreciar así a tu hermano muerto? —dice su padre, que levanta la mano, como si fuera a pegarle en la mejilla.

Jamás en su vida lo ha hecho. Ahora tampoco.

—A lo mejor ya es hora de que lo mencione, ¿no, papá?

En un santiamén, la mirada de su padre se transforma y la cólera da lugar a la extrañeza. Se vuelve a sentar.

—¿Qué quieres decir?

—¿Nunca te has preguntado por qué estos años he estado aún más calladita que antes?

Marisol mira a su madre, después a su hermana.

—¿Y vosotras tampoco? ¿Nunca os habéis preguntado por qué papá apenas se ríe ya en los últimos dos años? ¿O no tanto como antes? ¿Por qué no se cuida? ¿Por qué tantas veces está de mal humor?

—Sí, cariño. —Su madre, otra vez—. Cada uno tiene su manera de digerir algo así. Todos sufrimos un golpe muy duro por la muerte de Chechu.

—No, mamá. No es lo mismo. Vosotras no sabéis… —Marisol duda. Ya no se atreve a mirar a su padre, que de repente se ha quedado mudo. Por el rabillo del ojo ve sus manos descansando en la mesa, al lado del plato—. Vosotras no sabéis lo que realmente ocurrió.

Marisol levanta la vista, ve a su madre y su hermana mirarse entre ellas, luego a ella y después interrogan con la mirada a su padre.

—¿Cariño? —dice su madre.

—¿Papá? —dice su hermana.

—¿Lo cuentas tú, papá? ¿O debo hacerlo yo? —Marisol también lo mira ahora, pero tiene la cabeza agachada.

—¿El qué? —murmura.

—¿Vas a explicar por fin lo que pasó aquella noche?

—Ya lo sabemos —dice su padre—. Y hace poco el conductor del camión nos dio más detalles.

—No me refiero a eso, papá. No al accidente. Antes.

—¿Qué pasó antes? Chechu volvió a buscar una dosis de esa mierda, eso es lo que pasó antes. Como tantas otras veces.

—No, papá. Antes de eso.

Su padre gira la cabeza levemente hacia ella. Se le han apagado los ojos. Casi de forma imperceptible, se encoge de hombros.

—Lo vi, papá. Y lo oí.

—¿Pepe? —dice su madre.

Este no reacciona, la vista de nuevo en el plato. Marisol no se atreve a mirar de nuevo a su madre y su hermana. Tiene que dirigirse a su padre ahora, y es más fácil así. Alguna vez pensó en contárselo solo a él, pero no tendría sentido. Compartir el secreto entre los dos no aliviaría el dolor. Su madre y Adela también deberían saberlo.

—Me había levantado, papá, para coger un vaso de agua. No me oíste. Estabas de espaldas. Intentabas no hablar en voz alta, de madrugada, pero yo te entendía bien. No veía a Chechu, ocupabas todo el marco de la puerta. Pero sí que lo oía. Y me di cuenta de en qué estado se encontraba. Bueno, como siempre. ¿Qué hubo de diferente esa noche? ¿Que normalmente no lo veías llegar a casa a esas horas porque estabas durmiendo? ¿Que siempre salía mamá para echarle un vistazo?

—Yo no oí nada esa noche —dice su madre—. Sí, que tu padre se levantó y unos ruidos en la cocina. Pero no la puerta.

—Es que papá cerró con mucha prudencia, ¿no, papá? —Marisol sigue sin mirar a su madre.

Pepe se ha quedado petrificado.

—¿Por qué no le permitiste a Chechu entrar esa noche, papá?

—Estaba sucio. Olía mal.

—¿Solo por eso? No era la primera vez, ¿no? A veces nos levantábamos con la peste aún presente en el comedor.

Su padre sigue sin levantar la vista. Con la mano izquierda manosea el tenedor, con la derecha toca el trozo de carne que le queda, la sangre tiñe el plato de rojo.

—Estaba enfadado. Y avergonzado. Sentía de todo. Que ya no era mi hijo. Otro ser. No sé. Es como si estuviese hablando con un extraño. A lo mejor ya no sentía nada en absoluto.

—Oí que te rogaba que lo dejaras entrar. No una vez, no dos. Continuamente. Nunca he olvidado ese «por favor», papá. Y no paraba de decir eso también. «Papá, papá»… No sé cuántas veces.

—Solo esa noche. En meses no lo había oído de su boca.

—Vi que os empujasteis.

—¿Y por qué no dijiste nada en aquel momento? —pregunta su madre.

Marisol sigue sin mirarla. Empieza a llorar.

—No lo sé, mamá. Tenía miedo. Miedo a los dos. No sé por qué. Cuando empezaron a empujarse, me fui a la habitación. Y eso nunca me lo perdonaré.

Nadie se mueve. Adela no ha dicho ni una palabra.

—Y tú, Pepe, ¿qué dijiste?

Marisol nota que se le quiebra la voz a su madre. No se atreve a mirar hacia las otras mesas.

—¿Qué le quería decir Chechu al conductor? Mi padre… ¿Mi padre qué, Pepe?

—Le quité la llave de casa. No fue difícil, estaba tirada en la calle.

Pepe levanta la vista. Marisol ve las lágrimas en sus mofletes. Él sacude la cabeza y las gotas caen al lado de su plato en la mesa roja.

—Y...

Nadie dice nada. Tiene que salir de su padre, que ha vuelto a agachar la cabeza.

—Y le dije...

Le tiemblan los hombros, nunca lo había visto así. ¿Tenía que sacar el tema? ¿No se arrepentirá también de esto?

—Cariño —dice su madre, que le agarra con una mano la muñeca a su marido—. ¿Qué le dijiste?

—Que... Que no volvería a entrar en casa hasta que no se desenganchara de esa mierda.

45

Si algún día me muero, quiero que me entierren en Montjuïc. No en cualquier lugar de la montaña, claro, sino en el propio cementerio, como cientos de miles de mis ciudadanos. No creo que fallezca jamás, no puedo imaginármelo. Una ciudad no muere. Sí, las hubo que perecieron, pero hace siglos. Ciudades con o sin nombre de los incas y los aztecas. Antiguos asentamientos romanos, aunque muchos de esos, igual que yo, sobrevivieron a guerras y desastres y se desarrollaron hasta ser las ciudades que son ahora. Pompeya no, por supuesto. Es tal vez el mejor ejemplo de una ciudad que pereció, pero ella sigue existiendo, se la puede admirar, nunca desapareció ni la enterraron por completo. La Atlántida, esa ya no está realmente, si es que algún día existió. Tendría que saberlo, porque dicen que estaba en el Mediterráneo, pero nunca me di cuenta de su existencia.

Ahora hay muy pocas ciudades que mueren. Algunas padecieron los peores bombardeos imaginables, pero volvieron a levantarse, tal vez con menos encanto que antaño, pero están ahí, firmes y orgullosas. Incluso Hiroshima y Nagasaki. No quiero ni pensarlo, que me faltaran partes que antes albergaba, a menudo los edificios más viejos y bellos. Con eso no puede ningún cirujano plástico ni ninguna prótesis. Nunca será lo mismo, con el panorama de las huellas imborrables de la mutilación sufrida.

Creo que el ejemplo más reciente de una ciudad desaparecida es Prípiat. Aunque no del todo. Los edificios se mantienen, solo faltan los habitantes, todos fallecidos o huidos tras el desastre de la central nuclear de Chernóbil. Espero que algún día la gente pueda volver ahí, porque una ciudad sin sus vecinos ya no es nada. ¿Qué haría yo aquí sin mi gente? ¿Tumbada, yo solita, sin ni una pizca de vida en mis calles, en mis edificios? Creo que el decaimiento empezaría rápido, que me iría consumiendo poco a poco, aunque sin desaparecer del todo. Acabaría siendo una momia, muerta, pero no deshecha del todo.

En ese sentido, los pequeños pueblos son mucho más vulnerables. Hubo unos cuantos destruidos por bombardeos que no los reconstruyeron. O aquí, en la Catalunya central, algunos desaparecieron bajo el agua cuando Franco hizo construir presas y pantanos para la provisión de agua. Agua para mí, sobre todo, agua potable para mis habitantes. Siento que otros hayan tenido que sufrir tanto por eso, pero no pude hacer nada. También se desvanecen pueblos por abandono. Cien habitantes, después cincuenta, y diez, y después de morir el último ya no queda nadie. En la España vaciada tenemos miles de pueblos así. Las casas caídas, los techos se derrumban, las paredes se deshacen pese a la robustez de sus piedras, la naturaleza se apodera de la aldea, se la traga, hasta que ya no queda casi rastro.

Pero bueno, por donde iba: ahí está Montjuïc, la montaña de los judíos, porque hace siglos hubo un cementerio judío ahí. No en el sitio del actual camposanto; este se construyó en la parte posterior de la gigantesca roca, fuera de la vista desde la ciudad, como si los vivos no quisieran confrontarse a diario con sus muertos. Pero forman una pareja inseparable, ¿no? La vida y la muerte. Y Montjuïc es una necrópolis bellísima y grandiosa de la que hay que estar orgullosa. Es tan grande que incluso circula un autobús urbano por sus calles, entre los panteones y las filas interminables de nichos, con varias paradas. Transporte colectivo hacia el más allá, el colmo de los servicios públicos.

A veces la gente pregunta qué famosos están sepultados aquí, pero Montjuïc no es un Père-Lachaise ni un Recoleta, los catalanes no veneramos tanto a nuestras estrellas apagadas como los parisinos o los bonaerenses. Un campeón olímpico de gimnasia, un jugador del FC Barcelona, escritores y poetas, políticos; los hay, pero nadie podría indicarte su tumba. Sí, la de Lluís Companys, un presidente de la Generalitat que fue fusilado por los franquistas, es la más famosa, sobre todo porque sus sucesores y correligionarios lo vienen a honrar cada año en el día de su muerte.

La mayoría de los muertos, también aquellos que en vida fueron famosos, están enterrados de manera bastante anónima, en un nicho normal y corriente, detrás de una placa de mármol con su nombre, y no en los mausoleos pomposos de los ricos de otros tiempos. Vale, mencionaré una tumba en concreto, ya me conocéis un poco: la de Ildefons Cerdà. No un nicho, sino un sepulcro de piedra sobre el suelo, llamativo en toda su sencillez: en el mármol blanco de la tapa está esculpido el patrón de las calles del Eixample. Mira, eso es un homenaje mucho más bonito que esa rotonda infernal que bautizaron con su nombre. Pero también para esta honra hubo de esperar muchísimo; no fue hasta un siglo después de su muerte cuando un admirador fue a buscar sus restos a Cantabria para que el hombre que creó buena parte de mí tuviese el reposo merecido en Montjuïc, ahora hace unos veinte años. Si yo me muero algún día, aunque ya dije que me parece bastante improbable, espero que la gente me trate y rememore con más cariño y dignidad.

PARTE V

Octubre de 1991

46

Mira a su alrededor y cree que todo está bien así, tal como ella lo había imaginado. Los cuatro taburetes en la barra y dos mesas altas al lado de la ventana, con tres taburetes cada una. Pero la movida tendrá que ser fuera. Ahí hay lugar para cinco mesitas, tan grandes, o pequeñas mejor, como una paellera para seis personas. Son de hierro, las encontró en el mercadillo de los Encants, oxidadas y con restos de pintura blanca. Ahora, cada una tiene su propio color. Las sillas las compraron en una tienda de muebles, elementales y plegables, de madera y hierro, fáciles de recoger y guardar a la hora del cierre, no ocupan mucho espacio. Sí, todo es bastante diminuto, la cocina también, pero es más que suficiente para ellos dos. Y gracias a eso les llevó poco tiempo arreglarlo, en poco más de un mes estaban listos. Un amigo del barrio que sabe del tema les dijo que deberían mantenerlo lo más sobrio posible, un poco de estilo industrial, un espacio alto y vacío con las tuberías y conducciones de aire y gas y electricidad a la vista, como lo tienen todas las discotecas de moda, y los nuevos bares y restaurantes también irán por ese camino. No es un chiringuito, por supuesto, porque aquí no hay playa. Y el barrio es demasiado descarnado como para montar un restaurante romántico. ¿Y un bar típico de barrio, a la antigua? No, de esos ya hay muchos en la ciudad, no quiere ser uno más, con eso no llamas la atención. Y te viene otro tipo de público. Ellos mismos son jóvenes, se decían, y deben apostar por gente de su edad. Vale, un poquito mayor puede ser también, porque esos tienen más dinero para gastar. Aunque no es que hayan puesto precios elevados a las tapas; sobre todo al principio tendrán que poner facilidades para que la gente venga.

También abrirán los domingos por la mañana, decidió Marisol. Para los feligreses. Sí, ella es consciente de que es un tipo de público muy diferente. Cada vez va menos gente a la iglesia y cada vez es más mayor. Pero aquí suele haber una asistencia considerable, no es una iglesia cualquiera, y a lo mejor les gusta ver esas cinco mesitas en la plaza cuando después de la misa abandonan la catedral por el portal monumental. Un vermú o una cerveza al mediodía, para enjuagar el sermón del cura, acompañados de alguna tapita. Puede que esas les parezcan un poco raras, no son muy tradicionales, pero tampoco hace falta preparar los calamares, las gambas o los callos siempre de la misma manera, ¿no? Las croquetas serán una de las especialidades. No solo de pollo, bacalao o jamón, que esas las sirven en todos los sitios, sino también de *ceps* o carne de cordero estofada. Y habrá más variedades.

Encontrar un nombre no le costó nada, más fácil imposible. Su pequeño bar lo pedía a gritos, el propio entorno impuso el nombre. Su propio nombre, además.

Santa Maria. El pintor del rótulo lo escribió primero con acento en la «i», pero ella no lo quería así. Tiene que ser Santa Maria, en catalán. No es que ella fuera muy fanática y la política no le interesa en absoluto, pero la iglesia se llama así y también la plaza. Santa Maria del Mar, sin acento.

En su DNI sí que se escribe con tilde, pero eso es un legado del pasado, de la España de su año de nacimiento. No fue hasta cuando cumplió doce que se enteró por su madre de que hubo bastante follón con su nombre, que discutieron mucho cuando se descubrió que su padre la había inscrito como María de la Soledad. A ella no le molestó para nada. Marisol está muy bien, pero a veces suena a restaurante de playa o a hotelito barato en la costa. Y ese «Soledad» pertenecía igualmente a su vida, su carácter. No como desamparo o aislamiento, sino como estar a gusto consigo misma, no necesitar mucha gente a su alrededor. Eso suena mucho menos dramático.

Sí, en los últimos dos años se sintió sola. Ella con su secreto. La consumía sin que se diera cuenta. No lo tenía preparado, no estaba planeado soltarlo en aquella cena, pero le salió de manera espontánea. Vino de muy profundo y cuando emergió como la lava de un volcán ya no se pudo contener. Y, perdón, pero el peso del que se liberó aquella noche es mucho más grande que la tristeza de su madre. Aunque la pena de su padre no será menor, pero tal vez es bueno para él que las otras ahora también lo sepan, que ya no piense que solo él lleva encima el dolor de la última noche de Chechu, una penumbra de la que es difícil escaparse.

François le preguntó esta mañana si cree que sus padres vendrán a la inauguración. Sí, ¿por qué no? No están enfadados con ella, pues no tiene culpa de nada, ¿no? Sí que están sorprendidísimos de que Marisol se haya marchado. No de manera definitiva, pues sigue viviendo en casa. Pero a partir de ahora solo irá a dormir. Ya fue así las últimas semanas, con lo ocupada que estaba con la reforma.

Trabajar al lado de su padre, cada mediodía y cada noche, se había tornado imposible. En aquella semana de agosto el mercurio subió hasta los treinta y seis grados, pero entre ellos se formó un agrio frío invernal. Su madre no se metió en el asunto, no fue capaz. En septiembre apenas iba al chiringuito, solo a la hora de la comida; por la noche se quedaba en casa, estaba cansada de haber trabajado todo el mes de agosto.

Fue Tintín quien sugirió la idea. No estaba ciego, se daba cuenta de que algo pasaba en la familia. Preguntó por ello, pero Marisol no quiso soltar palabra. No hacía falta que lo supiera nadie más aparte de ellos cuatro y Chechu en su tumba, ni siquiera *l'àvia*. Ella solo le dijo que el trabajo empezaba a cansarla, diez años haciendo lo mismo, y la incertidumbre sobre el futuro. Tintín preguntó si nunca se había planteado montar algo por su cuenta. Pues no, realmente nunca. ¿Ella sola? Bueno, dijo el belga, con él, por ejemplo, de cocinero. También tenía muy visto Cal Pepe y sabía hacer más cosas que ser el mejor pinche del chef Simón. Había hecho prácticas en Arzak, en San Sebastián, pero lo que había aprendido en el mejor restaurante de toda España no lo podía aplicar en el chiringuito. Tenía ideas. Pues no voy a abrir un restaurante para conseguir una estrella Michelin, le contestó Marisol. No hacía falta. François también había visto otras cosas, en la parte vieja de Donosti. Los *pintxos*, trocitos de pan con algo rico encima, en lugar de solo jamón, queso o chorizo. Le parecía raro que no existiera todavía en Barcelona. ¿No viven vascos aquí?

Pues hoy servirán *pintxos* también, aparte de las croquetas y otras tapas. La barra está llena de ellos, François ha estado toda la mañana preparándolos. Pan con pimiento verde y queso de cabra, con ensaladilla de cangrejo, con sardinas ahumadas… Está experimentando con todo.

La pregunta de François la hizo pensar. ¿Montar algo ella misma? Se pasó por el banco. Su padre siempre había llevado sus cosas y Marisol nunca se preocupó demasiado de ello. En sus primeros años en el restaurante no le pagaron ningún sueldo, porque sus padres tampoco se pagaban a sí mismos, dijeron, y en casa no le faltaba de nada. Cuando cumplió dieciocho su Pepe abrió una cuenta corriente a nombre de ella, para transferirle cada mes una paga. Tampoco mucho, pero algo más del salario mínimo, dijo su padre, porque trabajaba muchas horas, y cada año se lo incrementaría de acuerdo con el porcentaje del IPC. Aun así, seguía interesándole poco a Marisol. No tenía tiempo de gastar el dinero, compraba poca ropa, no iba de vacaciones ni tenía aficiones costosas. Su padre se dio cuenta y le aconsejó abrir una cuenta de ahorro. Marisol confiaba a ciegas; cada mes, tres cuartos de su sueldo iba a esos ahorros.

A principios del mes pasado, cuando todo el mundo ya había vuelto de vacaciones, le preguntó al director de la oficina del banco del barrio, al que solo había visto un par de veces, por el saldo en su cuenta. El hombre la felicitó: casi seis millones de pesetas. Una cantidad que asustó a Marisol y a la vez estuvo agradablemente sorprendida. «Un buen momento para empezar a usarlo, señorita», le dijo con una amplia sonrisa.

Se lo contó a François, que no se lo podía creer; veía abrirse una nueva puerta. Sus padres son gente acomodada, la podían ayudar también, pero Marisol dijo que no hacía falta, que el banco le iba a dar todo lo que necesitaba, esos seis millones eran un buen fundamento para una hipoteca. Este bar tenía que ser cosa de ella y le iba a pagar a François un sueldo digno, y dentro de unos años él ya buscaría la aventura por otras lindes, o abriría su propio restaurante, uno de verdad, y no un bar pequeño en un rincón de la ciudad tan inhóspito como cautivador.

Su padre le preguntó si estaba loca: si la Barceloneta era el purgatorio, la Ribera y el Born eran el infierno, dijo. En su barrio le gente al menos se conocía, había un montón de tiendas, bares y restaurantes, era un pequeño pueblo a orillas del mar. En el Born, muchos de los habitantes de siempre habían huido, se había instalado mala gente, de todos los rincones del mundo. Nadie se sentía seguro, solo los más valientes aguantaban en los bares de toda la vida, como su amigo Joanet, en la parte más alta de Sant Pere, pero en esta plaza desapacible ni la catedral del mar le daría protección ante el diablo. No por casualidad el local era tan barato, ¿no había pensado en eso?

Su madre tampoco lo veía claro. No solo por el sitio, sino porque Marisol rompió con la tradición. El chiringuito siempre fue de las mujeres, de su abuela, de su madre, de ella misma, pese a ese nombre de Pepe en el rótulo… ¿Y no la había preparado para que algún día se hiciera cargo?

«¿Hacerme cargo de qué, mamá?», preguntó ella. Su madre seguía sin querer ver la realidad.

Ya es octubre; vendrán luego a la inauguración, Marisol está segura. A tres días del veredicto del juez. A lo mejor lo sienten como una traición. La hija que se ha marchado, con algo nuevo, pese a las pocas posibilidades de éxito que le ven. Y ellos mismos estarán dentro de una semana en la playa ante los trastos rotos de madera y vidrio. Marisol no había tenido tiempo en las últimas semanas de pensar en ello. Mejor.

—*Hello?*

Mira la puerta, desde donde llega la voz. Una pareja, parecen chinos.

—*Speak English?* —pregunta el hombre.

—*Little* —contesta Marisol.

—*Open?*

—Ah, ¿abierto? No, aún no. Mañana, *you know?* —Y da vueltas con el dedo índice.

—Mañana. *Tomorrow?*

—*Yes. Tomorrow.*

La pareja se gira y señala la iglesia, la plaza casi abandonada.

—*Beautiful. We Corea. You know?*

—Tintín. ¿Puedes venir? No los entiendo.

François sale de su cocinita detrás de la barra y se seca las manos con un trapo. Habla cuatro idiomas; pregunta a la pareja lo que quieren.

—*Nothing* —dice el hombre, que sonríe con amabilidad—. *We, Corea. Seoul. Olympic Games. 1988. You know.*

—*Yes.*

—*Now, Barcelona Olympics. Next year. Olympics good! Barcelona nice.*

—¿Qué quieren? —pregunta Marisol.

—Nada especial. Son de Corea. Hablan de los Juegos Olímpicos.

—Pero si son el año próximo.

—Ya, ya, lo saben.

—¿Pues a qué vienen ahora a Barcelona del otro lado del mundo?

—Yo qué sé.

47

Montse se aparta un poco, sigilosamente se aleja de la terraza, la copa de vino blanco aún en la mano. Aislarse un momento de la alegría, que es bastante contagiosa. La risa amplia de Marisol, su entusiasmo cuando habla con los otros, su paciencia al explicar lo que hay en la bandeja que ofrece. Su hija no para de señalar a François, pues es el que inventó las tapas, dice. Ve que, de repente, le da un beso en la mejilla a su padre, agradeciéndole que haya venido. Pepe se toma otro trago, la bebida es gratis, todo es gratis, y hasta la noche no tiene que trabajar. Por una vez, por una tarde, nadie de la familia se encuentra en el chiringuito. Montse no recuerda que eso, aparte de en vacaciones, haya pasado alguna vez. Tal vez es bueno por un día, tanto para ellos como para Cisco, que junto a Simón y los ayudantes pueden mantener el restaurante funcionando sin problema, de eso Montse no tiene duda. Pero la sensación es extraña, venir caminando los dos hasta aquí y dejar el merendero atrás, con Cisco, que no paraba de gritar «No os preocupéis, todo irá bien» hasta que doblaron la esquina.

¿Cuántas veces van de paseo así, juntos? O, mejor dicho: ¿cuándo fue la última vez?

Caminaban por el paseo Nacional y hablaban de cómo está cambiando el puerto y de todo lo que aún se va a hacer.

Las naves desaparecidas, la cantidad creciente de yates de recreo. La larga hilera de restaurantes que se abrirán. Ya hay unos pocos, en el moll de la Fusta, el muelle más cercano a la ciudad, y lo arreglaron bastante bien, pero esas terrazas…, horribles, dice Pepe, muy artificiales, ahí no vendrá nadie y, como familia de la Barceloneta, no te apetece para nada tener ahí un restaurante. En uno de ellos, a un artista le permitieron colocar un bicho enorme y la gente lo llama «La Gamba», pero a la primera ya te das cuenta de que es una cigala, no una gamba. Esa falta de conocimiento y de cultura gastronómica de gente que vive en una ciudad al lado del mar… Es la maldita modernidad, se queja Pepe, que un escultor alternativo pueda decidir que una cigala se llame gamba. Y ¿con eso has de creer que es un buen restaurante? Jamás en la vida irá a comer. Ya rechazó un local que el Ayuntamiento le ofreció ahí cerca. Carles, Emili y Domingo sí aceptaron un espacio en el puerto, pero Montse ya no quiere pensar en ellos. No por envidia, porque el emplazamiento no está nada mal, sino por su actitud. La decepcionaron.

Se sienta en la escalera ante el enorme portal de la iglesia, que está cerrado. Aparte de las veinte, treinta personas que han venido por Marisol y François, no hay casi nadie más. Un vecino se asoma a la ventana ante tanto jaleo en la terraza. Un mendigo le pide una limosna a Montse, pero ella no lleva nada suelto. Tampoco se trajo el bolso, todo el mundo avisa de que es mejor no llevarlo encima cuando paseas por el Born, aunque esta parte del barrio será para ella siempre la Ribera, tan animada en su juventud, tan degradada ahora.

Con Pepe ya solo habla de asuntos intrascendentes. Si es que hablan. Nunca volvieron a mencionar la noche con las chicas. Eso tiene que venir de él, ella no quiere dar el primer paso. Además, ¿qué puede decir? ¿Reprocharle haberle dicho cosas a Chechu que ella misma también había pensado? ¿Estar enfadada con él por, igual que ella, no tener ya control sobre su hijo?

¿Cuántas veces se desesperaba Montse cuando lo veía llegar a casa? ¿Cuántas cosas intentó para que su hijo volviese al camino correcto? Incluso pensó en denunciarlo ante la policía, esperando que en una celda no tuviera más remedio que desengancharse, aunque sería una ilusión; si algo es fácil de conseguir en la prisión es la droga. ¿Y cuántas veces ella estuvo a punto de cerrarle la puerta en la cara a su hijo, más como amenaza que un gesto real, porque no podría? Pero aun así…

Pensó en miles de cosas que podrían haber sido distintas aquella noche. Por un lado, piensa que Pepe debería haberle propinado un buen guantazo a su hijo, pero entonces Chechu se habría encarado con su padre, seguro, y se habría puesto violento y, con el mono, habría sido capaz de cualquier cosa. Por otra parte, se pregunta por qué Pepe no abrazaba a su hijo, le hablaba como un padre, buscaba acercamiento ni lo dejaba entrar para tomar juntos una copa en la mesa. Pero al mismo tiempo Montse se daba cuenta de que Chechu no era capaz de ello. Ni Pepe. Hombres…

Tampoco quiere sacar el tema porque, desde el cumpleaños de Adela, Pepe parece estar un poco mejor. Más jovial; a veces le vuelve la risa a la cara, la broma, la palmada en el hombro. Y todo pese al pesimismo sobre la decisión del juez. Pero las dudas sobre el futuro del chiringuito le parecen pesar mucho menos en el ánima que la carga de Chechu que llevaba los últimos años encima. Pero ¿cómo Pepe pudo vivir con tal secreto? En casa, en el restaurante, todo el día están juntos, todo es visible, no hay donde esconderse.

Montse nunca tuvo secretos. ¿Y sus hijas? Lo duda, aunque Adela tiene una vida muy suya. Otra vida. Y mira lo contenta que está por su hermana. Entusiasmada con la decoración del bar, pese a que Marisol no le dejaba dar ningún consejo.

Se levanta y se quita el polvo de la falda. Mira a su derecha, al carrer de l'Argenteria. Últimamente hay más gente, también más tiendas que la última vez que pasó por aquí. A lo mejor se anima todo un poco más. Lo desea mucho para su hija.

48

Marisol fue lista. Pepe no lo esperaba de ella. Sin duda fue idea de Tintín, ese belga es un chaval muy despierto. Demasiado espabilado para el chiringuito. Demasiado buen cocinero, tal vez, para la sencilla cocina del mar.

No sabe si tendrán éxito en la Ribera. El sitio sería adecuado si hubiera más vida. Pero al menos tienen un pedacito de futuro, algo para intentar salir adelante. La reforma fue modesta y asequible, consiguieron todos los papeles en un tiempo récord, ya pagaron el impuesto por las cinco mesitas en la terraza, y si funciona les permitirán ampliarla, pues en la plaza no hay nada más. A ver si van a llegar hasta la escalera de la catedral, ja…

Pepe se dirige hasta Las Golondrinas, cinco puertas más allá. Aún le duele el vacío que se asoma detrás, el largo callejón que ya no existe, la ausencia de los otros. Es lunes, ninguno de los seis abrió. Ayer fue la última cena, pero esta vez de verdad. Encima con lluvia, una tormenta de otoño apareció de la nada; en la cocina hubo goteras. Nadie podía sentarse en la terraza. Dentro tampoco estaba lleno. Todo el mundo que quería venir una última vez ya se acercó en los meses de verano y hasta bien entrado septiembre, mientras el tiempo benévolo aguantaba. Pero ahora ya nadie quiere acompañarlos en sus últimos pasos hacia la guillotina. Y razón tiene la gente, la última semana no ha sido lo mismo. A menudo Pepe ha tenido que decir que no había cierto plato o alguna bebida; quiere evitar que se queden cosas para los buitres que después de las excavadoras se apoderarán de los restos de su existencia.

Está delante de ellos ahora, los monstruos amarillos preparados para el asalto en cuanto reciban el salvoconducto del juez. Es escandaloso lo que había hecho el Ayuntamiento cuando todo el mundo hubo regresado de vacaciones. Desenrollaron el amplio paseo muchos metros más, como una alfombra roja para un estreno que no tendrá lugar hasta dentro de nueve meses, una moqueta de hormigón y piedras que durante muchas semanas se mantuvo, respetuosamente, a unos cien metros. Pero tenían el camino despejado después de recoger los escombros de los otros restaurantes y del club de natación. Fue para ganar tiempo, dijeron en el Ayuntamiento. El paseo ya acumulaba demasiado retraso, iban muy justos para terminarlo antes de los Juegos. Excusas. Pepe ve con qué rapidez superaron esos cien metros en solo mes y medio. Como si les viniera encima una autopista de cuatro carriles, pero con maquinaria de construcción en lugar de coches. La semana pasada no tuvieron más remedio que pararse, porque ya no pueden avanzar más. Aquí, a cinco metros de Las Golondrinas. Y justo a la altura de los merenderos, no un poco por delante ni un poco por detrás. No, es como si quisieran derruirlos ya en la mesa de dibujo, sepultarlos debajo del progreso, en línea recta.

Han quedado todos donde Joan. Los últimos seis supervivientes. Los galos, con Pepe como Obélix y Joan de Astérix, los nombres de guerra que copiaron de los periódicos. Esta mañana salen de nuevo en la prensa, el anuncio del día D, el del juicio final. En cada diario los seis nombres en el mismo orden, de la derecha a la izquierda: Cal Pepe, Gran Catalunya, Las Cuatro Hermanas, La Platjeta, Can Genís y Las Golondrinas. El verano los unió, se mandaban comensales cuando uno estaba lleno y el otro aún disponía de mesas libres. Juntos tuvieron que defenderse también de los reproches de los otros, los que ya se habían ido al suelo. Pero ¿qué podrían haber hecho? Pepe se lo preguntó a Domingo, al que en el último mes ya no ha visto por aquí. ¿Queréis que, como gesto de solidaridad, también nos rindamos, tal cual? No, dijo Domingo, pero al menos podían haber cerrado las puertas un tiempo, como señal de protesta, para dejar la ciudad de golpe sin sus chiringuitos, regalarle al alcalde una postal triste, un paseo a medio terminar y restaurantes cerrados. En julio vinieron periodistas de todo el mundo para informarse, para ver si Barcelona ya estaba lista, a un año de los Juegos. Sí, las instalaciones deportivas están todas terminadas, pero la propia ciudad aún está patas arriba, hay obras por todos lados. Buah, dijo Pepe, esos reporteros ni siquiera se acercaron a la Barceloneta, ¿para qué? ¿Una foto de seis merenderos de playa cerrados? ¿Realmente pensaba Domingo que eran tan importantes? Así que permanecieron abiertos, porque el precio de la solidaridad sería demasiado alto. Al final, aquel aceptó, igual que alguno de los otros, la oferta del Ayuntamiento: un amplio local en los bajos de los antiguos almacenes del puerto, en el que montará junto a Carles y Emili un restaurante. No parece mal lugar, justo en el recorrido de la ciudad a la Barceloneta y al lado del metro. ¿De qué se quejan? Sí, de que no pueden abrir hasta dentro de unos meses. Montse se alteró mucho ante la actitud de esos hombres que conoce desde hace más de cuarenta años; Pepe le dijo que se calmara, que ya se habían ido y tal vez nunca más los volverían a ver, ahora que estarán más lejos, y si se topan con ellos no tienen ninguna obligación de saludarlos.

Pepe espera que no se presenten esta tarde para echarles sal en las heridas, como alegrándose del mal ajeno, o incluso con sentimiento de venganza. Jaume, el abogado, está en Madrid para recoger la sentencia en la Audiencia Nacional. Dijo que confiaba en sus tesis, pero, claro, los abogados siempre lo dicen. Su defensa principal: la Ley de Costas de 1988 indica que la concesión de construcciones en el litoral tiene una duración máxima de treinta años y, según el ministerio, ese plazo, en este caso, ya caducó hace tiempo. Pero el abogado argumenta que esos treinta años empezaron a contar de forma oficial con la aprobación de esa Ley de Costas; anteriormente, se consintió la presencia de todos los chiringuitos durante décadas y estos cumplieron con sus obligaciones, incluso el Ayuntamiento los apoyó para formalizar más o menos su situación. Ahora los legisladores, seguro que sin quererlo, han reconocido su existencia formalmente. Cuando Jaume se lo explicó, le sonaba un poco inverosímil y tampoco lo entendió del todo. No era necesario comprenderlo, porque no serviría de nada.

En cuanto el abogado tenga la sentencia en sus manos, llamará por teléfono. La principal pregunta es cuánto tiempo les dará el juez para desalojar. Nadie quiere empezar ahora ya, porque significaría que se rendirían de antemano. Joan, el viejo comunista, sacó hasta la Pasionaria, con su «mejor vivir de pie que morir arrodillado».

Pepe escupe en el suelo delante de una de las excavadoras y se da la vuelta. Va hacia el restaurante de Joan; no tienen ni idea de a qué hora el abogado sabrá algo. Saluda a Genís, de Can Genís, y a su mujer, Carmen; le piden que los espere y así lo acompañan. María del Mar, de La Platjeta, acaba de llegar junto con su hijo. Pepe no ve a nadie de Las Golondrinas; a lo mejor no se presentan, siempre fueron un poco rarillos.

Antes de entrar en Gran Catalunya, ya oye a las hermanas, a cuál más estridente; hace días que están de los nervios, casi histéricas, y precisamente no se ayudan entre ellas para tranquilizarse. Pepe se esfuerza por mantener la calma, pero nota algo en la barriga que hace tiempo que no sentía. Sí, desde aquella noche en el restaurante de Poblenou, cuando Marisol explotó, pero eso fue una sensación diferente, más de vacío y a la vez más pesada; le es difícil describirlo.

En aquel antro moderno, frente al filete de nombre raro, se derrumbó su mundo, vio desaparecer a Montse para siempre de su vida y a sus hijas renegar de él. Lo dejaron KO, el hombre fornido y fuerte estaba en el suelo inerme, delante de las miradas del restaurante entero, donde todo el mundo sabía lo malo que había sido, qué error mayúsculo había cometido, uno que jamás en su vida olvidaría ni podría perdonarse. Pero, cuando el árbitro contó hasta diez y Pepe se levantó, mareado pero consciente, Montse, Marisol y Adela seguían allí y no lo miraban enfadadas ni regañonas. Los otros comensales estaban tranquilos en su mesa sin fijarse en él, nadie vio las lágrimas que se secaba con su peludo antebrazo. Su mujer le cogió la mano y él esquivó la mirada, para no mostrar sus ojos rojos. En el suelo vio tumbado a Chechu, una sábana cubriendo la mitad de su cara mutilada, y abrió el único ojo visible y volvió a cerrarlo, un guiño al revés. Pepe creyó ver una sonrisa tímida en la boca de su hijo y miró de nuevo a la mesa, a la mano de Montse, que con tranquilidad dijo que hablarían del tema más adelante, que ahora era el cumpleaños de Adela y que, antes de sentarse en la mesa, le había pedido al camarero un pastel con velas. Adela dijo que no tenía los ánimos para soplarlas. Hazlo, le dijo Marisol, sopla fuerte para que todo vuele, y a Pepe le extrañaron las palabras de su hija mayor, poéticas a la vez que mostraban fortaleza. Sopla, repitió Marisol, y mañana entre todos encenderemos nuevas velas en la iglesia.

«Y papá ya no tendrá que confesarse», dijo Montse y todos rieron un poquito.

Después de aquella noche, su mujer y él no hablaron más del tema. Tampoco las chicas le han dicho nada. Y Pepe no piensa recordarlo. Si a las mujeres les parece bien así, así será. Sí quedaron en subir los cuatro para Todos los Santos a Montjuïc. Será la primera vez que Pepe visite la tumba de su hijo.

Joan está preparando café para todos. Genís le pregunta si no tiene botellas de cava en la nevera. Dos de las hermanas le recriminan la broma, dicen que no es momento de desafiar al destino. Pepe nota un golpecito en su trasero: acaba de entrar Montse. Marisol no puede venir, dice. Abre los lunes por la mañana, quiere estar siempre en su bar, para que los transeúntes y los vecinos vean que la vida regresó a la placita delante de Santa Maria del Mar. Adela está en la universidad y, además, ¿qué harían las chicas aquí ahora? Pepe no quiere que sus hijas vuelvan a ver lágrimas, que esta vez serían de Montse, porque las suyas se agotaron ya. Es la crónica de una muerte anunciada; hay cosas peores, sí, aunque eso también le parece un tópico. Primero el certificado oficial de fallecimiento, luego la ceremonia funeraria y solo después llegará la hora de hacer balance con una copita en la barra de la cafetería del cementerio.

Suena el teléfono, los alaridos de las hermanas se detienen en seco. Pepe mira su reloj: son apenas las diez.

—A lo mejor llaman para reservar una mesa —dice Joan mientras se dirige a la caja, donde cuelga el teléfono en la pared. Nadie se ríe—. ¿Diga? —Asiente con la cabeza, mira a los otros, levanta las cejas—. Hola, Jaume. —Asiente otra vez—. Sí, sí, estamos todos, excepto los Soler, de Las Golondrinas.

Fuera graznan las gaviotas. En la calle reina el ruido de las furgonetas que vienen a descargar en las tiendas, bares y restaurantes. Pepe no alcanza a oír lo que se dice al otro lado de la línea. Siente la mano de Montse apretarle la muñeca; las hermanas, las seis vestidas de negro, se han juntado en un rincón, como un nido de pequeñas golondrinas que en cualquier momento abren los picos y empiezan a trisar. Joan está agachado sobre el teléfono, con un dedo en la otra oreja; su expresión no delata nada. Dice sí y no y nada más. Los segundos parecen minutos y los minutos horas.

—Sí, ya nos lo imaginábamos —dice Joan. Pepe mira a Montse; las hermanas, cada vez más inquietas—. Eso no lo entiendo. —Se encoge de hombros, pero su mirada sigue sin revelar nada—. ¿Veintisiete? Pero entonces ya estaré más muerto que Tutankamón... ¿Y después?

Genís le toca el hombro, le pide con gestos que cuente algo, esto es insoportable.

—¡Buenos días! —La familia Soler acaba de llegar.

Pepe se pone el dedo en los labios.

—El a-bo-ga-do —susurra.

Joan endereza la espalda.

—Vale, señor Jaume. ¿Me permite que lo repita en voz alta para los demás y me corrige si me equivoco?

Los mira a todos de lado a lado.

—Es complicado —dice—. Jaume nos leerá toda la sentencia cuando vuelva esta tarde, es de ese lenguaje jurídico engorroso, pero en resumen quiere decir esto: según el juez, el Ayuntamiento nos otorgó en los últimos cincuenta años una especie de legalidad, al no ponernos nunca ningún impedimento, al cobrarnos los impuestos, al dar permisos para ampliaciones y para las terrazas... ¿Qué? —Joan escucha un momento a Jaume. Y sigue—: Sí, y al no exigirnos nunca las licencias ni las concesiones... Según el juez, una nueva ley de costas de otra administración, la central, no puede poner fin así de golpe a una situación que la Administración local ha tolerado desde hace tanto tiempo. ¿Sí? —De nuevo, escucha la voz procedente de Madrid—. Sí, sí... Según Jaume, el ministerio alega que no fue de golpe, que tuvimos tres años para hacer las maletas. Y… Sí, Jaume, eso lo entendí. El juez rechazó ese argumento.

Pepe vuelve a mirar a Montse, que le estruja aún más fuerte el brazo. Se miran los unos a los otros; todos observan y ninguno habla. No acaban de entender. La mirada de Joan es impenetrable, como si él tampoco entendiese exactamente lo que acaba de decir.

—Esos veintisiete años de los que hablabas, Joan —dice Susana—. Y que te vas a morir. ¿Qué es eso?

Poco a poco aparece una sonrisa en la cara del viejo y menudo Joan. Le falta un colmillo y lleva barba de varios días.

—Señoras y caballeros…

—Venga, Joan, déjate de chorradas —lo aprieta Pepe.

—El juez ha determinado que nuestras concesiones son válidas. Que oficialmente no entraron en vigor hasta 1988, con la aprobación de la Ley de Costas, y que nadie puede echarnos de aquí en los próximos veintisiete años, es decir, hasta el 2018. Ni el Ministerio, ni el Ayuntamiento, ni el paseo marítimo, ni nada ni nadie.

Congelados, nadie grita ni salta. Vuelven a mirarse, siguen sin entender. La incredulidad.

—Veintisiete años —dice Montse—. Entonces tendré setenta y siete.

—¿Sí, señor Jaume? —Silencio. Todo el mundo escucha a Joan de nuevo—. Sí, por supuesto, estamos contentos de verdad, ¿qué pensaba? Pero aún no lo asimilamos bien. ¿Qué dice? Ah, sí, tengo aquí una caja de botellas, del fin de semana, y los otros supongo que también. Gracias. Sí, nos vemos por la tarde. Gracias por todo, de verdad. Adiós. Sí, adiós.

Joan cuelga, se frota la cabeza y la sacude.

—¿Qué, Joan? ¿Qué más ha dicho? —Cecilia sigue presa de la confusión, en los ojos se le ve el desconcierto.

—Me preguntaba si teníamos el cava fresco.

—O sea, ¿no se hará? —Otra vez Cecilia—. Es que quiero oírlo en el idioma de la gente normal. ¿Qué quiere decir todo esto?

Susana la coge por las mejillas.

—¿Aún no lo entiendes, hermana? —le dice y comienza a llorar, las otras hermanas tampoco se aguantan.

Genís se santigua y besa a su mujer en la boca. Montse se gira hacia Pepe y lo abraza.

—Ese maldito Jaimito… —murmura Pepe.

—¿Qué quieres decir? —pregunta su mujer.

—No, nada. Ese Jaume, el abogado, que cómo ha conseguido esto. Como si fuera amigo del juez.

Joan abre uno de sus frigoríficos.

49

Seguiré viviendo. Siempre, hasta la eternidad. Me haré más vieja aún. Pero ¿estaré terminada, con todas mis imperfecciones, algún día?

50

L'àvia está emocionada. Nunca le contaron mucho de todo el follón y ella tampoco preguntaba, porque sabía que le traería ansiedad y noches de insomnio. Ahora está sentada en una silla en un rincón de la terraza, junto a gente de su edad, toda del barrio. Adela ve a su padre y su madre darse un beso. ¿Cuándo lo hicieron por última vez? Ni siquiera lo recuerda. Otea la terraza, el sol de otoño luce agradablemente. En el calendario es temporada de castañas, pero el termómetro se niega a bajar de los veinte grados. Sol, una de las chicas de su equipo, trabaja en el Zara y dice que la colección de invierno solo la compran los guiris, pues ellos han de regresar al frío norte. Nadie en la terraza lleva chaqueta, alguno va con un jersey fino. Adela tampoco recuerda ninguna fiesta como esta; sus padres no han sido de celebraciones, no tenían tiempo para eso. Esta fiesta no es solo suya; al otro lado de la barandilla, en el Gran Catalunya, el festejo continúa, y después en lo de las hermanas, y más allá. Cada chiringuito ha invitado a su propia gente, la parroquia de siempre, amigos del barrio, familia; quedaron en que todos lo harían el mismo día. En las seis terrazas seguidas no paran de brindar, gritar y reír.

Adela sigue sin creérselo desde que el lunes por la tarde llegó a casa y su madre se lo contó. Juntas fueron a ver a Marisol, porque aún no tiene teléfono en el bar. Se preguntaba cómo reaccionaría su hermana, si tal vez pensaría que había abandonado demasiado pronto la nave que se hundía; pero no fue así, todo lo contrario. Está muy feliz por sus padres, pero no menos por tener su propio negocio. Marisol cerró el lunes por la tarde para estar presente con todos en la reunión con el abogado. Jaume reconoció estar igual de asombrado que ellos. Fue una de las sentencias más inesperadas que había visto, una en la que David logró vencer a Goliat. No, gritó su padre entonces, los galos ganamos a los romanos.

Todo el mundo quería saber si esto era definitivo. Sí, dijo el abogado, solo cabía una casación ante el Supremo, pero esa solo trataría de posibles fallos formales en el proceso y tardaría además años, y durante ese tiempo esta sentencia sería la única válida. Fue cuando finalmente hubo gritos y la gente se abrazó. Nadie quería saber qué más tenía el abogado que explicar, porque eran detalles que no importaban. Adela miró a Marisol y las dos lloraron.

Con una copa de cava en la mano, mira a la playa. O lo que queda de ella. La escalera de la terraza ya no está, delante hay hormigón en lugar de arena. Un día después de la sentencia regresaron los obreros. El callejón entre la puerta de entrada y los bloques de pisos se está reformando del todo; a mucha gente ya le parecía una cloaca al aire libre en los últimos años. Su padre está cabreado porque no le dejan poner la mesa con la *cova* de pescado y marisco a la entrada, pero su madre lo riñe, le recuerda que han ganado y que no se altere por algo que será temporal. Pero él duda de esa temporalidad, ya ve venir una ofensiva cobarde del Ayuntamiento para prohibirlo todo y poner obstáculos. Menos mal que en el fallo del juez también se indica que las terrazas son legales. Su padre va a colocar una escalerita nueva, para que los transeúntes no puedan resistir la tentación de entrar. Entre la terraza y la playa, el paseo va a ser bastante ancho, la mayor parte de la clientela la tendrán que ganar por este lado.

Los periódicos han llenado páginas, los chiringuitos han salido en televisión y la opinión pública está dividida entre los que piensan que estos trastos viejos deberían dar paso a la nueva Barcelona, la olímpica, y los que dicen que la ciudad no puede entregar sus lugares más emblemáticos a la modernidad, ni al progreso, como suele decir el alcalde. Jaime la llamó para felicitarla, hablaron un rato, por segunda vez desde agosto. En septiembre la informó de que le habían dado el permiso para construir su club; a Adela ya se le había pasado el enfado y le dio también la enhorabuena. Pero no quedaron para verse. Mejor. Esta mañana fue a ver el final, o el principio, según la perspectiva, ahí donde el paseo choca con Las Golondrinas y se abre a ambos lados, una parte estrecha entre los chiringuitos y los pisos y la otra más amplia por la playa. Le hizo pensar en una foto del periódico de una casita en China cuyos dueños se negaban a salir y ahora se encuentra en la medianera de una autopista. Esa gente no puede salir de su casa sin correr el riesgo de ser atropellados.

Adela ve a su padre con una copa de whisky en la mano mientras levanta el dedo corazón de la otra hacia la maquinaria parada. Su madre le baja el brazo.

Laura, su compañera de habitación durante las competiciones y la única jugadora de la selección que también vive en la Barceloneta, está a su lado. Le pregunta si está contenta por sus padres y ella le dice: «¿Tú qué piensas?».

Ah, sí: el juez le había dicho otra cosa al abogado, más como un consejo paternal, con guiño incluido. Dijo que no estaría mal que los chiringuitos se renovaran un poco, que eso les iría bien. Además, sería un gesto simpático hacia el Ayuntamiento.

Laura coge a Adela del hombro, la mira profundamente a los ojos y le da un beso en la boca, como hace a veces después de una victoria, o el pasado verano cuando se bajaron borrachas del taxi. Pero este beso dura más. Por un instante, se asusta, pero no se mueve. No aparta a su amiga, nota su lengua deslizándose un momento por los dientes. Ella coloca la mano libre en el cuello de Laura y cierra los ojos. Enseguida los vuelve a abrir, para asegurarse de que sus padres no hayan visto nada.

La otra se echa para atrás.

—¿Y qué hace este aquí? —pregunta mientras mira por el hombro de Adela hacia la sala.

—¿Quién? —Se da la vuelta.

Jaime las está mirando desde la puerta, sobresale de los otros invitados. Su padre se dirige hacia él, sin que se le borre la sonrisa de la cara. A ella le extraña. Él también se enteró de que a Jaime le habían concedido uno de los locales del frente marítimo, por veinticinco años. Explotó en cólera, dijo algo de que el duque lo había engañado y soltó unos cuantos insultos. Raro que no se enfadara con ella también. Adela se hizo la tonta; jamás se atrevió a explicarle lo que sabía.

Su padre le hace aspavientos.

—¡Adela, venga! —grita, con una risa que no le cabe en la boca.

Ella sigue sin entender nada.

Un segundo, a lo mejor dos o tres: Adela mira a Jaime a los ojos y él a ella. Por primera vez en dos meses. ¿Qué hace aquí? ¿Cómo sabe que tienen una fiesta? No le dijo nada.

—Mejor lo voy a ver un momento —dice.

Laura la pellizca en la espalda, como una rival en la piscina, pero más suave.

—Volverás, ¿no?

Adela se abre paso entre la gente en la abarrotada terraza. Su padre intenta abrazar a Jaime; seguro que ha bebido ya de más.

Bernardo, con su guitarra, le impide el paso. El duque vuelve a mirarla. No parece muy alegre para estar de celebración. Su mirada es rígida, severa. Sacude la cabeza, aprieta los labios y la saluda con pocas ganas con una mano medio levantada. Después se gira y se adentra en la sala, entre las mesas y por delante de la cocina, hacia la calle. No vuelve a mirar atrás.

«Para viajar lejos no hay mejor nave que un libro».

EMILY DICKINSON

Gracias por tu lectura de este libro.

En **penguinlibros.club** encontrarás las mejores
recomendaciones de lectura.

Únete a nuestra comunidad y viaja con nosotros.

penguinlibros.club